マジックユーザー

Magic User

TRPGで育てた魔法使いは異世界でも最強だった。

三河宗平

Mikawa Souhei

イラスト／Ryota-H

「第九レベル呪文【隕石《メテオ》】」
青空を八つの光が切り裂いた。
八つの光は狙い通り、曲がり
くねった谷間を進軍する暗鬼に
降り注ぐ。

セダムが野営地を定め、手馴れた態度で仲間に指示を出していく。野営の準備もTRPGなら一言で終わるところだが、なかなかの大仕事に見える。

マジックユーザー

Magic-User

TRPGで育てた魔法使いは異世界でも最強だった。

三河宗平

Mikawa Souhei

イラスト／Ryota-H

丘陵地帯
黄昏の荒野
白剣城(はくけんじょう)
ユウレ村
山賊の砦
戦斧郷(せんぷきょう)への交易路
暗鬼(あんき)の谷間

リュウス湖
法の街道
レリス市
法の街道
先見山(さきみやま)
セディア大陸
リュウス地方東部

Contents

マジックユーザー
Magic User
TRPGで育てた魔法使いは異世界でも最強だった。

『冒険の主人公はあなた！』

学生時代、そんなフレーズに惹《ひ》かれ、テーブルトークＲＰＧにはまって過ごした。使い古したキャラクターシートに息づく『英雄』になってみたいと、本気で思ったこともある。

まさか現実になる日が来ようとは。

それも、冒険にも英雄にも惹かれなくなったこの年齢《とし》になって。

†

私は某地方都市に住む四十二歳の独身男性。職業は会社員。

外見も能力も特筆すべきことはない。まあ一応、平均点には達していると思う。残念ながら結婚にだけは縁がなかったが。趣味といえばＴＲＰＧくらいだ。若い頃はコンベンションを主催するほど熱中していた。もっとも、就職してからはほとんどプレイできていない。

そんな平凡な人生は突然終わってしまった。

少々のサービス残業を切り上げ、マンションの自室ドアを開けたところまでは覚えている。

今、私がいるのは何もない空間だ。上も下も、自分の身体《からだ》も認識できない。ただ『私』という意識だけが虚空《こくう》に浮かんでいる、そんなイメージだ。

「あと二十年は生きられると思ってたんだがなあ……」

どういうわけか、自分が既に死んでいるということだけは理解できていた。

会社の仲間や友人、親類、隣人。やりかけの仕事。まだ読んでいない小説やＴＲＰＧ本、プレイしていないゲーム。それらが全て失われたという空虚さが、私を包んでいた。

「……まあでも、しょうがないか」

振り返ると私の人生、自慢できるようなことはないが特に不満もない。それなりに苦しく、それなりに楽しい人生だったと今は思う。それが突然終わってしまったことは残念だが、もはやどうしようもない。私の心はゆっくりと凪《な》いでいった。


時間の感覚もなくなっていた私に、語りかける者がいた。

「私は『見守る者《みまもるもの》』、その末端です」

姿は見えない、声が聞こえているわけでもない。だがその意思は私に伝わった。

「貴方にはこれから、こちらの世界から見て到達限界点を越えた世界、いわゆる異世界へ転移していただきたいのです」

「異世界？　転移？」

聞きなれない、だが妙に懐かしい単語が意識に滑り込む。

「こちらの次元の情報を検索しましたが、『異世界転移』、という言葉が最も近い概念です」

「……はぁ」

混乱した私は曖昧な返事しかできなかった。ただし、心のどこかでこの状況を受け入れてしまっているのも確かである。何と言っても、もう死んでいるのだから何も怖くない。

それに、古くは『アーサー王宮廷《おうきゅうてい》のヤンキー』や『ジョン・カーターシリーズ』に代表される、異世界転移物語は私も大好きだ。最近、またこの系統のコンテンツが流行《はや》っているという話も聞いている。

とはいえどれも物語の中の出来事だ。そう思っていたことが、どうもどうやら、実際に私の身に起きようとしているのだ。

「その、異世界転移をすると、どうなるのですか？」

「異世界での活動のための肉体を用意しますので、必要な情報を提示してください。異世界は貴方の世界で言うところの『剣と魔法のファンタジー世界』ですので、それに適応していることが望ましいですね」

「ファンタジー世界での肉体……」

ファンタジー世界？　新たな肉体？

その単語を聞いて真っ先に意識に浮かんだのは、学生時代何年も夢中で遊んだ海外製ＴＲＰＧ『ダンジョンズ＆ブレイブス』のキャラクターだった。七年間かけていくつもの『世界を救う冒険《キャンペーンシナリオ》』をこなし、最高レベルまで成長させた最も愛着のあるキャラクター。

『大魔法使い《グレートマジックユーザー》』ジオ・マルギルス。

「検索しました。貴方の自室にあるルールブック、サプリメント、設定資料ノート、キャラクターシートを元に『ジオ・マルギルス』の肉体的・精神的能力、所持品を再現します。ただし貴方の精神に悪影響を及ぼすため外見の変更は行いません」

つまり私の思考を読み取られただけでなく、学生のころに妄想を書《か》き綴《つづ》ったノートを『見守る者』とやらに見られたということか。

とてつもなく恥ずかしいぞ、これは。

「ジオ・マルギルスの作成が終了しました」

実体のない私が羞恥《しゅうち》に悶《もだ》えていると、『見守る者』が宣言した。同時に、空虚だった私に肉体の感覚が戻ってくる。

「うぉ、これは……」

黒いローブに背負い袋、片手には杖《つえ》。

外見は私、つまり黒髪黒瞳の平均的日本人のままなのだから、コスプレ感満載である。ただし、中身が変わっているのは確かなようだ。自分の体内に、信じられないほどの活力を感じる。これは確かに二十代の頃の体力、身体の軽さだ。いや、本物の過去の私はスポーツ嫌いのインドアオタクだったのだから、それ以上だろう。

「意識や記憶に障害はありませんか？」

「……大丈夫のようです」

私の頭の中には確かに、『ジオ・マルギルス』というキャラクターが持っていた魔法の能力、マジックアイテム作成などの技術、所持品の使用方法……かつて私自身がゲームマスターと協力してせっせとノートに書き記した様々な『設定』が、『知識』として刻み込まれていた。それでいて、この四十二年間の記憶も混乱なく残っている。

「本当にＴＲＰＧのキャラクターなんだな……」

『ジオ・マルギルス』は三十六レベル魔法使い、『D&B《ダンジョンズブレイブス》』の超級《マスター》ルールでも最高レベルのキャラクターだ。そんな存在になってしまったことに対する興奮と不安が私を包んだ。

もしかしてこれはとんでもないことなんじゃないか？

TRPG愛好家の中でも、『D&B』は、ネズミやコウモリやゴブリンが主な敵となるしょぼいダンジョンを、HP三とか五のキャラクター達がひぃこら言いながら探索し、制覇する頃には必ず何人かのキャラクターが死んでいるような地味で古典的ゲームだと思っている者が多いだろう。

最近の、派手なキャラクターや繊細な物語を重視するTRPGに慣れた者からすると信じがたいことだろうが、実際『D&B』というゲームはそういうものだ。

ただし、そのしょぼさは基本《ベーシック》ルールまでの話だ。キャラクターが成長していくと冒険の様子はがらりと変わる。

『D&B』ではレベルの上昇に応じて基本《ベーシック》、中級《エキスパート》、上級《コンパニオン》、超級《マスター》の四種類のルールがある。

超級《マスター》ルールともなればキャラクターは自分の王国やギルドを持つのは当たり前、異次元や宇宙にまで飛び出して歴史に残る戦いを神や悪魔と繰り広げる。場合によっては自身が神になるための冒険すらできるのだ。

そこまで成長させるには最低でも百回程度はシナリオをこなす必要があり、私もジオを育てるのに七年を費やした。その労力に見合うだけの、世界の命運を左右しうる実力を、ジオは持っている。

「こんなことをして、どうしろと言うんです？」

「転移後の貴方の行動に干渉や指示をすることはありません」

わざわざ異世界転移させておいて、後は自由にしろと？　絶対に何か裏の意図がある。言葉ではなく、『見守る者』と名乗った存在から感じる雰囲気の中にそれがあった。

「……まさか魔法使いのキャラクターを作ったはいいが、異世界ではジオの魔法は使えないというオチじゃあないでしょうね？」

もしかするとこれは『異世界転移もの』ではなく、ブラックＳＦかも知れない。

「このゲームの魔法は、あちらの世界とは根本的な原理からして違いますが、それでもあちらの世界の法則の範囲内で処理が可能です。肉体的な能力や知識にしても同様です」

「本当にそれで良《い》いんですか？　私がそちらの世界を滅茶苦茶《めちゃくちゃ》にしてしまうかも知れませんよ？」

「貴方がそうされたければ構いません」

いや、私が構うよ。

確かにジオになってみたいという夢はあったが、その力で世界を救おうとか滅ぼそうとか、大それた行動を起こす気力も欲望も私のような四十路《よそじ》男にはありゃしない。もう二十年早くこんなことになっていたら、また違っただろうが。

「ジオは少し強過ぎじゃないか？　六レベルのクレリックあたりが丁度良いような……。いやでもやっぱり、ジオが一番馴染《なじ》んでるしな……」

一方、この異常な事態にどうしようもなく心が沸き立つのもまた、確かなことだった。青春時代、仲間達とともにテーブルを囲み熱中した数々の冒険。その主人公たるキャラクターに実際に成れるのだという。

普段《ふだん》なら仕事を放り出して異世界など行っている暇はないが、こちとら既に死んだ身だ。

いうなれば、ちょっと早い定年退職みたいなものか？　異世界だろうと日本だろうと、食うに困らず生活できるなら文句はない。贅沢《ぜいたく》だが、たまに美味《おい》しい物を食べて温泉に入って、面白《おもしろ》い本が読めればなお良い。ＴＲＰＧを遊べれば最高だ。
正直に言おう。これまでの人生で得た教訓も忘れて、私は浮かれていた。

「では、これから貴方を異世界に……当地の言語で『セディア大陸《たいりく》』と呼ばれる場所へ転移させます」

その言葉を最後に私の意識は途《と》切《ぎ》れた。

†

「……どうなってんのこれ……」

意識を取り戻した時、私がいたのは四角い牢獄《ろうごく》だった。

目の前が赤錆《あかさび》の浮いた鉄格子。残り三面は石の壁。天井《てんじょう》は高く、三メートルほど上に明かり取りの穴がある。毛布代わりのボロキレと、汚物用らしい床の穴。これが私を囲む世界の全てだった。
おまけに、両手首には木製の枷《かせ》がはめられている。鉄格子の向こうには、こちらと似たような空の牢獄が見えた。

「何というホットスタート……」

ＴＲＰＧのシナリオにおいて、プレイヤーを強引に事件に巻き込む手法をホットスタートと言うが、まさにそれだ。

「もしゲームマスターがいるとしたら、かなり性格が悪いな」

立ち上がって自分の状態を確認しながら愚痴《ぐち》る。
この場合の『ゲームマスター』はやはり『見守

る者』ということになるだろう。『見守る者』と話していた時の浮ついた気分は既に跡形もなかった。『見守る者』は何をするのも自由とは言っていたが、鵜呑《うの》みにしてハメを外す気には到底なれない。こんな手の込んだことを意味もなくやるはずがないからだ。

「一応、昼間か……」

頭上の穴からは日差しが入り込んでいた。
その明かりの中で自分の姿を確認してみる。ズボンに長袖のシャツ、足元は何と裸足《はだし》だ。防御力に＋五という多大なボーナスが付く特製のローブをはじめ、杖、呪文書《スペルブック》の入った背負い袋《インフィニティバッグ》など、ジオが長い冒険の末に手に入れた装備もどこにもなかった。

「急転直下もいいところだぞ……死ぬわ、変な異次元に行くわ、ＴＲＰＧのキャラになるわ……」

どっと疲れた気がして、壁にもたれて頭を抱える。自分の死体は誰が見つけてくれるのだろうかとか、来週の会議の準備がまだ途中だったなとか、元の世界のことが今更気になってきた。我ながら勝手なものである。
嫌になるほど長く深いため息が口から洩《も》れた。

「本当に異世界に来てしまったんだなぁ……」

†

数分ほど茫然《ぼうぜん》とした後、ようやく少し頭が働き始めた。
心を落ち着かせるため何度も大きく深呼吸する。息を吸って吐く度に、気持ちが少しだけ前向きになった。そう、私が死亡したことは変えようがないし、日本に戻ることもできない。これからのことを考えねば。

幸い、今の私は三十六レベル魔法使いだ。できないことの方が少ない。

「呪文さえ使えれば……そういえば呪文書《スペルブック》もないのか!?」

改めて事態に気付いた瞬間、血の気が引いていく。背負い袋《インフィニティバッグ》がないということは、数多くのマジックアイテムや財宝とともに収納しておいた、呪文書《スペルブック》もないということだ。

「呪文書《スペルブック》がないのは……やばいな」

呪文書《スペルブック》。

それは魔法使いにとっての最重要アイテムだ。

昨今のゲームの魔法使いはMPを消費して魔法を使う。だが『D＆B』の魔法使いは、毎朝呪文書《スペルブック》を読んでその日に使用する呪文を意識の中に『準備《チャージ》』しなければ、一切の呪文を使えないのだ。しかも一度使用した呪文は意識から消えてしまい、翌朝に再度『準備《チャージ》』するまで使えない。

もし、現在何の呪文も準備《チャージ》していなかったら……。マジックアイテムもない今、はっきり言って私はただの一般人と変わらない。

四十二年間ずっとただの一般人だったくせに、私は強い焦りを感じた。

「呪文っ。呪文が準備《チャージ》されてるのかどうかっ……？」

実際に呪文を使ったことなどないが。とりあえず、数学の方程式を思い出す要領で頭の中を探ってみると……。

「あ、あった！」

頭の片隅に独立したエネルギーのような存在を感じた。これが準備《チャージ》された呪文なのだと、直感で理解する。呪文の詠唱法、つまり魔法を使う手順も自然と頭に浮かんだ。その他にも『ジオ・マルギルス』が身に付けていた知識はしっかりと私の頭に刷り込まれているようだ。

「ここから抜け出して、呪文書《スペルブック》だけでも絶対に探さないとな。……いやそもそも誰が私をこんなところに閉じ込めたんだ？」

脱出も大事だが、その前に現状を把握する必要がある。私をここに閉じ込め装備品を奪った『誰か』もしくは『何か』が近くに存在するのは確かなのだ。

†

「何か呪文を使ってさっさと逃げ出しておこうか？」

『D＆B』の魔法使いが一番頭を悩ませるのが、その日に『準備《チャージ》』する呪文の選択であり、『準備《チャージ》』した呪文をいつどうやって使うか、ということだ。

私《ジオ》は最高レベル魔法使いなので、一〜九レベルの呪文を各レベル毎に一日九回分準備《チャージ》できる。手枷や鉄格子の鍵を開けるには【魔力の鍵《ウィザードロック》】の呪文だし、この場から離れるために役立つ呪文もいくつかある。

「……いや。とりあえず、安全を確保しよう」

迷った末に私はまず【無敵《インヴィンシブル》】の呪文を使うことにした。九レベルという最高難度の呪文の一つで、通常の武器による攻撃と、三レベル以下の魔法による攻撃全てに対する完全な耐性を得るという効果がある。持続時間が六時間もあるし、最悪の場合に備えるという意味では必須《ひっす》だろう。

「さあて……本当に使えるんだろうな、呪文は

「……」

呪文の使い方は全て私の頭の中にあった。

『Ｄ＆Ｂ』のルールブックを元に、当時のゲームマスターと二人で無駄に細かく決めていった設定だ。二十年以上前の話である。『見守る者』も、よくまああんな小汚いノートを読んで内容を理解できたものだ。

「……まずはやってみる、か」

私はゲームの中で何百回も繰り返した『呪文の詠唱』を始めることにした。

†

「……開け魔道の門」

大きく息を吸って目を閉じる。これから行うのは、自分自身の心の中に潜り、本能と無意識のさらに奥、『混沌《こんとん》の領域』から呪文のエネルギーを解放する作業だ。規則正しく呼吸しながら精神を集中させる。

まずは、心の中――『内界』をイメージする。

闇に包まれた空間。

その闇の中にぽつりと立つ自分。

自分自身の姿を克明にイメージするというのは案外大変なことだ。しかし、すぐにもう一人の自分――魔法使いのローブを着た――が闇の中に浮かび上がる。

頭の回転が異常なほど速くなっている気がする。例えるなら、パソコンのＣＰＵやメモリーをバージョンアップしたかのように。これが『ジオ・マルギルス』というキャラクターの能力なのだろう。

『内界にいる仮想の自分』と『牢獄に立っている現実の自分』を慎重に重ね合わせていく。両者が完全に重なり、現実の自分が仮想の自分に溶け込むイメージができてから、ゆっくりと目を開ける。

……闇だ。

本来は見えているはずの牢獄の光景はない。ここは自分の心の中、『内界』なのだ。右手を上げ、闇を照らすランタンをイメージする。すぐにランタンが現れ、赤みの強い光が周囲を照らした。

「凄《すご》いなこれ……リアル過ぎる……うおっ⁉」

ランタンの重さや熱さ、油の臭《にお》いがあまりにリアルで、一瞬動揺してしまった。動揺……というより疑念が生じたことで、『内界』が揺らぐ。四方八方から引っ張られるような、異常な気持ち悪さが全身を襲った。

「はぁ〜……。ふぅー……」

焦りながらも呼吸を整え、意識を集中させる。何とか揺らぎは収まった。

「危ない……」

ここはまだ『内界』だからイメージがぶち壊れても気持ち悪いで済むが、もっと段階が進んでからこんなことになったら、仮想の自分ごと現実の自分の意識が消し飛んでしまうだろう。……誰だこんな危険な設定にしたのは。

「化身を招け」

現実の私と仮想の私が同時に呪文の二節目を唱えた。仮想の自分がランタンを持ち上げ前方を照らすと、その柔らかい光の中に『門』が出現した。

これが『魔道門《まどうもん》』。

高さは三メートルほどの石造りに見える門だ。

魔法的寓意《ぐうい》を表す不気味な彫刻が無数に刻み込まれている。『内界』と『混沌の領域』の接点であり、出入り口であり、防護壁の象徴だ。

この先は自分の意識でありながら、『混沌の領域』でもある。心理学的に表現するなら、本能や無意識の領域、さらにその奥の集合的無意識へと続く世界とも言えるだろう。


『魔道門』は音もなく開いて、石造りの下り階段を覗《のぞ》かせた。

ランタンの明かりを頼りに、私はゆっくりと階段を下りていく。反時計回りの螺旋《らせん》階段だ。自分の心である『内界』から『混沌の領域』へ意識を送り込むための通路。『魔道門』と同じく長年の修行で自分の心に構築したイメージである（という設定だ）。

もし、門や壁、階段のイメージが不十分な状態で『混沌の領域』に意識を接触させれば、圧倒的な混沌に飲み込まれて廃人になってしまう。


しかしさすがは三十六レベル魔法使いであるジオのイメージだ。壁の硬さや冷たさ、色合いや空気の流れに匂いまで、全く現実と区別がつかない。

主観的には数十段下ったところで、扉のある踊り場に出た。第一階層だ。扉にはプレートがかかっていて、ここが『入門者の呪文書庫』であると示していた。練習という意味ならここから一レベルの呪文を探して使っても良いのだが、今回の目当ての呪文は最下層にある。

踊り場を過ぎて螺旋階段をさらに降りていく。


二階層…四階層……七階層……八階層…。

辿り着いたのは第九階層『大魔法使いの呪文書庫』。レベル九の呪文が収められている。壁一枚向こう側にごうごうと渦巻く『混沌』の圧力を強く感じた。言うなればここは『混沌』という無形のエネルギーの大海に、イメージというかりそめの形を与えた仮想空間だ。テクスチャーの壁が崩れたら、この空間も私も虚無へ消えてしまう。

生唾を飲み込みながらもランタンをかざして近づくと、扉はやはり音もなく開いた。


扉の向こうは巨大な書架が並ぶ図書室だった。広さはよく分からない。小学校の教室くらいだろうか。すぐ手前に、大型の書見台《しょけんだい》が九つ並んでいた。

全ての書見台それぞれに、分厚い書物が水平に載せられている。この書物の一冊一冊が呪文のエネルギーの象徴だ。書見台に載っているということは、それが既に『準備《チャージ》』されていることを示している。

ちなみに、普通の書見台は読書しやすいよう、書物を斜めに載せている。しかし呪文書庫の書見台には、書物の保持の他にもう一つ重要な役目があるのだ。

私は端から順番に書物の表題、呪文の名前を確認していく。

【時間停止《タイムストップ》】【隕石《メテオ》】【全種怪物創造《クリエイトオールモンスター》】……そして、【無敵《インヴィンシブル》】。


捜していた呪文の書かれた書物を見つけ、軽く触れる。見かけは千ページ以上ありそうな分厚い書物だが、必要なページは一枚だけだ。書物は生き物のようにひとりでに私の目当てのページを広げる。

仮想／現実の私は同時に呪文の続きを唱えた。


「我が肉体は今後六時間、通常の武器による攻撃と三レベル以下の呪文による攻撃を無効にする不可視のバリアに包まれる」

呪文と言っても実際はルールブックの説明文と同じだ。対象や効果範囲などを細かく指定するためのプログラムのようなものである。【無敵《インヴィンシブル》】の書物は眩《まばゆ》く輝いた。輝きながら収縮し形を変えていく。

やがて、書物は二つのダイスの形をとって私の掌《てのひら》に収まった。十面体ダイスである。白と黒の二種類だ。これからこのダイスで、一~百までの数値を求め、呪文の発動判定をしなければならない。数値が百だった場合。すなわち一パーセントの確率で『致命的失敗《ファンブル》』となり、呪文は発動しない。本来の『D&B』のルールなら必要ないのだが、往時のゲームマスターが『緊張感を出すために』設定したローカルルールである。


「こんなルール却下すりゃよかった……」

余計なことを呟《つぶや》きながら、空の書見台に向けて二個のダイスを放り投げる。懐かしい音を立てて転がったダイスは、それぞれの出目を示して停止した。書見台が水平なのは、このようにダイスを振る台としても使用するためである。

出目は白いダイスが『〇』、黒いダイスが『九』。この場合、白は百の位、黒は一の位の数字を表す。つまり、今回の数値は『九』。ちょっとひやりとした。

「……【無敵《インヴィンシブル》】」

呪文の最後の節を唱え終える。二つのダイスは再び輝くエネルギーとなって上方、つまり現実世界へと飛び去っていった。

後には、空になった書見台が一つと書物の載ったままの八つの書見台が残っている。

私も『大魔法使いの呪文書庫』を出て、螺旋階段を上って行く。ここで無理やり仮想の自分とのリンクを切断しても良いのだが、安全を優先してしっかり階層を上り切り『内界』まで戻った。

『内界』で目を閉じ、現実の自分と仮想の自分を切り離していく。

「……ふうっ。戻った」

目を開ければ、そこは牢獄の中だった。

手枷をはめられた両手や、身体を見回す。薄《うっす》らと白い霞《かすみ》のようなものが、バリアとなって身体を覆っているのが分かった。私自身、目を凝らさないと分からないくらいだが、他人からは何も見えないはずだ。試しに腹のあたりのバリアに触れてみると、ひんやりした感覚があった。

つまり、【無敵《インヴィンシブル》】の呪文が発動している。

「本当に呪文……使えたなぁ……」

体感では一時間くらいかかった気がする呪文詠唱だが、実際にはきっちり十秒しか経《た》っていないはずだ。逆に言えば、どれほど急いでも一つの呪文を使うには絶対に十秒という時間がかかるということである。

ゲームが元になっているのだから、そこに文句は言うまい。だが、十秒間はほぼ無防備になることを考えると呪文の使用は相当慎重にしなければならないだろう。

「ふう……」

†

実際に呪文が使えたことを確認して気が抜けてしまったようだ。またしても数分ぼんやりしてしまった。

しかしその平穏は他人の手によって破られる。騒々しい足音や話し声がこちらに近づいてきたのだ。

「おう、出てこい！」

「取り調べだ、取り調べ！」

鉄格子の前で私を怒鳴りつけたのは、小汚い革《かわ》鎧《よろい》のようなものを身に着けた三人の男だった。

うお、白人さんだ。いやそうじゃない。あれだ、そう。――山賊だ。

†

彼らの口から飛び出す罵声を、私は明確に理解できた。聞いたこともない言語なのにだ。これも『見守る者』が私にインプットした記憶なのだろう。

「とっとと出てこい！」

「早くしろよウスノロ！」

「ボケっとしてんじゃねぇ！」

鉄格子の外から、薄汚い三人組が騒ぎ立てる。

髪は金や茶で、顔だちや体格からして白人種だろう。斧《おの》や剣で武装している。

それこそゲームや漫画でしか見たことのない姿ではあったが、どう見ても山賊だ。創作物の中では大抵『雑魚《ざこ》』である彼らだが、生で見るとその迫力は日本のチンピラの比ではなかった。ここが『剣と魔法のファンタジー世界』ならば、山賊たちは実際に戦闘や――殺人を経験しているだろう。

「……」

私はこれまで、暴力沙汰とは全く縁のない人生を生きてきた。未経験の暴力的な雰囲気に飲まれ、身が竦《すく》む。

「ったく、手間とらせんじゃねーよ」

私が自分では鉄格子を開けられないことに今気付いたかのように、一人の男が鉄格子の鍵を開けて入ってきた。

「あの……っ⁉　げぁっ」

腹に激痛が走り、私は呻《うめ》く。身構える間もなくそいつが容赦ないパンチを叩《たた》き込んだのだ。はっと気付く。【無敵《インヴィンシブル》】は武器と魔法への耐性を付加する呪文だ。つまり、生身の拳によるダメージは防げない。


「来いってんだよっ」

痛みで声も出せない私を、三人組がよってたかって牢獄から通路に引きずり出す。

短い通路を引きずられながら一瞬視界に入ったのは、今まで死角になっていた隣りの牢に閉じ込められていた若い女性の姿だった。

「……あ」

一瞬、女性と視線が合ったが、言葉を交わすような余裕はない。

「お前はこいつの始末が終わった後でじっくり可《か》愛《わい》がってやるからよ！」

「ひぃぃっ」

代わりに男が下卑《げび》た声をかけ、女性が悲鳴を上げるが、パニック状態の私は何もできない。

†

「こっちだ！」

通路の先の扉を抜けると、そこは重厚な石壁に囲まれた中庭だった。正面には、これも石造りのどっしりした塔が建っている。粗野な男たちがあちこちにいて、私を見て嘲笑したり罵声を浴びせてきた。

「エセ魔術師さんだぜぇー」

「魔術で逃げてみせろよー！」

「さっさと埋められちまいなぁ！」

エセ魔術師とはどういうことだ？　と考えても当然答えなどでない。私は中庭の中央あたりに跪《ひざまず》かされた。

私は呻きながら、なんとか周囲を観察する。こういう光景については心当たりがあった。多分、ここは砦《とりで》か城の中だ。山賊のアジト、というところだろう。まさにゲームの一場面だが、当事者になってみると、とてもではないが楽しむ気分にはなれない。

†

「ジャーグル様！」

押さえつけられたまま数分が経つと、正面の塔からローブを着た男が出てきた。左右の手に一本ずつ杖を持っている。神経質そうな頬のこけた顔に口髭《くちひげ》、尖《とが》った鼻。

どうやらここは山賊のアジトではなく、悪の魔術師の砦だったようだ。

「貴様はいったい何者だ？」

ジャーグルと呼ばれた男が、甲高い声でいきなり聞いてきた。

「この凄《すさ》まじい杖をどこで手に入れた⁉　その他のとんでもない魔具もだ！」

こちらが答える前にさらに早口で質問を浴びせてくる。良く見れば、彼が持つ杖のうち一本は、私の物だった。『大魔法使いの杖《ウィザードリィスタッフ》』。ジオが三十六レベルに達した記念に、当時の財産の半分を費や

して作成した強力なアイテムだ。

「私は……ぁ……。わ、私はジオ・マルギルスというただの魔法使いです。杖は私物で……」

自分の名前――日本で会社員だった私の――を口にしそうになって、言い直す。そうだ、私は異世界にいるのだ。あの、安全で清潔な日本の法律も警察も倫理も、私を守ってはくれない。

「魔法使い？　魔術師だと言いたいのか？　誤魔化《ごまか》すな！　貴様には魔力がないではないか！　貴様は魔術師ではない！」

「は？」

魔力がない？

「ちゃんと答えろよおらあっ！」

「ごふっ!?」

思わず間の抜けた声を出した私の腹を、横にいた山賊が思い切り蹴り上げた。

「がふっ……!?　ぐぉぉ……」

「ひゃひゃひゃひゃっ。情けねぇなぁ！」

「とぼけるならもっと根性入れろよぉ！」

痛過ぎて頭の中が真っ白になる。これほどの暴力を受けたのは四十二年生きてきて初めてだ。そして暴力以上に恐ろしかったのが、そのことに何の良心の呵責《かしゃく》も覚えていないであろう、彼らの下卑た笑い声だった。

「この杖にも何の魔力も感じない……だがっ。これは確かに魔具だ！」

ジャーグルが左手に持った大魔法使い《ウィザードリィスタッフ》の杖を振

り回した。《ピカリ》と、雷光が輝く。私と彼の間の地面に稲妻が降り注いだのだ。青白い輝きが眼を焼き、一瞬遅れて轟音《ごうおん》が響く。

「うわっっ⁉」
「ひぃぃっ⁉」

稲妻自体は一瞬で消えたが、光と音の衝撃に私と山賊三人組は尻餅をついていた。稲妻が地面を撃《う》った衝撃波に押されたせいだ。周りの山賊たちも茫然としている。

「スゲェ……なんだあれ……」
「あんな魔術見たことねーぞ……」

くそ。大魔法使いの杖《ウィザードリィスタッフ》に『準備《チャージ》』してあった【稲　妻《ライトニング》】の呪文か。
『D＆B』のマジックアイテムは装備さえすれば使い方が理解できるので、ジャーグルが扱えても不思議はないが……。杖にも魔力がない、とはどういうことだ？　痛みと恐怖でまともに思考できない。

「魔力のない魔具とは一体なんだ⁉　賢哲派《けんてつは》の馬鹿《ばか》どもが開発したのか⁉　吐け！」
「吐くも何も……げふっ！」

三人組とジャーグルは阿吽《あうん》の呼吸らしい。またしても殴る蹴るの暴行が私を襲う。

「ふん……そうか、分かったぞ。貴様、私を舐《な》めているな？　この大魔術師ジャーグル様を」
「ごほっ。舐めてないですっ……がっっ」

身体を丸めて三人組の暴力に耐えるしかない私に、ローブの男……彼はキレたようだ。三人組に命じて、ぼろぼろの私を立ち上がらせる。左右から両脇を抱えられた私は身動きもできない。

「ハアッ！」

ジャーグルは右手に持っていた彼の杖を突き上げ、何やら気合の声をあげた。

「氷の矢《アイシア・ボルザ》！」

声と同時に杖の先から何かが飛び出して……私の肩に突き刺さった！

「がっ……ぎゃあああっっ‼」

肩に何かが突き刺さる激痛。見れば、刺さっているのは氷でできた棒……矢だった。

魔法だ！　魔法で氷の矢を撃ったのだ！

おかしい、私の魔法は？　【無敵《インヴィンシブル》】は低レベルの魔法を無効にするはずだ！　それともこれはよほど高レベルの魔法なのか⁉

「どうだ、本物の魔術の味は？　氷漬けにされたくなければ、本当のことを話すんだな！」

「さすがジャーグル様だぜぇー！」

「こんな奴《やつ》もうやっちまえよぉ！」

「……ぐっ……ぅぅ……」

ジャーグルの声も山賊どもの声も耳に入ってこない。殴打《おうだ》による外側からの痛みとは全く違う。肩の内側が切り刻まれるような痛み。生まれて初めての暴力と激痛に混乱しきった頭にあるのは、恐怖と……怒りだけだった。

もう痛いのは嫌だ。殺される？　死にたくない。助けて。逃げたい。

何で私がこんな目に？　何もしていないのに。

『次はどうする？』

唐突に。混乱し切った思考を切り裂いて、ゲームマスターの懐かしい言葉が脳裏に響いた。

苦痛と混乱から一瞬意識が逸《そ》れたことで、少しだけ冷静な思考が甦《よみがえ》る。

そうだ。こんなピンチは何十回も乗り越えてきたのだ。『ゲームの中ではな』という自分への突っ込みは無理やり抑え込む。

私の頭は高速回転を始めた。苦痛も罵倒も邪魔な全ては無視だ。初めて感じる『命の危険』が集中力を異常に研ぎ澄ましている。光、音、熱、匂い。周囲の全てが鮮明だった。この集中力もやはり『ジオ・マルギルス』の持つ力なのだろう。

瞬時に、呪文を使うしかないと結論した。

『準備《チャージ》』済の呪文のリストが頭の中を高速で流れていく。即座に一つの呪文を選択した。ジャーグルの動きを完全に止め、さらに山賊たちへも十分な威圧を与えるための呪文だ。恐らくジャーグルは私の呪文書《スペルブック》も奪っているだろう。逃げるための呪文という選択肢は元からない。


「どうした、さっさと答えろよ！」

「だんまり決め込んでんじゃねーよっ！」

「がふっ」

背中から蹴られて地面へ前のめりにぶっ倒される。顔面と腹を打って息が詰まるが、歯を食いしばってジャーグルを見上げる。


「開け魔道の門……」

私は驚くほどの冷静さで呪文を唱え始める。

呪文の詠唱に必要な十秒間、どんな暴力を受けても唱えきる覚悟を決めていた。ジャーグルたちは私が恐怖で錯乱しているとでも思ったのだろう。嘲笑や罵声を浴びせてくるだけだった。


「この呪文により……」

人生最悪の十秒が経過し、私は第五階層『魔力付与師の呪文書庫』にある呪文の力を解放した。発動判定のダイス目も問題ない。

「……対象一体を命なき石へと変える。【石化《ストーンド》】」

「それならもう一度私の魔術を……ん？」

何が起こったのか、ジャーグルも山賊たちも最初は分からなかっただろう。私だけが、ジャーグルの両足首が靴ごと変色……灰色の石になっているのを見ていた。

「足がっ……何だ？　これは？　う、動かないっ。うわっうわわっっ⁉」

足首の変色、いや石化は容赦ない速度で脛《すね》、膝、腿《もも》とジャーグルの身体を侵食していく。ローブも肉体もまとめてだ。腰まで石になった時点で、本人や山賊にも事態が理解できたようだ。

「石だっ……ジャーグル様が石になっていくっ！」

「動かないっ⁉　私の足が動かないっ！」

下半身が完全に石化したジャーグルは真っ青《まさお》になって叫んでいた。私を取り押さえていた三人組をはじめ、周囲の山賊たちもうろたえきっている。

「殺せぇっ！　そいつを殺せっ！」

ジャーグルの絶叫と同時に、背中に何かが触れたのを感じて振り向いた。

「……な、何だこいつっ⁉」

一人の山賊が、剣を突き出した姿勢で硬直している。私に突き刺そうとしたらしいが、【無敵《インヴィンシブル》】の呪文によるバリアがそれを防いだのだ。

「この野郎っ！」

「何でっ刺さらねーんだよっ⁉」

三人がかりで斧や剣を滅茶苦茶に叩きつけてくるが、私の身体を覆うバリアに阻《はば》まれ、軽い衝撃すら与えられない。もしここで彼らが冷静になり、素手で押さえつけてきたら私も終わっていたかもしれない。

しかし山賊たちにはそこまでの余裕はなかった。

「ぁぁ――――っ！　やめて、やめてっ！　とめてっ！　たすけっっ………」

恐怖に顔を歪《ゆが》めるジャーグルの石化は全く容赦なく進む。胸元、喉……そして頭。呪文を唱えてから十数秒で、彼は無残な表情のまま石像へと成り果てていた。『D&B』のルール通りなら、呪文が効果を発揮すれば即座に石になるはずだが……まあこの方が無理がない。こんな呪文を人間に使うことへの罪悪感はあったが、同情は湧かない。

私は少し余裕を取り戻し、胸を撫《な》で下ろしたが……途端《とたん》に氷の矢に抉られた肩の痛みが復活し顔をしかめた。

「ぐっ………」

周囲は静まり返っていた。

聞こえるのは私の荒い呼吸音だけだ。一分ほどか、それとももっと短かったかもしれない静けさの後、一人の山賊が恐る恐るジャーグルに近づいた。

「……お、おい……」

「ジャ、ジャーグル……様？」

山賊が不自然な姿勢で固まった魔術師に触れると、ジャーグルだった石像はゆっくり倒れた。《ドスンッ》。人間大の石像なので結構な音が響く。

「ほんとに石になっている……」

「あ、あいつがやったのか……？」

　転がったジャーグル像に集まっていた山賊達の視線が、私に向いた。さっきまでの侮蔑ではなく、恐怖と不安に歪んだ顔でだ。下品なことにざまぁみろと思ったが、しかし肩の痛みでそれどころではない。一刻も早くこいつらを追い払いたい。

　となれば……となれば……？　痛みで頭がまわらない。

『次はどうする？』

　最も古いＴＲＰＧ仲間であり最も信頼するゲームマスターの問いかける声が、また聞こえたような気がした。

†

　私が必死に考えているうちに、山賊たちも状況を把握してきたようだ。すぐ傍《そば》にいた三人組をはじめ、全員がじりじりと私から距離をとり始める。

「やっぱりこいつがジャーグル様を石にしたんじゃねぇのか……？」

「で、でもこいつは魔術師じゃねえって……」

「それを言ったジャーグル様があのざまだろうがっ！」

「と、とにかくぶっ殺そうぜ？」

　一方で、まだ武器を構え威嚇してくる者もいる。

……彼らが私に襲いかかるか、私が逃げ出すか、僅かなきっかけがあればどちらにも傾くような緊張感。

　もう何でもいい。考え抜いたというよりは、その重圧から逃れるため、私は新たな呪文を使うことにした。

「この呪文によりオグル六体で構成された一個小隊を無から生み出し三日の間支配下に置く。【鬼族小隊創造】《クリエイトオグルプラトゥーン》」

第七階層『霊力保持者の呪文書庫』の呪文だ。解放された混沌のエネルギーによって、私の周囲の空間が石を投げ込まれた水面のように歪む。


「今度は何だっ⁉」


山賊たちが騒ぎ出すと同時に、空間の歪みから次々に現れたのは赤茶けた肌色の屈強な人型モンスター……オグルたちだ。身長三メートル近い巨体、醜悪な容貌のオグルが六体。私を守るように陣形を組む。

山賊たちの反応は劇的だった。


「ひっ……」


「あ、あ、暗鬼《あんき》だっ……」

「こいつ暗鬼を呼びやがった！　暗鬼の仲間だっ」

手に手に斧や棍棒《こんぼう》を構えたオグルはそれぞれレベル六。モンスターのレベルも三十六が最高である『Ｄ＆Ｂ』では決して強いモンスターではない。しかし、一般兵士と同程度である一レベルの冒険者パーティ六人ならば単体で蹴散らすくらいの戦力はある。

この世界《セディア》の人間の強さの基準はまだ分からないが、六体いれば山賊の十人や二十人は簡単に殺戮《さつりく》できるだろう。

それが分かったのか（まぁ見れば分かる）山賊たちは一気に浮き足立った。城門の傍にいた数人は、通用門を開いて逃げ出そうとしている。

山賊たちの言う『暗鬼』というのはこの世界《セディア》でのオグルのことだろうか？　言語は理解できているはずなのに、『暗鬼』という言葉が具体的に何を指しているのか分からない。

ちなみにオグルの（アルファベットの）綴りは『ｏｇｒｅ』で、普通は英語読みで『オーガ』と発音する。最近のゲームなどでもほとんど『オーガ』なのだが……『Ｄ＆Ｂ』の日本語版では何故《なぜ》かフランス語読みで『オグル』と表記されていた。昔のゲームにはこういう妙なところが多々あるのだよなぁ。


「う、うわぁぁ！」


肩の痛みで思考がまとまらないでいると、破れかぶれの怒声が聞こえた。

三人組の一人がオグルに斧を振り下ろしたのだ。まともに受ければ傷ぐらい負っただろうが、オグルは棍棒で素早《すばや》く山賊の斧を叩き落とす。


「ぎゃあっ」

「おまっ……何やってんだっ⁉」

「ちきしょぉ！　やってやらぁ！」

「うわ、うわぁぁぁっ！」


均衡は一気に崩れた。

数人の山賊がでたらめにオグルに立ち向かい、その他の連中は逃げ出し始める。オグルが陣形を組んでブロックしているので私に向かってくる山賊はいないが……。


「殺さないでください！　追い払って！」

「グルォォ！」


私の指示にオグルが咆哮《ほうこう》で応えた。敬語を使う必要はないのだが、社会人の習性はそう簡単には抜けない。


「ガアッ！」

「ぎゃあぁっ⁉」

「ぐふぉっ⁉」

オグルたちが斧や棍棒、そして岩のような拳を振り回す度に山賊が吹き飛び転がる。一撃で戦意を奪われても致命傷は負っていないのは、オグルが私の命令を忠実に実行しているからだろう。逆に山賊たちの攻撃はオグルにほとんどダメージを与えられていない。

六レベルのオグルがこれだけ圧倒的ということは、やはり山賊連中は一か二レベル程度なのだろう。

「やっぱりダメだぁっ！」

「逃げろぉぉぉ！」

「ま、待ってくれぇっ」

向かってきた山賊たちも、オグルに一蹴されて完全に心が折れたようだ。足を引きずりながら、先に仲間が逃げ出した通用門へ殺到していく。動けなくなった者はいないようで、私は少しほっとしていた。

狭い通用門から押し合いへし合い逃走しようとする山賊たちを眺めながら、彼らを捕縛するべきかどうか考えてみた。もちろん、捕縛して治安当局に突き出すのが筋なのだろう。

手持ちの呪文を無制限に使えば彼らを捕らえることはできるだろう。だが、まだ呪文書《スペルブック》を見つけていない。『準備《チャージ》』した呪文を使い切り、なおかつ呪文書《スペルブック》が見つからなかったら……。つい先ほどまで感じていた危機感が、私を消極的にしていた。

ともかく、数分で山賊たちは目に見える範囲からいなくなった。

「ふう……」

山賊たちの悲鳴や怒号はすぐに遠ざかり、聞こえなくなった。先ほどまでの修羅場が嘘のように静かになった中庭で、私は大きく息を吐いた。気分を切り替え、まずは安全を確認しよう。

「三体は砦の周辺で、山賊どもが戻ってこないか見回りをしてください。二体は砦の中を探索して危険があれば排除してください。一体は私の護衛をお願いします」

「グウッ」

私の頼みを受け、オグルたちは護衛の一体を残して砦の中に散らばっていく。

「あー……痛い……」

静かになった中庭で、私は肩を押さえた。氷の矢はいつの間にか消えていたが、肩口にぽっかり深い穴が開いている。氷の矢の効果なのだろう、傷口や周辺の組織が冷凍肉のように固まっているおかげで、出血はあまりない。

……まだ呪文書《スペルブック》を見つけてはいないが、このまま放置したら後遺症が残りそうだ。何よりも痛いし気持ち悪い。

私は九レベル呪文、【完全治療《コンプリートディカバリー》】を詠唱した。ルール上は、死んでさえいなければどんな重傷でも瞬時に癒す効果があるはずだ。四度目ともなると、呪文の行使には何の不安もなくなっている。

「おぉ、治った……」

さすが九レベル呪文の威力だ。深い傷が動画の逆再生のように修復され、跡形もなく消え去る。三十六レベル魔法使いの持つ力の凄まじさ、その一端を覗いた気がした。

「……よし、やりますかっ」

少し気分の良くなった私は砦を探索することにした。まず、護衛のオグルに手枷を破壊させる。

「最初のダンジョンは廃城の探索か。倒れた戸板、じゃなくて扉の下には気を付けないとな」

†

『D＆B』は戦士、僧侶、盗賊、魔法使いという基本四職業の役割分担、つまり長所と短所がはっきりしているゲームだ。

先ほどからの私の醜態でも分かるように、魔法使いはどんなにレベルが上がっても近接戦闘では役立たずである。

魔法は強力だが、呪文を唱えるためには一ラウンド（十秒間）が絶対に必要であり、その間は無防備だ。回復魔法は僧侶の特権で、例外は先ほどの【完全治療《コンプリートディカバリー》】のみ。鍵開けやトラップ解除の呪文はいくつかあるが、盗賊のように何度でも無制限に使えるものではない。

どう考えても弱点が多い。やはり、何事も慎重に進めるべきだろう。

どうなることかと思ったが、オグルを先頭に立たせるという手段で、砦内部の探索は問題なく終えられた。終わってみれば罠《わな》はなかったし、扉の鍵はオグルが簡単に破壊できる程度のものだったからだ。

砦は、楕円形《だえんけい》の城壁の内側に主塔が一つと居住用の建物が一つあるだけのシンプルな構造だった。城門や城壁には防御塔が併設されており、実用性を考えて作られている気がする。私のいた牢獄は居住棟に隣接していた。主塔は地上三層、地下一層に分かれている。大雑把にいうと地下に倉庫、地上部は下から広間、司令室、そして居住スペースだった。

探索の結果、奪われていた背負い袋《インフィニティバッグ》とその中身を居住スペースのジャーグルの部屋で発見することができた。もちろん、真っ先に背負い袋をひっくり返して呪文書の無事も確認している。電話帳よりも一回り分厚い『ジオ・マルギルスの呪文書《スペルブック》』を手にして重みを確かめた時は、心の底から安心したものだ。
　また、ローブなどの装備品も回収できた。実際に着るのは初めてのはずだが、ローブもブーツも実に良く身体に馴染む。
　なお大魔法使いの杖《ウィザードリィスタッフ》はジャーグルと一緒に石化してしまったので後で回収しなければならない。もちろんジャーグル像は中庭に放置中だ。

「山だな……」

　ジャーグルの部屋の窓から周囲の様子を確認すると、この砦が険しい山の中腹に建てられていることが分かった。砦を囲む森の中へ細い山道が一本延びていたので、それを辿《たど》って行けば人里には行けるのだろう。

「あ!?」

　塔を下りてもう一度砦の中庭をぐるりと見回し、居住棟の横に増築されたらしい獄舎に視線を止めた私は、非常に重要なことを思い出した。

「あ、あの人を助けないとっ」

†

「やばいやばいっ」

　背負い袋《インフィニティバッグ》を肩に引っかけた私は慌てて牢獄へ走る。
　本来なら真っ先に救出しなければならない同じ境遇の女性を、砦の探索にかまけて数時間放置してしまった。もう日が暮れそうになっているというのに。まったく、小説のようにはいかないものだ。

息を切らせて牢獄に飛び込み、鉄格子の向こうの女性に声をかける。

「すいませんっ。大丈夫ですかっ⁉」

「え……？　いやぁぁぁぁっ！」

何だ？　顔を上げこちらを見た女性は物凄い悲鳴を上げた。

「え⁉　いや、大丈夫ですっ。私は怪しい者じゃありませんっ！」

「いやぁっ来ないでぇっ！　この化け物っ！　暗鬼！」

「ん？」

女性の声と視線は私を素通りして、背後に向いていた。振り返ると……。

「グルォ？」

護衛として同行させていた（そして忠実にここまで付いてきていた）オグルの顔があった。

†

「……あのう、本当にすいません。信じてもらえませんか？　私は山賊や暗鬼とかいうものの仲間なんかじゃあないですし、貴女に危害を加える気なんかないんです」

「……」

可能な限り牢獄の奥へ引っ込み身を縮める女性に、私は必死に話しかけていた。オグルはすぐに追い出したが、女性は完全に警戒してしまっていた。

よく見れば、女性というより少女だ。白人の年齢は見た目では分かりづらいが、十代中盤くらいだろうか？　シンプルなワンピースを着て、栗色の髪をショートにした活発そうな娘である。今はこちらに噛《か》みつかんばかりの形相だが。

「本当に、あれは私が呪文で作りだした従者なんです。何も危険はありませんから」

「……暗鬼を作るっていうことは暗鬼の仲間なんじゃないんですか……？」

また『暗鬼』か。やはり『暗鬼』はこの世界《セディア》独特の概念のようだ。オグルと似た存在のことをそう呼んでいるのだろうが、山賊や少女の反応を見ると相当恐れられているようだ。

「ですから、私はただの魔法使いなんですよ」

「魔法使いなんて聞いたことないです」

少女と、先ほどのジャーグルの言葉から推測するに、この世界《セディア》に『魔法』という用語は存在しないらしい（あるいは、非常に特殊なのか）。恐らくだが、私の使う『魔法』とジャーグルの使った『魔術』は全く系統の違う技術なのではないか。そう考えれば、『魔法』を防ぐ【無　敵《インヴィンシブル》】でジャーグルの氷の矢が防げなかったことも説明できる。

いや、そんなことは今はどうでもいい。

「だいたい、山賊の仲間だったら牢に入れられたり殴られたりするわけないじゃないですか。私が連れて行かれるのを貴女も見ていたでしょう？」

「……仲間割れ？」

このカオスな状況だ。彼女だって、いきなり得《え》体《たい》の知れない男に助けると言われても信用できないだろう。もっとも頭から聞く耳持たないという風でもないので、根気良く話し続ければ何とかなりそうではある、が。

「……むう……」

しかし、だ。

これが四十代のおっさんではなく、キャラクターシートの容姿欄に描かれていた通りの銀髪の美青年『ジオ・マルギルス』だったら、簡単に信用してもらえたのだろうか？　……いや、私には彼の能力があるじゃないか。【魅了《チャーム》】でこちらに好意を抱かせれば話もスムーズに……。

「どりゃぁっっ!!」

「ぎゃあっ!?　何やってるんですかっ!?」

頭に浮かんだ行動の、自分史上最悪の醜悪さに、私は私に対して激怒していた。渾身《こんしん》の力で鉄格子に頭を叩きつける。当然激痛が走るがそんなことは関係ない。むしろ激痛が必要だ。

【魅了《チャーム》】は文字通り相手を魅了し言うことを聞かせるという、つまりは心を操る呪文だ。他人の心を呪文で操る……これほど身勝手で残酷な行為はそうないだろう。そんな選択肢が一瞬でも頭に浮かんだ自分が情けない。これはゲームではなく現実だというのに。

「話をっ！　聞いてっ！　もらえないからってっ！　私の馬鹿野郎っ!!」

見知らぬ少女の前でこんな醜態をさらすなど、正気の沙汰ではないのは分かっていた。だが、たった今私の心に浮かんだ邪念は、今、完全に断ち切らねばならない。もし一度でもこの誘惑に負けたら、私はこの先何度でも同じことを繰り返し、いつか破滅するだろう。

「ちょっ、ほんとに止《や》めてくださいっ！　血が出てますよっ!?」

「はあっ……はあっ……は、はい……。ぐっっ!?」

当たり前だが額がぱっくり裂けた上に、あふれ出した鮮血が目に入って私は悶絶した。

「もうっ！　一体何なんですかっ⁉」

「いや、もう、ほんとすいません……え？」

血まみれになった顔面をローブの袖で拭っていると、その手に柔らかい布……ハンカチを握らされた。

「血がいっぱい出てますよっ！　それで押さえておいてくださいっ」

「はいっ……？」

反射的にハンカチで額を押さえながら顔をあげると、少女が鉄格子の傍まで寄ってきていた。鉄格子の隙間からハンカチを渡してくれたのだろう。

「ど、どうもありがとう……う……」

「…………」

「…………」

背負い袋《インフィニティバッグ》の中のポーションのことも忘れて私は少女に礼を言い、しゃがみ込む。

少女は可愛らしい顔を思い切りしかめてこちらを見下ろしていた。唇が見事な『へ』の字になっている。まあ、大の男がいきなり狂ったように鉄格子に頭突きをし始めたら誰でもドン引きするだろう。

ただ、呆《あき》れてはいるが逆に私に対する恐怖心は薄れたようだ。少なくとも怒りは治まった。これはチャンスだ。

「お見苦しいところをお見せしまして……」

「え、ええ。まぁ……」

「信じろとは言いません。……しかし、まずは話だけでも聞いてもらえませんか？」

「ううん……」


少女は腕組みしてしばし考え込み、鉄格子の向こうに座り込んだ。少し姿勢を崩したため、右足がワンピースの裾から覗いている。彼女はその足首あたりをさすっていた。

「……分かりました。聞きます」

話を聞く気になってくれたようだ。彼女に借りたハンカチで額を押さえながら、私も何となくその場に正座した。

「あ、あの、ハンカチありがとうございます。洗って返しますので」

「い、いえ、別に……」

「話の前にちょっとすみません」


私は横に置いた背負い袋《インフィニティバッグ》に手を突っ込むと、カップと真鍮《しんちゅう》のボトルを取り出した。

「？　お酒……？」

「いえ、これはヒーリングポーションといって傷を治すためのものです」

細かく言えばこのボトルは『ポーションサーバー』というマジックアイテムで、十回分のポーションをまとめて保管できるという便利な品だ。中身はお馴染みの『生命力回復の薬《ヒーリングポーション》』である。

「それじゃあ早く飲んだ方が良いですよ」

「？」

あ、こっちの額の傷のことを言っているのか。忘れていた。

「いや、貴女に必要かなと思いまして。どこかお怪我はないですか？」

「私はいいですよっ」

少女は慌てたように首を振った。明らかに足を痛めているようだが……。

「ああ、もちろん毒などではありませんので。じゃあまず私が飲んでみますね」

カップに薄桃色で甘い香りのする液体を注ぎ、一気に飲み干す。物凄く甘口の酒のような味だが……確かに体力が回復しそうな気がする。

「……ほら、治りましたよ」

額の裂傷はたちまち塞がった。今更だが、ファンタジーだなぁ……。

「さあ、遠慮なくどうぞ」


私はカップに再度ヒーリングポーションを注いで、少女に差し出した。

「でもそんな高い物を……。ちょっと足を挫《くじ》いてるだけですし」

「これは貴女を怖がらせたお詫《わ》びのようなものです。本当に遠慮しないでください」

「……」

少女はまだ迷っていた。私を信用できない、というよりは彼女自身が言ったように経済的な面で遠慮しているように見える。それにしても、普通にヒーリングポーションで『怪我を治す高価な薬』として通じるんだな。

「それにこの後、貴女を家まで送り届ける時に足が痛くては大変ですよ？　……仮に私の助けがいらないとしたら余計にね」

「そ、そう、ですね……。それじゃあ……あの、お代は後で必ず払いますから」

あくまでも義理堅いことを言いながら少女はカップを受け取り、ポーションを飲んだ。

「……ふぅ」

少女の表情からみるみる険が取れていく。

「……あ、全然痛くないっ！」

痛みがなくなったようで、さっきまで庇《かば》っていた足をぴんと伸ばして喜んでくれた。ワンピースの裾がひらひらして、健康そうな腿までちらちらする。……私自身がどうこうということではないが、年頃の娘さんがそう足を見せるもんではないと思う。

「!?……わわっ!?　すいませんっ、はしゃいじゃって」

礼儀正しく視線を逸らしていると、少女は赤くなって裾を押さえた。何とも可愛らしい姿だ。

「効いたようですね、良かった」
「え、あ、ありがとうございましたっ。あの、酷《ひど》いこと言ってすみませんでした」
「信じていただけるんでしょうか？」
「と、とりあえず、私を助けてくれるということは、信じますっ」

十分である。

しかし良かった。日本なら、初対面だろうが常識さえあればある程度の関係はすぐに築ける。それは、お互いに同じ社会で生きている、共通のルールを守っているという前提があるからだ。その常識が全く通用しない異世界において、とにもかくにも一人の人間とコミュニケーションがとれたこと（ジャーグルや山賊は除外していいだろう?）に、私は安堵《あんど》していた。

「えっとまず、ここから出してもらえませんか? 鍵は持ってるんですか?」

「あ、そうですね。ちょっとお待ちください」

安心するのはまだ早い。ここまできたら、まずはこの子を無事に家に返すのが私の最初の目標だ。

私は立ち上がり、呪文を唱える。

「この呪文によりこの手に触れた鍵は開くも閉じるも自在となる。【魔力の鍵《ウィザードロック》】」

詠唱を終えると鉄格子の鍵は勝手にがちゃりと外れた。

「わ、凄い」

少女は目を丸くしながら鉄格子の扉を潜《くぐ》った。解放されたことを確かめるように大きく伸びをする。それから、ぴょこんと勢い良く頭を下げた。

「レリス市《し》の交易《こうえき》商人イルドの娘、モーラと申しますっ。色々とっても失礼しましたっ。どうか、よろしくお願いしますっ」

うちの会社の新入社員にも見習ってほしいくらい気持ちの良い挨拶《あいさつ》だった。

「魔法使いジオ・マルギルスと申します。こちらこそよろしく」

†

牢獄から出てすぐに、オグルたちに再度城門や周辺の警戒をさせようとしたらモーラに怒られた。

「他の人にも暗鬼の仲間って思われちゃいますよっ!?　戦族《せんぞく》の人に狩られちゃいますよっ!?」とのことだ。

　また知らない用語が出てきたが、ここは素直に従うことにする。

「この呪文により半径三メートル以内の魔力を虚無へ戻す。【魔力解除《ディスペルマジック》】」

　対魔法戦では不可欠な【魔力解除《ディスペルマジック》】を使って【鬼族小隊創造《クリエイトオグルプラトゥーン》】の効果を解除すると、オグル六体は蜃気楼《しんきろう》のように揺らめいて消えた。

「ほ、本当に暗鬼を魔術で作ってたんですね……」

「オグルです。それに魔術じゃなくて魔法ですけど……」

　とにかく色々と確認しなければならないことが多過ぎる。通用門をしっかり閉ざしてから、落ち着いて話ができそうな主塔へ入ることにした。

「あの……これは……？」

　途中、モーラは中庭に転がっていたジャーグルに気付いて硬直する。まぁ見ていて気持ちの良いオブジェではない。

「ここの賊どものボスだったらしい魔術師ですね」

「でもこれ石像ですけど」

「私が魔法で石像にしました」

「……へー……」

†

　隣を歩いていたモーラが一歩離れる。

幸い、逃げ出されることはなかった。

「ごちそうさまでした。美味しかったですよ」

「そうですか？　良かったです」

私とモーラは主塔の一階、広間にいた。日は暮れ、暖炉の炎が広間を暖め照らしている。山賊たちはここを食堂や集会場に使っていたのだろう、テーブルとベンチがいくつか置かれていた。

二人とも空腹であることに気付いたため、まずは食事を摂《と》ることにしたのだ。幸い、食料は山賊たちがたっぷり貯蔵していたためそれを拝借した。もちろん、干し肉やチーズを炙《あぶ》ったり、パンを切り分けたり、豆のスープを煮込んだのはモーラだ。いや私が何をする暇もないほど、てきぱきてきぱき動いてくれたので。

空腹のあまりがつがつと平らげてしまったが、実際なかなか美味だった。

「ええと、では改めて……」

「あ、はい」

私はひとまず自分の事情を説明することにした。モーラからこの世界《セディア》の情報を聞きたいのは山々だが、まずは彼女にもう少し信頼してもらわねばならないだろう。しかし、そのままを話すわけにはいかない。どう説明したら良いだろう……。

「私はここから遠い――多分、海の一つや二つは越えた、ジーテイアスという国の出身です」

「はぁ」

ジーテイアスというのは『D&B』のキャンペーンで使っていた国の一つで、ジオの出身国という設定だった。だからあながち嘘とはいえない。

モーラの返事は生温《なまぬる》いが、気にせず続けよう。

「ここへやってきた理由は、はっきりとは分かりません。覚えていないのです。ただ恐らく何らかの魔法――貴女のいう魔術の事故に巻き込まれてしまったのだと思います。事故でこのあたりまで飛ばされ、意識を失っていたところを山賊たちに捕まった……そういうことだと思います」

「……なるほど」

モーラはちゃんと聞いてくれはしたが、明らかに納得はしていない顔だ。そりゃあそうだろう。自分でも胡散臭《うさんくさ》い話だと思うしな……。ただ、地球の日本という国から来ましたと言うよりは多分、マシなはずだ。

「そんなわけで、この地方？　国かな？　の常識からしたら少しおかしいところがあるのだと思います。しかし、誓って人に害をなすような、ジャーグルのような魔術師ではありませんので、それだけは信じてください」

ゴリ押しもいいところだが、後は信じてもらうしかない。私の説明、というよりも私という人間を。深く頭を下げる私にモーラは言った。

「……分かりました。信じます」

「良かった。ありがとうございます」

「……正直、前半はさっぱりですよ？　でも、貴方が悪い魔術師じゃないっていうことだけは確かだと思います」

「今のところそう言っていただければ十分ですよ」

私はやれやれと胸を撫で下ろした。人に信じてもらうというのはこんなにも難しく、そして嬉《うれ》しいことだっただろうか。とりあえず、今後は同じ説明で切り抜けよう。

「本当、変わってますよ、ジオさん。魔術師で、家名までおありなのに私なんかに親切にしてくれるし」

「私の国では女性に親切にするのは当たり前です

よ。家名があるからって偉いわけでもないですし……」

「少なくとも私が住んでるレリス市のあたりじゃ、家名を持てるのは貴族様だけですし、魔術師になれるのも大抵は貴族様か、平民でもかなり裕福な家の人ですよ」

『剣と魔法のファンタジー』と言うだけあって、ここは中世ヨーロッパに近い世界なのだろう。身分制度はしっかり存在しているようだ。

「私の国とは大分違うようですねぇ……。あ、これも美味しいですね」

私はモーラが淹《い》れてくれたお茶──シル茶というらしい──を一口飲んだ。爽やかな苦味がある。

「さて、モーラさんがここに捕らわれることになった事情を教えてもらえますか?」

私の質問にモーラはまた口を『へ』の字にして頷《うなず》いた。

†

モーラはレリス市を拠点にする交易商人の娘だった。

レリス市は、巨大な湖『リュウス湖《こ》』の周辺に存在する小国の連合『リュウス同盟《どうめい》』に所属する都市国家である。モーラの父イルドはそれなりの財を成した交易商人だが、今でも自ら隊商を率いて旅に出ることが多い。モーラも、父の助手としてしばしば隊商に同行する生活だったという。

いつものように街道を旅していた父娘の隊商が山賊に襲われたのが、昨日の朝のことだ。

山賊に遭遇したのは初めてではない。むしろ、交易の旅の三回に一回程度は遭《あ》うそうだ。ただし、山賊たちは大抵、通行料と称して積み荷や財貨の三割程度を奪っていくだけだった。三割といえばかなりの損害だという気がするが、もっと治安の良い街道を旅する場合にも、地方領主の関所などで通行税を同程度とられるので、収支としてはさほど変わらないのだとか。

　モーラの父も、山賊たちへの通行料は必要経費として割り切っていたようだ。


　ところが。今回に限って、山賊たちは積み荷と所持金を根こそぎ要求してきた。護衛は付いていたが、元々山賊を排除することを想定した規模ではなかったため、抵抗は諦めたのだという。山賊たちはそれでも満足せずモーラを誘拐《ゆうかい》し、イルドに身代金として金貨五千枚を要求していた。

「それで、山賊がこの砦に貴方を連れてきたと……」

「はい……。今までここまで酷《ひど》いことはなかったんですが。多分、あの魔術師が新しい首領になったからだと思います」

　どうもこの世界《セディア》では魔術師はかなり希少で恐れられている存在らしい。（比較的）穏健派だった山賊が宗旨変えしてしまうほどに。

　モーラの記憶によれば、彼女が牢獄に入れられた数時間後に、私も連れてこられたのだという。彼女を救うには良いタイミングだったとも言える。


「今頃父は近くのユウレ村《むら》にたどり着いている頃だと思います。そこで、騎士団の方々に私の救出をお願いしているか、もしかしたら身代金の準備をしようとしているかも……」

「なるほど……。では、明日なるべく急いでその村までいきましょう」

「はいっ。よろしくお願いしますっ」

†

「まったく、とんでもない日だった……」

モーラは主塔の三階、私は二階で寝ることにした。

窓から見える月は、元の世界と変わらない。ようやく多少リラックスできる状況になったが、考えることは山積みだった。慣れない環境や行動（『慣れない』にも程がある！）に、身体の芯まで疲労が溜まっている。

山賊たちが戻ってきたらどうするか？　モーラを家まで送る手段は？　そしてこれから私はどうやって生活するのか？

幸い、夜はまだこれからだ。シル茶でも飲みながらゆっくり考えるとしよう……。

†

「ちょっと！　いつまで寝てるんですかっ⁉」

「……はっ⁉」

翌朝は、あっという間にやってきてしまった。

私は司令室のテーブルに突っ伏していたところを、モーラに揺り起こされた。色々と考えているうちに寝てしまったらしい。昨夜一晩は全くの無防備だったわけだ。これが平和ボケというやつか……。これからは本当に注意しなければ。

「さあ、お弁当も用意しましたし、出発しましょう！」

朝食を食べ終えると、モーラはやる気満々といった顔で出発を促してきた。それはまぁ良いのだが……。

「何ですか、その袋は？」

ワンピース姿の彼女は、パンパンに膨らんだ巨大な麻袋を担いでいた。火事場泥棒《どろぼう》か、火事場から避難する人にしか見えない。

「ここの山賊たちに奪われた、お父さんの荷物です。全部は無理なんで、一部だけでもって……」

「……」

確かにここは山賊の砦なのだから、探せば奪われた財宝などはあるのだろう。昨日、探索した時に地下の倉庫にそれらしい荷物が積まれていたのを見たな。これがTRPGなら喜んで全部回収していただろう。だが、もし昨日のうちに回収していてその中にモーラの父の財産があったら。せっかく築いた信頼が崩れるところだった……危ない危ない。

†

「あー、ちょっと待ってください。今準備をしますから」

「準備？」

今にも砦から飛び出しそうな勢いのモーラを押《お》し止《とど》め、私は呪文を唱えた。

「へ？　う、馬ぁっ⁉」

三レベル呪文【幻馬《ファントムホース》】を唱えると、中庭に黒毛の馬が出現した。当然、モーラは素《す》っ頓狂《とんきょう》な声を上げる。

「山道を歩くのは大変ですし、早く村に着いた方が良いでしょうからこの馬を使います。それと荷物は他にもあるので……」

薄らと青白いオーラに包まれた幻馬は、呪文の使い手のレベルによって水上など特殊な地形でも走破できるという異能を持つ。もちろん、私は最高レベルなので、この馬は水上どころか空も走れるし乗り手ごと壁抜けもできる。

『他の荷物』であるジャーグルの石像を横目で見てから、私は次の呪文を唱えた。

「あっ!? う、浮きましたっ! そ、そっちも……」

【見えざる運び手《スプライトポーター》】。不可視の従者を創造し荷物を運ばせる呪文だ。一レベルの呪文だけに、従者には荷物を担いで使い手を追尾する以外の能力は一切ないが、そのパワーは相当なものだ。まずモーラの大荷物を、次にジャーグル像を軽々と持ち上げる。もっとも従者自体は不可視なので、石像と麻袋が並んで宙に浮いているように見えるという……シュールだ。

モーラも同じ意見のようで「うわぁ……」とか呟《つぶや》いている。

「あといくつか、使っておきたい呪文があるのですが、ひとまずここから出ましょうか」

「は、はいっ」

†

私は幻馬にまたがると、モーラを引っ張り上げる。その時摑《つか》んだのは、よく小説などで言う『白くて華奢《きゃしゃ》な手』などではなく、日々の家事や仕事で硬くなった、しかし温かい手だった。

「こういう時はやはり、『ハイヨーシルバー!』かな」

「……?」

乗馬なぞ何十年も昔に北海道の牧場で体験して以来だが、しっかりと手綱を操ることができた。『D&B』の基本《ベーシック》ルールブックに『全てのキャラクターは基本的な乗馬の技能を持っている』と書かれていたのを『見守る者』が忠実に再現してくれたおかげだろう。もっとも呪文で喚《よ》び出したモンスターだから、別に技能がなくても命令に従ってくれるのだが。

モーラは鞍《くら》の後部に、おっかなびっくり横座りしている。モーラが落ちないよう気を付けながら幻馬を歩かせて（後ろに石像のジャーグルとぱんぱんの麻袋がふわふわと付いて来るのはやはり異様だったが）通用門をくぐり、砦の外に出た。

砦正面、南側の空き地は狭かった。斜面を下る細い山道が続いている。砦の西側は断崖がそそり立ち、残り二方は険しい下り斜面になっていた。ここを軍隊で攻めるとしたらかなり苦労することだろう。そもそもよくこんな場所に石造りの砦を建築できたな……。

「早く村に行って父さんに無事な顔を見せて、それから戻ってこないと……。荷物が心配です」

モーラが真剣な顔で呟いた。

「そうですね、山賊が戻ってくるかも知れませんし。対策しておきます」

「対策、ですか？」

高い防壁を見上げながら私は次の呪文を使った。

「……【大地造成《リノベーション》】」

「!?　今度は何!?」

地面、正確には砦の下の大地から震動と地鳴りが広がっていく。

「と、と、とりでがっ!?　地面がっ!?」

【大地造成《リノベーション》】の呪文は地表を自在に移動させることができる。『ゴゴゴ』という轟音とともに、砦が建っている大地が垂直に伸びていった。目の前には鋭い断面を見せる崖が現れる。私は二十メートルほど砦を持ち上げたところで呪文の効果を固定した。

今、目の前に見えているのは断崖絶壁だけだ。

「これでしばらくは誰も入れないでしょう」

「…………」

モーラは、あっという間に絶壁のてっぺんに持ち上げられた砦を茫然と見上げていた。目と口があんぐりと開かれている。更に、いくつかの呪文を自分にかけておく。万一、道中で何かに襲われた時の備えだ。

「お待たせしました。じゃあ出発しますね」

「……あ、は、はいっ」

私は格好つけて足で軽く幻馬の腹を蹴った、その合図よりも私の意志を受け、黒い巨馬は軽やかに駆け出し……宙に浮き上がった。

「おぉっ飛んでる、飛んでるっ」

「ぎゃあああぁぁぁぁ!?」

†

数分後、私たちを乗せた幻馬は大人しく山道を進んでいた。

「……うっぷ……」

「ほんとにね、もう少し考えてくれないと困りますよ？　私は貴方の魔術？　魔法？　なんて知らないんですからね？　もし落ちたらどうするんですか？」

「……はい……すいません……」

馬にまたがって空を飛ぶという、何重の意味で

も初めての体験に一瞬浮かれるまでは良かった。

しかし問題は即座に発生した。一つはモーラがパニックになったこと。もう一つは私が酔ったことだ。いやもう、空を駆ける馬に乗ってみれば分かると思うが、上下動が激しすぎる。そして、モーラの父親が身代金を持って砦に向かっていた場合、行き違いになってしまうという問題にも気付いた。城への唯一の道は山の木々に隠されている。空を飛んでいては見落とすだろう。時間は惜しかったが、普通に道を進むこととした。

幸い、幻馬が大地を踏みしめてくれさえすれば馬上の揺れは気にならなかった。鬱蒼《うっそう》と繁《しげ》る森の中の山道という悪条件でも快適な乗り心地である。

とにかくこの山道を半日進めば街道に出るらしい。街道を西に進めばレリス市、東に進めばユウレ村だという。二時間ほど、私たちは幻馬の背に揺られていた。

「……ほんとにジオさんって、普通の魔術師さんとは違うみたいですね」

「そうでしょう?」

そろそろ何処《どこ》かでお弁当を食べようか、と思案しているとモーラがぽつりと言った。

「モーラさんは魔術師と会ったり、魔術を見たことがあるんですか?」

「レリス市には魔術師ギルドもありますから。お父さんの仕事で、冒険者やってる魔術師さんと一緒に旅することもありましたよ。その人は良い人でしたけど……」

やっぱりあるのか魔術師ギルド。そしているんだな冒険者。

†

ジオとモーラが幻馬の背に揺られている頃のこ

とだ。

街道と砦の概《おおむ》ね中間地点の山中。二抱えはある大木が散在する斜面である。

「ギッ！　ギギィッ！」

「ギシァッ！」

四肢を備えた影が数十、斜面を駆け上がっていく。

捻《ねじ》れ歪んだ四肢に漆黒《しっこく》の肌、金色に輝く凶眼。短い角に大きな耳。金属で金属を掻き毟《むし》るような叫びを発する口には、牙がびっしりと並んでいる。叫びに、『ガチガチ』という音が混じるのは、その牙が激しく打ち鳴らされているからだ。手に手に、粗末な石斧や槍《やり》、棍棒などを握っている。決して大きくはない。一・五メートルほどの人型に、はち切れんばかりの憎悪と殺意を詰め込んだ人類の天敵。

セディアの人々はそれを『暗鬼』と呼んだ。

暗鬼の群れが疾走する先には、六人の男女がいた。冒険者、と呼ばれる者たちだ。

彼らは暗鬼に追われ、必死に斜面を駆け上がっている。

「こんな大きな群れと遭遇するとはなっ」

走りながらつい愚痴を漏らしたのは、リーダーの男だ。名をセダムという。

セダムはレリス市冒険者ギルドに所属する特殊兵《レンジャー》。三十二歳と冒険者としては脂の乗り切ったベテランであり、レリス市でも精鋭と言われるパーティを率いている。

引き締まった長身に、動きやすさを重視した革鎧にロングブーツ。ベルトには短剣や小剣、薬草類等を納めた小袋を吊《つ》り、背中には弓・矢筒に背嚢《はいのう》。ベテラン冒険者らしい実用的なスタイルに、知的な容姿がマッチしている。

とある冒険からの帰途、ユウレ村に滞在していたセダムは交易商人イルドに出会った。ドワーフ製の高品質武具を扱うイルドは冒険者たちにとって顔馴染みである。

イルドはセダムたちパーティに、山賊に攫《さら》われた娘の救出を依頼してきた。彼らは相談の上、依頼を受けることにした。砦の山賊達の首領が最近魔術師に代わったという情報もあったが、金貨三千枚という高額な報酬と吊り合う危険度だと判断したのだ。

それが昨日の夜の話である。

冒険者たちは夜が明けるより早くユウレ村を出発した。さらに、可能な限り山賊たちに見つからないようにと、あえて獣道を選んで砦へ向かうことにした。

その判断は妥当ではあったろう。想定外の存在との遭遇さえなければ。

「ギッ！　ギイィッ！」

斜面の上方にセダムたち六人の冒険者、下方に暗鬼。暗鬼の群れが冒険者たちを追跡しているという構図である。

人間の軍隊や山賊が襲いかかるのとは次元が異なる異様な光景だ。人間の集団ならばその動きには必ず計画が、指揮者の意図や、怒りや恐怖、不安、興奮、様々な感情が見られるものだ。だが暗鬼たちはそんな『人間的な』要素を何一つ備えていない。ただただ人間を殺したい、嬲《なぶ》りたい。そんな、圧倒的なまでの悪意に突き動かされているだけなのだ。

彼らに追われる冒険者たちは、黒い高波から必死に逃れようとしているかにも見えた。

群れを構成するのは、暗鬼の中でも小鬼《しょうき》と呼ばれる種類で、移動速度は人間よりやや遅い。それでも後先考えない全力疾走で人間を襲おうと逸《はや》る暗鬼たちは、徐々に冒険者との距離を詰めている。

「……反転っ。三秒反撃だっ」

「承知しましたわっ」

先頭の小鬼の口の中の舌が見える距離になったところで、セダムは仲間に号令した。

「分かったっ！」

「了解っすっ！」

最初に足を止め暗鬼たちの前に立ちはだかったのは二人の戦士。二人とも、部分的に装甲を加えた鎖帷子《くさりかたびら》に円盾、片手剣で武装している。髭面の中年がジルク、少年といってよい若者がテッドという。さらに神官戦士トーラッドが加わり、瞬時に防衛線を構築した。

「おらあっ！」

「ギガッ!?　……ギィィィ！」

斧を振り上げたまま斜面を駆け上がってきた小鬼の顎を、テッドが蹴り飛ばした。仰向《あおむ》けにひっくり返った小鬼はしかし、すぐさま四《よ》つん這《ば》いでテッドに迫る。

「くそっ、テッド！　一発で仕留めろ！　でなきゃこっちが殺《や》られるぞ！」

「す、すんませんっ」

テッドの足にしがみつき、砕けた顎で噛み付こうとする小鬼の頸部《けいぶ》を、ジルクの剣が叩き斬った。

「ギヒッ!?」

「……」

別の小鬼の胸に短剣が刺さる。防衛線の後ろから、女密偵《スカウト》のフィジカが放ったのだ。ほとんど普通の旅装と言って良い軽装備の赤毛の娘は、油断なく目を細め次の敵に備えて新たな短剣を構える。

「クローラは足止めだ」

セダムは隣の魔術師に指示を出しながら続けざまに矢を放っていた。一言発する間に二射である。木々の間を縫いながら駆け上がる小鬼のうち、パーティに最も近づいた一体の顔面、その次の一体の喉に矢が突き立った。恐るべき速度と正確さだ。

「ギッギギィイッ！　ギギギッ！」

「ギィィアアッアツ！」

矢に貫かれ倒れる小鬼たち。その二体は致命傷を負ってさえ、なおも人間の血肉を求めて手足を振り回し、もがき、手近の木を人だと思って噛み付いていく。この異常な攻撃性が、暗鬼をして人間の天敵とされる理由の一つである。

セダムが指示した三秒の間に、ジルクが一体、フィジカの短剣が二体、そしてセダムの矢が四体の小鬼を倒した。

最高速で駆けていた群れの先頭が叩かれたことで、暗鬼たちの足が僅かだが鈍《にぶ》る。

「よし、走れ！」

「了解！」

セダムの新たな指示に全員が一斉に動く。

防衛線を築いていた前衛三名がまず暗鬼たちに背を向け駆け出す。飛び道具を持つフィジカとセダムは、さらに一秒暗鬼たちを攻撃してから戦士たちと並んだ。

重装備のため足の遅い前衛、次に軽装備の二人が、待機している魔術師の横を走り抜け斜面の上方へ向かう。

「おぞましき暗鬼ども！」

魔術師は波打つ黄金の髪、青い瞳。活動的な服装にマント姿の美女だった。

一秒、二秒。一人、無防備に突っ立っているようにしか見えない女魔術師へ、怒り狂った暗鬼の群れが殺到する。


「火の矢・連弾《ファルボルザ・チェイン》！」

斬りつけるような鋭さを持つ声が響いた。女魔術師クローラが魔術を行使したのだ。

彼女が掲げた杖の先に魔力が集中し、弾《はじ》ける。

八つに分かれた魔力はそれぞれが火の矢に変じて、猛然と迫りくる暗鬼たちに襲い掛かった。


「ギイッ⁉」

「ギヒィイイイッ」

八本の火の矢は正確に八体の暗鬼に命中し、漆黒の身体を炎で包む。全身を焼き焦がされては、さすがの暗鬼たちも地面を転がりのたうつしかない。

炎の塊のようになった暗鬼が地面で暴れ、他の暗鬼の進行を邪魔する。


「ざまあご覧あそばせ！」

硬質な気品が漂う美貌とはちぐはぐな言葉で暗鬼を嘲《あざけ》ると、クローラも駆け出した。最も軽装の彼女はすぐに仲間に追いつく。

冒険者と暗鬼の間の距離は僅かに広がっていた。最初のセダムの指示で、全員が自《みずか》らの役割分担を意識し動いていたのだ。ただ殺意のままに振舞う暗鬼と、経験を積んだ人間の差をまざまざと見せ付けるような一幕である。

……そう、違うのだ。人間と暗鬼は。

「新手」

走りながらフィジカが警告を発した。すぐに、斜面を駆け上がるパーティの横合いから特徴的な叫びが響いた。

「ギギイッ！」

「ギヤアッ！　ギルウッ！」

藪をかき分け、次々に飛び出してくる黒い影。たちまち数十体の群れとなる。冒険者たちは下方と側面から追撃を受けることになった。

「……ちっ」

セダムは舌打ちしながらもハンドサインで進行方向を指示する。山賊に発見される危険を冒してでも山道まで出て、大群を迎え撃つに有利な隘路《あいろ》まで走る作戦なのだ。

「おい不味《まず》いぜっ！　巨鬼《きょき》だっ」

ジルクが顔を引きつらせ、叫ぶ。他の者たちも一斉に息を呑《の》んだ。新手が飛び出してきた藪《やぶ》が大きく分かれ、一際巨大な影が出現したのだ。

「ギルルウォォォ!!」

小鬼の倍、三メートル近い巨体だった。長身のセダムが子供に見える。片手には立ち木を引っこ抜いただけの巨大な棍棒が握られている。漆黒の肌は小鬼と同じ。岩のような筋肉をでたらめに盛り付け人型を組み上げたかに見えるのが、巨鬼。捻れた太い角を生やした巨鬼は、山全体が震えるような雄叫《おたけ》びを上げた。

「はやっ」

巨体だけに一歩が桁外れに大きい。それが無尽蔵の体力と殺意に後押しされて冒険者たちを追うのだ。それなりに開いていた距離は一気に潰され、冒険者の最後尾を棍棒が横薙《よこな》ぎに襲った。

「っ⁉」

狙われたのは殿《しんがり》を守って走っていたジルクだった。かろうじて円盾を掲げたが、莫大《ばくだい》な運動エネルギーを受け止めることは不可能だった。たまらず打ち倒され地面に転がる。

「ジルクさんっ」
「これはっ……」

すぐ傍にいたテッドが必死にジルクの腕を掴む。神官戦士トーラッドが二人を守ろうと立ちはだかるが、棍棒を振り回す巨鬼の前ではあまりにも貧弱に見えた。並の冒険者パーティであればこれで士気が崩壊しただろう。

「クローラ、先に上がって位置取りしておけ。フィジカは護衛につけ。お前らも下がれっ」
「お任せなさいっ」

女性二人は男たちを置いて斜面を駆け出した。セダムは指示を出しながら素早く矢を放っていた。矢は巨鬼の肩口に命中する。ダメージなどほとんどないが、一瞬巨鬼の注意が逸れた隙にテッドとトーラッドはジルクを支えて何とか立ち上がった。

「ギルウゥッ……ギギャッッ⁉」

目の前の人間三人を見逃す巨鬼ではない。再度棍棒を振り上げ三人まとめて叩き潰そうとする。その右目にセダムが続いて放った矢が突き刺さった。

「ギガアア⁉」

「やればできるもんだっ」

痛みに激怒した巨鬼の棍棒は、後退するジルクの足元を抉《えぐ》っていた。極限状況で奇跡的な射撃を成功させたセダムは、冷や汗を流すとともに不敵な笑みを浮かべる。

「急げよっ」

「わ、分かってるっすっ」

ジルクを支えて走る二人に発破をかけ、セダムもクローラたちを追って走った。当然、片目を潰された巨鬼にも、小鬼の群れにも追撃を諦める気配はない。

「炎の鞭《ファルガ・ウィレム》！」

再度、女魔術師の声が暗鬼の群れを叩いた。杖の先から伸びたのは炎を束ねた鞭《むち》である。鞭は重力を無視して空中を自在に疾《はし》り、巨鬼に絡みつく。

「ギガァァァァッ⁉」

真紅の鞭が巨鬼の全身を締め上げ、焼き焦がす。凄まじい拘束力があるのだろう、いくらもがいても巨体は一歩も動けなかった。その姿はまるで巨大な松明《たいまつ》だ。

「ギイッ⁉」

「ギルルウゥッ」

鞭は巨鬼を拘束したまま さらにその先端を伸ばした。二本の大木の間を何度も折り返して、冒険者と暗鬼の群れの間をフェンスのように塞ぐ。小鬼たちは炎の鞭など怖れず突破しようと突っ込むが、物理的な実体を持つ炎の鞭を破ることができず次々に火達磨《ひだるま》になっていった。

「はっ……はあっ！」

「すげっ。さすがクローラさんっ」

戦いながら全力疾走するという無茶をした冒険者たちは汗だくだ。それでも、クローラの魔術で暗鬼たちの追撃が一瞬でも止まったことで、生気を取り戻している。

「あれは、一時しのぎですわっ……」

「だな。もうひとっ走り……く……」

他の者には認識できないが、正式な魔術師であるクローラの視界には自らの『魔力量』を表す数値が認識できていた。最大値から大幅に減って『二十五』。あと二回、火の矢の魔術を使えばそれで魔力は尽きる。

「ギルオオォォォ!!」

セダムの顔に焦りが生まれた。先ほど新手の小鬼と巨鬼が飛び出してきた藪の向こうから、さらに二体の巨鬼が現れたのだ。

「ほんとかよっ!?　巨鬼が三体もっ!?」

「……」

熟練の冒険者たちも言葉を失う。

「とにかく走るしかないなっ」

「こんなところで負けませんわよ、私《わたくし》はっ」

しかしセダム、クローラは生存を諦めてはいなかった。

炎の鞭によるバリケードは、数秒のうちに迂回《うかい》されるか新たな巨鬼によって破られるだろうが……。その数秒で一歩でも希望へ近づこうと、仲間を叱咤する。

「そう、私《わたくし》はこんなところでは……」

女魔術師が、青く切れ長な目に闘志をみなぎらせて呟いた瞬間。

暗鬼たちを巨大な爆発が包み込んだ。

†

「……イイイイ……！」

「……ギィイギィ……！」

「な、何だ今の声？」

幻馬の後部にモーラを乗せ山道をゆったりと進んでいると、奇怪な声が響き渡った。猿のような動物の鳴き声か？　にしては何か、明確な悪意のようなものを感じる。しかも、一匹二匹ではない。もし動物だとすれば、多数の群れが一斉に鳴いているのだろう。

丁度進行方向から聞こえてくるような気がするが……。

「モーラさん、今のは……っ？」

「ひ、ひぃぃ……」

この世界《セディア》の住人であるモーラに意見を聞こうと振り向くと、モーラは真っ青な顔でガタガタと震えていた。私のローブの背中を強く握り締めている。

「ど、どうしました？　大丈夫ですかっ？」

「ジ、ジオさぁん……」

慌てて声をかけると、彼女は恐怖の涙を浮かべた顔を上げる。

「あれは、あ、暗鬼のっ……声ですっ」

「暗鬼？」

「む、昔、レリスにも暗鬼がっ……襲ってきて……お、お母さんがっ……」

暗鬼。山賊もモーラも口にしたが、オグルに似た存在のことか？

うわ言のように呟くモーラの様子は尋常ではない。とりあえず幻馬から降りて話を聞こうとすると。


「もしかして……お、お父さんを襲ってるのかもっ⁉　いかないとっ」

「あ、ちょっとっ」

モーラは私を置いて山道を駆け出そうとした。慌てて背後から抱き止める。


「放してくださいっ。お父さんが私を迎えにきてくれてるかも知れないのにっ」

モーラは泣き叫んで訴えた。彼女の父イルドは今、山賊に身代金を支払うために山道を歩いているのかも知れない。もしそうだとしたら、あの叫びの主……暗鬼と遭遇している可能性は高い。

暗鬼とやらが実際にオグルと同格の怪物だった場合、一般人では太刀打《たちう》ちできない。もちろん、三十六レベル魔法使いから見れば雑魚《ざこ》である。が。


「…………っ」

意識してみると、金切り声は風に乗って次々に耳に届く。データ上は圧倒的強者だとしても、中身は一般人でしかない私にとっては不気味で、恐ろしい。

「放して……お父さんまで死んじゃったら……私

……」

暴れるのを止めたモーラが懇願してくる。

死ぬの、生きるのと。日本にいた頃なら決して近づくことのなかった状況だ。

だが……私はつい昨日、彼女を無事に家に戻すと決めたのではないか？　この場合の『無事』は、ここから無理やり引き離して父親のいない家に連れて行くことではあるまい。

「ひ、開け、魔道の門……」

緊張で乾き始めた喉を使い、呪文を唱える。

「この呪文により魔力の盾が対象一体を一時間護衛する。【魔力の盾《マナシールド》】」

「？　ジオさん……？」

少女の身体を抱きかかえたままでも一レベルの呪文くらいなら唱えられた。混沌のエネルギーが不可視の盾に変わり、モーラの周りを浮遊するのが感じられる。いくつも呪文を使っている時間はない。最低限の守りだ。

いざとなったら幻馬で空へ脱出しよう。

「行こう。お父さんが危ないなら……私が助ける」

†

「……っ」

幻馬に再度騎乗し、山道を駆けさせる。モーラはしっかりと私の腰にしがみついていた。左側は切り立った断崖、右側はかなり急な斜面。山道の幅は三メートル程度。

乗り手の意思を受けて走る幻馬は、これだけ狭い道であっても実に安定した疾走を披露してくれた。私の顔が引きつっているのは騎馬疾走のスリルだけではなく、まだ見ぬ暗鬼、そして戦闘という行為への不安のためだ。

「ギィィィ……！」

「ギルウゥウゥ」

最早《もはや》叫び、いや金切り声はひっきりなしに響いていた。このまま進めば確実に叫びの元凶に辿り着くだろう。

その瞬間は思ったよりもずっと早くきた。

「あっ、あそこ！」

モーラが進行方向の右側、下り斜面を指差した。

「ギイイィッ！」

「ギッギッギッ」

幻馬を急停止させて目を凝らすと、木々が並ぶ斜面を必死に駆け上がってくる数名の男女。その向こうには無数の捻くれた影が見えた。

「あれが、暗鬼っ……！」

武装した男女の集団と、影の群れの距離は二十メートルほどだろうか。

影……痩せて歪んだ子供のようなシルエット。まだ遠目だが、形だけならそれはいわゆる『ゴブリン』だったろう。ファンタジーRPGでも定番の雑魚モンスターだ。

しかし、金色の目をギラギラ輝かせ、殺意の叫びをあげながら人間達を追撃する彼らを見ていると、雑魚どころか本能的な恐怖が湧《わ》き上がってくる。数え切れない黒い影が数名の人間を追い詰めていく光景は、軍隊蟻《ぐんたいあり》の進撃を思わせた。

「お父さんじゃないっ……あ、セダムさんっ！

クローラさんっ！」

幻馬の鞍から身を乗り出していたモーラが、必死で斜面を駆け上がる……こちらへ向かってくる男女を指差して叫んだ。知人か？

「巨鬼までいるっ……ジオさん！」

巨鬼、とモーラが言った。暗鬼の群れの中で一際目立つ巨体のことだろう。山賊もモーラも、あれとオグルを間違えたのだ。

「ジオさんっ……お願いしますっ。あの人たちを助けてください！　暗鬼をやっつけて！」

現代日本で平穏な生活を送っていて、これほど強い思いを込めた願いを聞く機会があるだろうか？モーラの叫びは、まるで世界中の人間の声のように私の心を揺さぶった。

これはもう、四の五の言っている場合ではない。

「モーラ、彼らをこっちに呼ぶんだ。暗鬼は……私が倒す」

「ジオさんっ……はい！」

モーラが声を限りに斜面の下へ叫び、セダムとクローラを呼ぶ。

私は手綱を握ったまま意識を集中し、『内界』に仮想の私を出現させていく。

「開け魔道の門。我が化身を招け」

魔道門を潜った仮想の私は第三階層『中級術者の呪文書庫』に入る。第九階層に比べれば大分浅いが、だからといって十秒という詠唱時間が短縮されるわけではない。

「この呪文により半径二百四十メートル以内に火

の矢を撃ち込み、直径八メートルの火球を生む。

火球のダメージは２０Ｄ６なり」

書見台に置かれた【火球《ファイヤーボール》】の書物を指差すと、混沌のエネルギーは書物から大量のダイスの姿に変わり、私の掌に納まった。

ダメージや効果にランダム要素がある呪文の場合、ダイスで判定せねばならない。これが正式な『Ｄ＆Ｂ』のルールだ。ちなみに『２０Ｄ６』とは、『六面体ダイスを二十個振る』という意味である。


「……うりゃ！」


ついつい気合の声が出る。仮想の私は両手の中に収めた多数のダイスを思い切りシェイクしてから、空の書見台の上に放り投げた。現実のダイスと違って、台から飛び出すようなことはない。

二十個のダイスは派手に転がり、思い思いの数字を上にして停止した。六、三、一、一、六、二、四……ぱっと見悪い目ではない。

出目の合計『六十三』を私が認識した瞬間、火球のダメージが確定する。ダイスは改めて輝く奔流となって上方、現実世界へ飛翔していった。


「【火球《ファイヤーボール》】！」


現実の私も呪文を唱え終える。

強く輝く赤い矢が、ロケット花火のような音を立てて飛翔した。矢は男女の頭上を飛び越え、良く目立つ巨体のうち一つに吸い込まれ……爆発した。


「きゃあああっ⁉」

「うおおぉ⁉」

「何だっ？」


直径八メートルの火の球を作り出す、というのがこの呪文だ。『D＆B』の魔法使いが中級《エキスパート》レベルから多用する代表的な攻撃呪文だが……実際に使ってみると、想像よりも遥《はる》かに凄まじい威力だった。

火球の中心にいた巨鬼の肉体は、ほとんど蒸発といって良いレベルで消し飛んだ。効果範囲、八メートルの円内に存在した小型の暗鬼たちも同様である。

元々のゲームなら、ここまでだ。効果範囲の一センチでも外側にいた敵は、何もなかったように動き始めるだろう。

だが、現実ではもちろんそんなことはない。瞬間的に発生した莫大な熱量によって空気が膨張し（たのだろう、多分）、辺りの木々が軋《きし》むほどの爆風が吹き荒れた。粉砕された木々の破片や土砂、石が放射状に飛び散り暗鬼たちの肉を抉る。要するにミサイルや爆弾の爆発と同じだ。

たった一発の【火球《ファイヤーボール》】は、黒い波のように広がっていた暗鬼たちの半数ほどに深刻なダメージを与えていた。

この時のダメージは二十前後。これでも低レベルの【火球《ファイヤーボール》】が使用できる最低レベルは五で、この時の戦士を一発で倒す威力なのだ。それが、『六十三』という数値になるとこれほどの爆発と衝撃を生むのか……と、激しい爆風に全身を叩かれモーラを抱きかかえながら私は茫然と考えていた。

「!?」

「あ、あわわ……セ、セダムさん、クローラさん……」

モーラも数秒放心していたが、我に返って知人の名を呼ぶ。それで私もハッとした。一応、爆心地である巨鬼と二十メートル程度は距離が空いていることは確認したのだが。あの爆風で彼らにも被害を与えてしまったか……と、冷や汗をかく。

「あっ」

幸い、それは杞憂《きゆう》に終わった。爆発の瞬間、彼らはとっさに地面に伏せていたようだ。泥まみれではあるが、怪我をした様子はなくまた駆け始める。

近づいてくると、彼らが六人組であることが分かった。

「おおい！　あんたっ……」

「魔術師か？　手を貸してくれ」

「あっ、モーラじゃありませんのっ⁉」

手にした武器や装備からいって、どう見ても『冒険者』だろうという六人組が私たちのいる山道まで辿り着いた。

倒しきれなかった暗鬼たちの叫び声と黒い姿も、少しだけ遅れて追いつくだろう。

†

「セダムさんっクローラさんっ」

「モーラか⁉　……話は後だ」

なかなかにカオスな状況であったが、冒険者の対応はさすがだった。

「反転！　時間を稼ぐぞ」

「了解っ」

長身で金髪の端整な男が指示すると、すかさず戦士らしき三人の男が並び壁を作る。

「あんた、さっきの魔術はまだ使えるか？」

「ファ、【火球《ファイヤーボール》】ならあと一回使えます」

セダムと呼ばれた金髪の男が、弓に矢をつがえながら鋭い声で聞いてきた。私は反射的に答える。

そう、【火球《ファイヤーボール》】は今日、二回分『準備《チャージ》』している。

「よし。あと一体巨鬼がいる。そいつが上がってきたらぶちかましてくれ。なるべく、小鬼どももまとめてな」

「わ、分かりましたっ」

セダムの声は静かだったが説得力と迫力に満ちていた。まだ三十代だろうに、実戦を知っている人間とはこういうものなのだろうか。

『本物の』戦闘の経験などない私には、彼の指示はありがたかった。

「モーラ、こっち」

「あ、フィジカさぁん！」

赤毛の女性が幻馬の後部からモーラを抱き寄せた。フィジカというその女性もモーラの知人らしい。少女の様子からいって、預けて大丈夫そうだ。

「いやぁーこんなところでスゲェ大魔術師と会うなんてなぁ」

「これもアシュギネアの加護ですね」

前衛を務める男たちからは賞賛の声が上がっている。

一方。

「……」

恐らく魔術師だろう、マントと杖の女性はやけにこちらを睨《にら》んできていた。もしかして、ジャーグルと間違えられているのだろうか？

「ギルオアアアァァッ！」

「今だ！」

「えっ」

巨鬼は斜面を登りきろうとしていた。

確かにこの瞬間に攻撃魔法をぶち込めれば効果的だったろうが、彼の合図は呪文の詠唱に必要な十秒間が考慮されていなかった。

慌てて呪文を唱え始める。ただし別の呪文を。

「開け魔道の門……」

「？」

「なに、やってますのっ⁉」

私が呪文を詠唱する間に、巨鬼は完全に山道、我々の正面まで登ってしまった。もちろん、十数体の小鬼も続々と続く。私たちとは直線距離で十メートル以上離れているのが幸いだったが。

いずれにせよ私が即座に攻撃しなかったのは計算違いだったのだろう。冒険者たちは不審の視線を私に向けた。


「くっ」

「火の矢《ファル・ボルザ》！」

「ギィィアアアッ！」

セダムが矢を放つ。ほぼ同時に女性魔術師が叫ぶと、火で出来た矢が飛んで巨鬼の顔面に命中した。実体と火炎、二種類の矢を受けた巨鬼は絶叫したがまだ倒れない。でたらめに棍棒を振り回しながらもこちらへ突進してくる。

「……【稲妻《ライトニング》】！」

【火球《ファイヤーボール》】の爆発は効果範囲が広すぎる。なので私は、直線上の敵だけをまとめて攻撃できる呪文に切り替えて詠唱していた。突き出した指先を起点に、幅二メートル、長さ三十メートルの雷が発射される。目に焼き付くほど眩い雷光が、山道を突進してくる暗鬼たちを迎え撃った。

「グギァアアアァ⁉」

「うおおぉっ⁉」

「ひぃぃぃ！」

轟音が響く。雷光が駆け抜けた空間が熱せられ、爆風と衝撃が身体を叩いた。


「あっ」

「おっとっ」


長い金髪の女性魔術師が、爆風にマントごと煽《あお》られて姿勢を崩し転びそうになった。思わず馬上から手を伸ばし、彼女の手首を掴んで支える。こんな動きがとっさにできるのも、身体の中身が変わっているからだろう。

「ふぅ……」


彼女が踏ん張ったのを確認してから顔を上げると、巨鬼は上半身を消し炭にして倒れていた。小鬼たちはもっと悲惨で、黒い残骸になって山道に散らばってる。

暗鬼たちの残骸、焼け焦げた肉の臭《にお》い、轟音はまだ耳の中で反響している。……吐き気を催さなかったのは、あまりに現実離れし過ぎていて理解が追いついていないからだろう。


「……ちょ、ちょっと」

「あ、これは失礼……」

†

顔をしかめた女性魔術師から抗議の声があがったので、私は慌てて彼女の手を放した。

見える範囲の暗鬼を倒しきったところで、移動することになった。
クローラと言う女性魔術師や、他のメンバーはその場で私とモーラに次々と質問を浴びせてきたが、セダムが一喝でそれを抑えたのだ。まずは安全を確保するという、現実的な指示にみな納得し、私はモーラを乗せた幻馬の手綱を引いて彼らについていく。

「まあ、ここならとりあえず良さそうだ」

山道の途中、吊り橋の手前でセダムは立ち止まった。吊り橋は、狭いが深い裂け目をまたいでいる。ここなら、挟み撃ちにでもされない限り逃走も防戦もできるという判断だろう。

「俺はレリス市の冒険者セダム。その子を山賊から救出する依頼を受けてきた」
「やっぱり、そうだったんですね！」

セダムは簡潔に彼らの事情を説明してくれた。革鎧に弓矢という装備からして特殊兵《レンジャー》だろうか。落ち着いた物腰に、知的な風貌。海外の自然科学ドキュメンタリー番組に出てくる大学教授のような雰囲気があるな。
彼の説明は私も想像した通りだった。モーラは目を潤ませて喜んでいる。

「それでだ」
「いや、ちょっと待ってください！」

見かけ通りというか。冒険者の中ではセダムが最も好奇心が強いのかも知れない。純粋な興味の色を浮かべて質問を始めようとした彼を、私は手を挙げて制した。

「どうした？」
「ちょっと、私の事情は特殊なので。まずは私の話を聞いてもらえませんか？」

「私は、ジオ・マルギルスという魔法使いです」
「魔法使い……？」

†

最初の一言から、冒険者たちの不審を招いてしまった。特に女性魔術師の視線が痛い。金髪碧眼《へきがん》に白い肌という、絵に描いたような美女だけになおさらだ。

それでもとにかく、こちらの事情を説明する。

ジーテイアスという遠い国から魔法の事故でここまで飛ばされ悪の魔術師と山賊に捕まり、逆にそいつらを蹴散らしてモーラを救い出し、彼女を村まで送り届けようとしていた、と。

「……あまりに突飛《とっぴ》過ぎますわね。言い訳ならもう少しお上手になさったらいかが？」

クローラ・アンデルと名乗った女性魔術師が不機嫌そうに言った。身体にフィットしたズボンとシャツの上からマントを着けている。どれも高級そうだ。モーラがそっと「クローラさんは伯爵家のお嬢さんですから、怒らせない方が良いですよ」と助言してくれた。

まあ私も（元）会社員だ。部下の中には彼女くらい気の強そうな女性はいたから、いくら美女相手でも、多少キンキン言われるくらいでペースを乱されはしない。と、思う。

「あんたが山賊の首領の魔術師で、モーラを連れて暗鬼から逃げていた……っていう考え方もあるが」

セダムもまだ疑っているようだが、クローラほど敵意は見せていない。

「妙な話であることは承知していますよ。しかし、一応モーラという証人もいますし」

「そうですそうですっ！」

「それに……山賊の首領の魔術師なら、そこにいますから」

「……」

私は、見えざる運び手が愚直にここまで運搬してきた、ジャーグル像を指差した。

「うーん、何だこりゃ……」

「石像と麻袋っすけど……どうやって浮いてんですかね」

中年（といっても私より若いが）の戦士ジルクと若いテッドが、不気味そうに宙に浮かぶ石像と袋を眺めた。赤毛の女性フィジカはあまり興味なさげに、周囲へ視線を向けている。

「まあ、あんたが暗鬼を倒して俺たちを助けてくれたのは事実だ。それについては本当に感謝している。ありがとう」

「あ、ありがとうございましたっ」

「本当に助かったぜ。命の恩人だな」

「……それは認めざるを得ませんわね……」

私の説明にどこまで納得したか分からないが、セダムは律儀に頭を下げた。他の冒険者もそれに倣《なら》う。

「あ、ええと、その。これはモーラに頼まれたからですね……」

「ジオさんは凄いんですよ！　魔法が使えるんです！」

仕事をしていれば、礼儀として頭を下げられたり感謝されることは多い。だが、これほど誠実に『命を救ったお礼』を言われたことはない（そもそも人の命を救ったこともない）。照れて顔が緩むのを誤魔化すようにぶつくさ呟く。モーラが援護射撃してくれたが、その言葉が再度女性魔術師に火を付けてしまったようだ。

「そもそも、魔力のない魔術師など存在しないんですわ！」

クローラはもう我慢できない、とばかりに言った。魔力がない、か。ジャーグルにも言われたがほんとにどういうことだ？

「私もそれをお聞きしたいのですが。このあたり……ええと、セディアの魔術師さんたちは魔力というものが目で見えているのですか？」

『見守る者』が異世界のことをセディア大陸、と呼んでいたのを思い出して聞いてみる。私も一応、呪文を使えば魔力を見ることはできるはずだが、『D&B』では『それ』が魔法を使うための条件なんてことはない。

「見えるに決まっているでしょう！」

「……しかし、その石像と荷物がぷかぷか浮いてるのは魔術ではないのですか？」

神官戦士のトーラッドがのんびりと言った。武骨な鎧に盾とメイスで武装しているが、おっとりした物腰の青年だ。

「……それは……」

「ちょっと、待って」

クローラが何か反論しかけると、それを低い声が遮る。

「暗鬼……来たよ」

フィジカが、とてもつまらなそうに報告した。

「うじゃうじゃいやがるな」

「小鬼に巨鬼、岩鬼《がんき》まで……」

†

私たちは山道の途中、木々が途切れて視界がとれる場所に移動していた。

青い空の下、地平線まで見渡せるのは気持ちが良い。山の麓には平野が広がっていて、街道らしき線が東西に延びているのが見えた。

問題なのは、数十メートル下った谷間の底を、禍々《まがまが》しい暗鬼の部隊が行進していることだ。私たちは立ち木や岩に隠れて谷間を見下ろす。不幸中の幸いなのは、谷間の暗鬼の部隊に、私たちを捜している気配がないことだった。

軍団で最も数が多いのが小鬼。小鬼二十体につき一体ほどの割合で巨鬼も交じる。そしてひときわ目立つのが、象以上の巨体を揺らしながら進む岩鬼。短く太い脚に肥満体、長い腕、顔の前部を占拠するイノシシのような鼻と牙。これは『D&B』でいえばトロールか。

岩鬼は見える範囲には一体だけだ。しかしその一体が、谷間を埋めるほどの巨体に丸太を束ねたような棍棒を担いでいるから始末に悪い。

まだ森の中なので木々に遮られて全貌は分からないが、全ての暗鬼を合わせたら数百体はいるだろう。

「しかしゴブリン、オグル、トロールなんて可愛いレベルじゃないな……」

『遠見のレンズ《テレスコープレンズ》』という、名前の通り望遠鏡として使えるマジックアイテムで彼らの姿を観察しながら私は呟いた。見ているだけで、身体中から嫌な汗が浮き出てくる。

確かに、彼らは『暗鬼』だ。姿形はゴブリンやオグルという言葉で説明できるが、そこから想起される使い古された雑魚的なイメージは全くない。

身体全体がタールでも塗りたくったように黒く濁っている。ギラギラと殺意に輝く金色の目。レンズ越しに見つめるだけで、人間全てを殺し尽くすことしか考えていないような憎悪がひしひしと感じ取れた。山賊やモーラがあれほど恐れた理由も今なら良く分かる。生身の生き物ではなく、魔物とかアンデッドと言われた方が納得できるくらいだ。

それでも彼らを『群れ』ではなく『軍団』と呼んだのは、明らかに規律を感じられる行軍をしているからだ。人間に出会い襲いかかるまでは、彼らはああした行動をとれるらしい。

指揮官だろうか、小鬼に担がせた台座に座る巨鬼を中心に、人類の天敵たちは隊伍《たいご》を組んで進んでいく。


「……あのまま谷を進んだら、どっかで森を出るな。あいつらユウレ村を襲うつもりなんじゃないか？」

ジルクが呟いた。モーラが「ひっ」と小さい悲鳴を上げる。

「ここからなら、奴らより先に村に戻れるかもしれない。警告くらいはできるだろう」

「警告はできても避難は間に合わないでしょうね。白剣城《はくけんじょう》へ救援を呼びにいった方が良いのでは？」

セダムとトーラッドが次の行動を相談している。しかし、警告や救援が間に合ったとして、あの軍団に勝てるのだろうか？

「森を抜けたら二手に分かれるか。とにかく急ぐぞ」

「……あ」

私は何もしなくて良いのだろうか？

昨日と今日で二度も戦闘というものを経験したが、どちらかといえば成り行きに流された感が強い。今の私は、自分の意思で戦うかどうかを選択しなければならない。

正直にいえば、『やれるかどうか』は問題ではなかった。おこがましい話だが、私は『やってもいいのかどうか』考えていた。つまり、この暗鬼の部隊を私が殲滅《せんめつ》してしまっていいのかどうか、ということだ。

懸念はいくらでもあった。

根本的には、私をセディアに転移させた『見守る者』の思惑が分からない、というのがある。ここで私が暗鬼を倒すことが、この後もっと大きなイベント……それは悲劇かも知れない……の引き金になるのでは？　あるいは、よくあるダークファンタジーのように、この世界《セディア》においては暗鬼こそが正当な人類であるとか？

また、ここで暗鬼の部隊を倒すことで私自身の立場が激変する可能性も高い。ないとは思うが英雄のような扱いをされても困るし、逆に立場が悪くなることだって十分考えられる。『禁忌《きんき》の魔法がどうとか』……よくある話ではないか。

そもそも彼らが本当にユウレ村に攻撃をしかけるかどうか、証拠はないのだ。同じ知的生命体（とはとても思えないが）として、相互理解の努力をすべきではないのか？

不確定の未来への怖さや不安もある。これがゲームではないということは何度も実感させられた。

そう、私は『D&B』のキャラクター、世界を何度も救った大魔法使いジオ・マルギルスではない。四十二年間、平和と話し合いがあらゆる暴力よりも尊ばれる国で、ぬくぬくと生きてきた人間である。

そんな人間が踏ん切りをつけるには、理由というものが必要だ。

「あのう、被害、は？」

「ん？」

「もしこのまま暗鬼たちが村を襲ったら、どの程度の被害があるのでしょう？」

私の問いに、テッドが苛立《いらだ》たしげに答える。

「あの数の上に岩鬼までいるんすよ⁉　全滅っすよ、全滅！」

「……そんな……」

救いを求めるように冒険者たちを見るモーラと、誰も目を合わせようとしない。

「ジオさん……ユウレ村には、お父さんが……」

モーラが不安そうに呟く。袖を引かれた気がして視線を下げると、彼女の手がローブの袖をきつく摑んでいた。

先ほどは、モーラの願いに突き動かされて戦った。だがここからは、私は私の責任と意思のもと、動かねばならない。後でどれほど後悔しようとも。

「大丈夫だ。私が何とかするっ」

モーラが「お父さんを助けて」と言う前に。責任をモーラに預けないために、私は早口で言った。

「何とかって……どうするんだ？」

「あれだけの大魔術を使って、もう魔力は残ってないのではないですか？」

怪訝《けげん》そうにこちらを見るセダムたちに答える余裕はなかった。

「よしっ」

両手で頬をひっぱたいて気合を入れる。自分を包んでいる不可視の力場に意識を向けた。砦を出る時に、万一に備えて使っておいた【飛行《フライ》】の効果である。

力場に支えられ、身体全体がふわりと浮きあがった。

「ううぅ……」

「な？　と、と飛んだ？　空を飛んだぁ⁉」

足の下からは冒険者たちの驚愕《きょうがく》の声が聞こえる。さっきの『飛行酔い』を思い出して気分が悪くなりそうになる。が、そんなことは言っていられない。

「こわっ」

生まれて初めて生身で空を飛ぶわけだが、幻馬に乗っての飛行以上に怖い。身体を包む力場のおかげで風や気圧からは守られているはずだが、足元に何もないというのがこんなに怖いものだとは……。

「危険ですから、避難しておいてください！　あれは私が倒してきます！」

「おいちょっと、あんたっ⁉」

「ジオさん……！」

私はおっかなびっくり飛行して、暗鬼を追った。【飛行《フライ》】の最高時速は五十キロ。暗鬼の先頭に追い付くのに数分もかからなかった。

「この呪文により我が眼下に厚さ三十センチ幅十五メートル高さ五メートルの頑強なる石の壁を

作り出す。【石の壁《ウォールオブストーン》】」
「ギイッ!?」
「ギャイッツ!?」

呪文によって巨大な石壁が谷間に出現した。狭い部分の幅に合わせたので、丁度ぴったり暗鬼の行軍の行く手に蓋《ふた》をしたことになる。
私はその石壁の上に降り立った。
わざわざこんな真似をしたのは、殲滅する前に彼ら暗鬼たちを間近に見ておきたいと思ったからだ。遠距離で呪文を使っても結果は同じことなのだが、やはりこれだけの数の生き物を一方的に虐殺するというのも体裁が良くないし、万が一にも話し合いの可能性がないかどうかを確かめたいと思ったのだ、が。

「…………う……」

進軍していたらいきなり目の前に石の壁が現れたのだ。当然、彼らも動揺しているようだ。しかしそれは一瞬だ。石壁に私が立つのを……人間の姿を見た瞬間、谷間を埋める暗鬼は一斉に凄まじい金切り声を上げた。

「キシャアアアアア!」
「ギャギャギャギャギャ!」
「ギルォォォ! グガアアアアアッ!」

小鬼も巨鬼も、口から泡を飛ばして牙を打ち鳴らす。私を睨みつける彼らの濁った金の目は『お前が憎くて憎くて憎くて憎くて憎くて仕方がない』と雄弁に語っていた。

「……これは、ダメだ」

遅まきながらはっきり理解できた。彼らは本当に人間の天敵なのだ。絶対に和解はできない。

「ギャッ！　ギャアッ！」

軍団の後列から何かが飛んできた。巨鬼の指示で小鬼の弓兵たちが放った無数の矢だ。あれほど憎しみに狂っているのに、軍隊としての規律は守られているというのがまた恐ろしい。だが太く黒い矢は、私の身体に到達する前に全て軌道を変え明後日《あさって》の方向へ去っていく。万一に備えて使っておいた呪文その二【矢止め《プロテクションフロムミサイル》】の効果だ。

「ギャルウウウ！」
「キシュアアアアッッ！」

飛び道具の効果がないと知った巨鬼が腕を振り回す。谷間を埋め尽くす小鬼が狂ったように叫びながら石壁に殺到した。押し合いへし合い、手にした剣や斧を一秒でも早く私に叩きつけようと、お互いを踏み台にして石壁をよじ登る。高さ五メートルに設定した壁だが、このままでは一分もしないうちに小鬼の波に飲み込まれるだろう。
もちろん、そんなことに付き合う必要はない。

「ギャウウゥゥ⁉」

私は石壁から上空に飛んだ。矢や投斧が飛んでくるが、呪文の守りの前には物の数ではない。

「……ま、まぁ、ある意味ではっ……安心、したなっ」

強烈な敵意と憎悪に直接さらされ、気分的にはもちろん最悪だ。喉がからからに渇き、冷や汗が止まらない。だが、自分の行動に確信が持てた、という意味ではむしろ好都合だった。

「開け魔道の門。我が化身を招け」

現実の私は急上昇し、谷間全体を見渡せる高みで停止した。一方、心の中――仮想の私は魔道門をくぐり、螺旋階段を下り始める。谷底を埋める数百を超える暗鬼を、一瞬で全滅させたい。一体も逃がす気にはなれない。

この状況で使うべき呪文は何か？

実は『D&B』というゲーム、純粋な攻撃呪文の種類はそう多くない。

代表的なのが一レベルの【魔力の矢《マナボルト》】に三レベルの【火球《ファイヤーボール》】【稲妻《ライトニング》】、四レベルの【氷の嵐《アイスストーム》】、飛んで九レベルの【隕石《メテオ》】といったところだ。もちろん、広い意味で相手を攻撃する呪文はまだまだ存在する。昔の私とゲームマスターが漫画やアニメの影響を受けて追加したオリジナル攻撃呪文もいくつかあるが、私と彼の間にはこんな不文律があった。

すなわち、最強の攻撃呪文は――。

「この呪文により天空から八つの流星を招来し、我が敵の頭上に降らす。流星のダメージは激突時に20D6、さらに爆発により20D6なり」

《ジャララッジャララッ》。呪文書庫の私は、数えるのも面倒な数の六面体ダイスを振った。三レベル呪文の【火球《ファイヤーボール》】とは比較にもならない巨大な混沌のエネルギーが現実へ出現する。

「第九レベル呪文【隕石《メテオ》】」

青空を八つの光が切り裂いた。

八つの光は狙い通り、曲がりくねった谷間を進軍する暗鬼に降り注ぐ。

光、すなわち隕石の直撃を受けた暗鬼たちは風船のように弾け飛んだ。隕石の激突により生じた爆炎は谷間を隅まで満たし、無数の暗鬼を骨まで焼き尽くす。崖に挟まれ上にしか行き場のない衝撃波が、暗鬼たちの肉体をバラバラに引き千切り空へ巻き上げた。爆炎と衝撃波は、それだけの犠牲を喰らいながら全く勢いを減じない。谷間全体から津波のように噴き上がった。

「う、お、おおおおぅっ⁉」

空気の壁が私を乱打し、爆音が内臓を揺さぶる。【飛行《フライ》】の力場に守られている私の身体さえ、木の葉のように揺れていた。暗鬼たちの悲鳴も怒号も爆音にかき消されている。

「なんじゃこりゃーっ⁉」

以前テレビで見た核実験の記録映像が脳裏に浮かぶ。

両手で顔を庇いながら、何とか谷間を観察する。炎と煙と土埃《つちぼこり》で全貌は分からないが……そこにいた無数の暗鬼たち、小鬼、巨鬼、岩鬼……全てが原型を留めない肉片や炭の塊と化していることだけは確信できた。というか谷間の形自体が変わっている。

ゲームの中でなら、【隕石《メテオ》】を使って城を破壊したことも怪物の集団を薙《な》ぎ払ったこともあるが、実際目にするとここまで凄まじいのか……。

私の、三十六レベル魔法使いの力はこの世界《セディア》においてに核兵器にすら匹敵するかも知れない……。

私は戦慄した。

†

その後。

モーラを連れて移動していたセダムたちと合流し、何とか一息ついた。

隕石の轟音と衝撃は彼らのところまで届いていたし、セダムとフィジカは遠目にその様子を観察していたらしい。だから、私が隕石を落とし暗鬼を倒したということは比較的素直に納得してもらえた。

「まあとにかく、あんたが偉大な力を持つ魔術師……魔法使いだっていうことは分かったよ。マルギルス……様、と呼ぶべきなのかな？」

わざわざ火をおこして熱いシル茶を淹れて（淹れたのはモーラだが）、大分落ち着いたところでセダムが言った。静かではあるが、さすがに声と表情は硬い。見回すと、テッドとジルクは怯《おび》えた表情だ。トーラッドとフィジカは不安げで、クローラは露骨に警戒の視線を向けている。

モーラは心配そうにこちらを見つめていた。

「いえ、私は別に貴族でもないですし、偉くもありません。ただの一般市民です。普通にしてもらえればいいですよ。普通に」

セールスマンに様付で呼ばれるだけでも気持ち悪いのだ。『偉大な魔法使い様』扱いなんて冗談ではない。……しかし、頭の片隅では、あれだけのことを仕出かしておいて『一般市民です』は通用しないことも理解はしていた。

「マルギルス様！　あんだけの暗鬼を一発で焼き払うお方を呼び捨てなんてできませんぜっ」

「マルギルス様は大英雄っすよ！」

案の定、ジルクとテッドは必死に私を持ち上げてきた。私が怒り出さないか心配なのだろう。彼らの立場からしたら、怯えても仕方ないのかも知れない。

「俺も、もちろんあんたには感謝している。あのままあの規模の暗鬼が村に向かっていたら大惨事になるところだった。……だからこそ、その暗鬼を倒せるあんたのことが気になる。万一、あの隕石をこっちの頭上に落とされたら困るしな。分かってもらえるだろうか？」

そりゃあそうだろう。私は腹に力を込めて、静かに言った。

「……私はジーテイアスの魔法使いジオ・マルギルスです。この世界《セディア》のことはまだ良く分かりません。しかし、魔法の力で悪事を働くことや、皆さんに……この世界《セディア》に害を与えることは絶対にしません。誓います」

「……ふうん」

「そ、そうっすよねぇ！」

「マルギルス様を信じてますぜ！」

フィジカにテッド、それにジルクは今の言葉に多少安心したようだ。

「誓う、とは？　貴方には神がいるのですか？」

トーラッドはさすがに神官戦士らしい突っ込みをしてくる。むむ。これはどう言えばいいんだ？

「……貴方たちの神と同じかは分かりませんが。……『見守る者』に誓います」

「ほう」

頭の中の、神っぽい存在リストの一番上にきていた名前を挙げてみる。興味を惹かれたように唸《うな》ったのはセダムだった。実際、私がここにこうしているのは『見守る者』の意図したことだし、もしかすると暗鬼と戦ったのも、そうなのかもしれない。

トーラッドは腕組みをした。彼の信仰する神が異教弾圧とかしていたらヤバいんじゃないかという考えが頭をよぎったが、後の祭りだ。

「聞いたことのない神ですね。……しかしきっと、善神なのでしょう。暗鬼を倒すために力を使う方が信じているのですから」

トーラッドは笑みを浮かべてくれた。

「ジオさんは凄い人ですけど、本当に優しくて……えっと、優しい人なんです！」

モーラも冒険者たちに訴えてくれる。ごめんな、会って二日目の女の子にそんなフォローさせて。……しかし案外この子も、発言するタイミングはしっかり計っている気がする。

「……ああ、そうだな。村を救った英雄を信じないわけにはいかないな」

セダムがにやりと笑いながら、聞きたかった言葉と聞きたくなかった言葉を同時に言ってくれた。英雄とか本当に、器《うつわ》じゃあないんです。

「その『見守る者』があんたをここへ連れてきてくれたのかもな。頼りにさせてもらうぜ？」

セダムが肩を叩く。君の方がよっぽど頼りになるよ。

†

休憩の後、私たちは街道に出て東へ、ユウレ村へ歩き出した。途中、セダムやフィジカが盛んに警戒していたが、今のところ他の暗鬼の気配はなかった。

平野を東西に横断する街道には石畳が敷かれていて、この世界《セディア》の文明レベルが決して低くないことを窺《うかが》わせた。野営を挟んで明日の朝にはユウレ村に到着するという。

南方に先ほどまでいた山地と森を見ながら、私はまずセダムに話しかけた。

「さっきも言いましたけど、この大陸のことを全く知らないんですよ。簡単でいいので教えてもらえないですか？」

そう、村に到着して多くの人と接触する前にこの世界《セディア》の基本知識を知りたかったたし、心の準備をしたかった。特に重要そうなのは暗鬼と魔法関連の知識だが、まずは基本からだ。

「随分大雑把《おおざっぱ》な質問だな。具体的にはどんなことを聞きたいんだ、マルギルス殿？」

彼の中で、私の呼び名は概ねこれに固定されたようだ。ジルクやテッドのようにおっかなびっくり『マルギルス様』などと呼ぶよりはマシだな。

「そうですね……じゃあまず、国とか、歴史についてはどうですか？」

「ほう？」

セダムは何故か嬉しそうに笑った。

「そいつを語るには、一晩や二晩じゃあ足りないな。野営の時にでもゆっくりと……」

「えっとまずは概略をお願いします。簡単に」

「……まぁいいけどな」

語りたがるだけあって、セダムの説明は非常に分かりやすかった。この男、本当はやっぱり学者か何かじゃないのか。

まず、今いる地域はリュウスという。

セディア大陸の中央付近にあるリュウス湖を中心としており、都市国家が点在している。それらの都市国家は連合し、リュウス同盟という大きな勢力を形成していた。

私たちの進行方向、街道の東にあるユウレ村はリュウス同盟に所属する勢力の一つ、『カルバネラ騎士団《きしだん》』の領地だった。

街道を逆方向、西に向かえばリュウス湖があり、モーラや冒険者たちの故郷であるレリス市に辿りつく。レリス市はリュウス同盟でも第二位の繁栄を誇る城砦都市《じょうさいとし》だそうだ。

ユウレ村より東は危険な荒野が広がる。荒野の果てには豊かな異国があるため、命知らずの商人や冒険者が行き交っているそうだ。

そして大分遠いが、リュウス湖から北へ向かうと大陸最大の国家、北方の王国と呼ばれる『シュレンダル王国《おうこく》』領土だ。南方にも大国があるが現在、内乱の真っ最中ということだった。

「なぁるほど」

TRPGの新しいキャンペーンを開始する時、ゲームマスターが『君たちがいるのは～～な世界だ』と説明してくる場面を思い出して私は何度もうなずいていた。やはり全体としては中世ヨーロッパ風異世界、と言っていいようだな。まあ中世といっても実は物凄く広い範囲を指す用語ではあるのだが。

「では……あの暗鬼というのは一体何なのですか？」

「……難しい質問だな」

語りたがりのセダムでも少し口が重くなったが、暗鬼についての説明は以下のようなものだった。

まず、『暗鬼』とは小鬼や巨鬼、岩鬼といった複数の種族の集団を指す。特徴は、あっという間に大群を生み出す繁殖力と、『暗鬼以外の知的生物』に対する徹底した破壊衝動である。ほとんどの国や地域で人間の天敵と認識されており、暗鬼が出現した場合、あらゆる争いは中断してそれに備えることが暗黙のルールとなっているほどだ。

奇妙なことに、暗鬼には決まった生息地というものがなく、『いつの間にか現れて巣を作り、数を増やす』のだという。一度築かれた巣は際限なく暗鬼を生み出す。従って大規模な暗鬼の巣を発見した場合、総力をあげて破壊しなければならない。

国によっては、それが貴族や騎士の義務になっているのだという。

「何しろ、暗鬼は、昔人間を滅ぼしかけたらしいからな」

と、セダムは淡々と言った。

特に大きな暗鬼の群れを『暗鬼の軍団《レギオン》』と呼ぶ。

さらに、複数の暗鬼の軍団《レギオン》が同時に生まれるほど巨大な『巣』の発生は『大繁殖《ブリード》』と呼ばれ、人類にとって最大の災厄《さいやく》として警戒されている。

幸い、暗鬼の絶対数は昔ほどではないらしい。暗鬼の軍団《レギオン》と呼ばれる規模の暗鬼の発生は十年前が最後だった。このところ、セダムや冒険者たちが相手にするのも数匹程度の集団ばかり……つい先ほどまでは、であるが。

「今回の場合はどうですか？　あの数だと、暗鬼の軍団《レギオン》と言ってもおかしくないのでは？」

「そうだな……岩鬼もいたし、『はぐれ』と言うには多過ぎる」

セダムは顔をしかめた。

「では、この近くに巣があると……？　まずいんじゃないですか？」

「まずいな。放置しておけばすぐにまた暗鬼が大量に現れて村を襲うだろう」

「むう……」

積極的に力を見せびらかしたり、戦いたいとは全く思わない。

だが暗鬼だけは、そんな我儘《わがまま》をいって放置してはいけない存在だと、先ほど心の底から実感したばかりだ。セダムが私を頼りにすると言ったのはこのことなのだろう。あの暗鬼を生み出す巣が近くにできているのなら、対処しなければならない。

……私が、だ。

†

セダムは地理や歴史について広い知識を持っていたが、それを披露する機会に恵まれてなかったのだろう。私が色々質問すると、『久しぶりに会話のできる相手ができたよ』と喜んでいた。

そんな風に話し込みながら歩いていくと、気が付けば夕暮れが迫っていた。明日の午後にはユウレ村に到着できる距離だという。

セダムが野営地を定め、手馴れた態度で仲間に指示を出していく。野営の準備もＴＲＰＧなら一言で終わるところだが、なかなかの大仕事に見える。

といっても、私が手伝おうとしてもジルクやテッドが「いやいやいや、マルギルス様にそんなことさせられませんよっ」とか言うし、セダムも「あんたは客なんだから大人しくしててくれ」と手出しさせてくれなかった。

モーラとフィジカが鍋に肉や豆、スパイスをぶち込みかき回し始めると、食欲を刺激する良い匂いが漂う。

どうやらもう少し時間に余裕がありそうなので、今度は魔術師クローラに話しかけてみる。この世界《セディア》の魔術と、私の魔法が違うものであるということについて確認したかったのだが。

「……そのお話は、このような場所でするべきではありませんわね」

ウェーブのかかった金髪に櫛《くし》を通しながら、クローラはそっけなく言った。ううん、仕事上ならともかく、若い女の子と話すのは疲れる。

「ああ、ええと、では……」

私が言葉を探していると、クローラは私を剣呑《けんのん》な目つきで見つめて言った。

「村に着いたら少しお時間を頂けますかしら？　余人を交えずゆっくりお話ししましょう」

「おぉ、マルギルス様モテるっすねぇ！」

テッドが横から気軽な声をかけてくるが、面倒な予感しかない。

「……貴方のお話次第では、魔術師ギルドが吹っ飛びますもの」

ほら。

†

「一昨日《おととい》は家のベッド、昨夜は悪の魔術師の塔、今夜は冒険者のテントか……」

冒険者の野営につきものの夜の見張りも免除されてしまった私は、借りたテントで眠りについた。

†

朝。

「すいません、あと五分っ、待ってくださいっ」

「いや、待つのはいいが……」

冒険者たちは日の出とともに起き出して、てきぱきと朝食を摂り、野営の後始末を終えた。そんな彼らに必死に弁明しながら、膝に乗せた呪文書《スペルブック》に目を走らせる。

『D&B』の魔法使いは毎朝こうやって、使ってしまった呪文を『準備《チャージ》』しなければならない。

現実の私が呪文書《スペルブック》に書かれた呪文を繰り返し読

み込む間に、仮想の私が呪文書庫で白紙の書物に呪文を書き込んでいく。昨日からいくつも呪文を消耗しているので、本来なら最大数である八十一回分ちゃんと『準備《チャージ》』しておきたいところだが、今回は取り急ぎ一つだけ。

「よし、できましたっ。【見えざる運び手《スプライトポーター》】！」

突貫もいいところで『準備《チャージ》』した呪文を早速唱える。これで発動判定に失敗したら目もあてられないところだったが、幸いダイスの機嫌は悪くなかった。

「浮いた……」

「やっぱり浮いたね……」

浮いたのは、ジャーグル像とモーラの荷物だ。

昨日使った呪文はとっくに持続時間が切れているので、慌てて『準備《チャージ》』し直したのだ。ジルクかテッドに言えば運んでくれそうな気もしたが、重過ぎるしな。小説ならこういう細かいことは端折《はしょ》られるのだろうが、現実は甘くない。

「……やはり魔力の働きは見えませんわね。マルギルスの『魔法』と私《わたくし》たちの『魔術』、完全に別物と断言できますわ」

クローラがぶつぶつ言っている。独り言にしては声が大きいが、どうせ聞いても後回しにされるだろうから放っておいた。そういえば『見守る者』も同じようなことを言っていたし、彼女の推理は当たっているような気がする。

†

その後の行程も順調だった。

季節は初夏といったところか。気温は少々高いが風が爽やかで、見晴らしのいい平原を歩くのはなかなか気持ちが良い。数時間進むと、地平線に小さく見えていた影が田園に囲まれた村だと視認できるようになってきた。そこからやや北にずれて、白く巨大な構造物も見えてくる。

「あれがユウレ村ですよ！」

「あちらに見えるのは、カルバネラ騎士団の拠点である白剣城です」

「昼飯は鉄鍋騎士亭で食えそうだ」

私が世界について無知だということが認識できたのか、モーラや冒険者たちは頼まなくても色々と解説してくれるようになっていた。しかし、凄い雰囲気のある名前の宿？　だな。

†

ユウレ村は思っていたよりもずいぶん大きな村だった。建物は街道沿いに集中しているようで村全体の周りには、しっかりした木製の防壁を張り巡らせている。見張り台もいくつか見えた。

ただ入り口の門は開け放たれているので、物々しい雰囲気ではない。なお、村の中に持ち込むのは流石《さすが》に怪し過ぎるということで、ジャーグル像とモーラの荷物は村の外の藪に隠している。

私たちがぞろぞろと門を潜ろうとすると、見張り台の上から当番らしい村人が声をかけてきた。

「セダム！　一緒にいるのはモーラちゃんか？　山賊から取り返してきたんだな！」

「いや、モーラを助けたのはこちらの大魔法使いさ！」

「そうなんです！」

「え、ちょ」

「魔法使い？　……とにかく凄いじゃないか！　ありがとよ！」

「え、あ、はい……」

いきなりそれか。ちょっと予想外だった。私のような胡散臭い存在は、もっと隠したりするのかと思っていた。

「イルドもまだ鉄鍋騎士亭にいるだろう」

セダムはそう言って歩き出す。

村のメインストリートは街道と同じく石畳で舗装されていたし、あちこちに荷馬車や商人らしい姿も見えた。一際目を引いたのが、私の胸元くらいの身長にがっちりした体軀《たいく》、長く濃い髭の人々……間違いない、ドワーフだ。商人と談笑したり、荷物を運んだりと完全に村に同化している。

「この村はリュウス同盟の中じゃ一番東の端っこにあるんだが、ドワーフとの交易の拠点になってるからな」

「お父さんも、ドワーフさんたちと取引してるんですよ」

「なるほど。ところで……私のことは、あまり大げさにされたくないのですが……」

私は気になっていたことをこそこそとセダムに言った。モーラと出会ったのは偶然だし、助けたのも使える呪文を使ったというだけで、大した苦労をしたわけでもない。

そんなことで大げさに賞賛されたり騒がれるのは……一言で言えば恥ずかしかった。

「そうなのか？　それは悪かったが……」

「どの道、すぐに皆が知ることになりますって！　マルギルス様の大活躍は！」

「いやしかし……」

「ああもう！　苛々しますわね！　ちょっとお聞きなさい！」

「うおっ」

クローラに腕を引っ張られ物陰に連れ込まれる。女性魔術師は私の腕を摑んだまま顔を近づけてまくし立てた。

「貴方はおどおどし過ぎなんですわ！　強力な『魔法』を使えるのは確かなのですから、それなりの態度をとっていなければかえって人の不安を招きますわよ!?」

「そ、そうですよっ。ジオさんは凄いんですから、凄いようにしてないとっ」

何故かモーラまで、私とクローラの間に物理的にぐいぐい割り込みながら説教してくる。ジルクとテッドは顔を引きつらせていたが、クローラに手出しできないようだ。

「……放してあげないと、それなりの態度もとれませんよ？」

穏やかに言いながらトーラッドがご婦人方を引き離してくれた。さすが神官戦士。何故か二人して鼻息を荒げる美女《クローラ》と美少女《モーラ》を宥《なだ》めながら、彼が言う。

「マルギルス殿、貴方はご自分を一般人と言います。しかし、それは通らないことはお分かりでしょう？　クローラの言う通り、英雄は英雄らしくしていただかないと周囲は不安になってしまいます。それだけならまだしも……言いたくはありませんが、貴方が弱気な人間だと思われたら、それにつけ込もうとする輩《やから》すらいるかもしれません」

神官戦士らしく、トーラッドの真摯《しんし》な言葉には説得力があった。

ううむ……。

「つまり、『強大な力を持つ英雄』なら人は安心するが、『強大な力を持つ弱気でおどおどした男』

ではその逆だと言うことですか……？」

「その通りですわ！」「そうですよっ」「そうだな」

くそう、確かにもっともだが……。

†

私たちは、『鉄鍋騎士亭』の戸口を潜った。丸テーブルと椅子がいくつか並べられた薄暗い広間はどうやら酒場、もしくは食堂らしい。カウンターには身なりの良い男が座り、その奥では女将《おかみ》らしい女性が忙しそうにしていた。

「お父さんっ！」

「モーラ⁉」

私の隣にいたモーラが、男を見るなり駆け出して彼に飛びついた。

「お父さんっお父さんっ！」

「モーラっ。よくぞ無事でっ……良かった、本当に良かった！」

男は茶色の髪で、顔だちもモーラによく似ている。どう見てもモーラの父親、イルドだ。思っていたよりも若々しいが、いかにも成功した交易商人という風格がある。もっとも今はその風格も、感動の涙で吹き飛んでいた。

「私はへっちゃらだったよ！　怪我もしてないし。助けてもらったから！」

「おおっ⁉　セダムさん、ありがとう！　何とお礼を言ったらよいか……！」

「あーいや、ちょっと待ってくれ。色々と事情が変わってな」

イルドはセダムに縋《すが》り付くように何度も頭を下

げる。

その様子からも、娘のことを相当案じていたのが良く分かった。……私より十歳は年下だろう。もしも私に娘がいたら、彼のように娘を心配できる父親になれただろうか？

「さあさあ、まずは落ち着いて。みなさん一服してくださいな」

女将に促され、私たちはテーブルについた。

†

「……と、そんなわけさ」

隣にモーラを座らせたイルドに、セダムが淡々と事情を説明し終えた。

「では貴方様がモーラを……魔術師……いえ、魔法使い様っ！　本当にありがとうございましたっ！」

セダムの説明した範囲だけでも、私の『魔法』の力は常識外れだ。しかし、イルドは素直に信じてくれた。このあたりはセダムという冒険者の実績と信頼のおかげなのだろう。

「い、いえ……。魔法使いとして当然のことをしたまでですよ……だ」

感謝と感激で涙目になったイルドの心からの言葉に、私は少しのけぞって答えた。先ほどのクローラやトーラッドの意見を思い出し、口調を少しだけ厳《おごそ》かにしてみる。しかし初対面の相手に上から目線で話すというのは、逆に気疲れするな。ちらりと横目でクローラを見ると『まだまだですわね』という顔をしていた。

†

それから、冒険者たちの報酬の話になり、セダムは当然のように辞退した（前金は返せないといっていたが）。その上で、私に成功報酬を譲ろうという。断ろうにも当のイルドから懇願され、結局金貨三千枚を受け取ることになってしまった。

「ところで金貨三千枚というのはどのくらいの価値があるんで……のかな？　……このあたりでは」
「まぁ、金貨一枚あれば町で一家族が一日美味い飯食えるくらいだろ」
「金貨三千枚あったらレリス市で家が一軒買えますよ？　丁度、二人で住むのに丁度いいくらいのが！　お父さんに紹介してもらいましょうか？」
「なるほど……？」

色々聞いてみると、どうも金貨一枚が日本でいう一万円前後の価値らしい。もっとも、貨幣経済が発達していないこの世界《セディア》の物価を単純に日本と比較はできない。農民や猟師は金などほとんど使わずに生活しているそうだし。
しかし、ということは、非常に大まかに言っても金貨三千枚は日本円で三千万円か。

「……たかっ!?」

三千万円て。日本での私の全預金より多いぞ。
「そうか？　普通よりは高いが、異常ってほどじゃないだろ。何しろ、こっちも命がかかってる」
「ふむう……」

……確かに金貨三千枚も五人で分ければ六百枚か。死ぬ危険性もある仕事と考えたら、高額過ぎるとは言えないのかも知れない。やっぱり現代日本やゲームを基準にしてはダメだな。

「とはいえ、今は手持ちがありませんので……後日、レリス市まで受け取りにきていただけないでしょうか？　証書を用意しますので……。こちらはとりあえずの気持ちとしてお受け取りください」

そういってイルドが差し出した革袋には金貨がぎっしり詰まっていた。これで百枚分だという。

……別に金には困っていないというか、私《ジオ》はこれと同じくらいの金貨を三百万枚以上持ってるんだがな……。

とはいえこの流れで受け取りを拒否するのも感じ悪いというのは流石に分かる。今は有難く頂いておこう。

念のため、ローブのポケットに入っていたジーテイアスの金貨をイルドに見てもらった。デザインは違うが、貴金属としての価値が同程度なので問題なく使えるとのことだった（ただし相手によっては鑑定のための時間がかかることもある、と補足があったが）。

†

一通り、モーラ奪還についての話が終わり、皆が女将さんの淹れてくれたシル茶を楽しんでいると。

「ジオさんっ。お願いがありますっ」

と、モーラから山賊に奪われた荷物の回収を手伝ってほしいと頼まれた。何しろ砦を断崖の上に持ち上げてしまったし、当然私も行かなければならないだろう。

「こら、モーラ。マルギルス様にこれ以上ご迷惑をおかけするなんて……」

「で、でも……」

イルドが常識人らしく娘を諭《さと》すが、モーラは首を振る。先ほどまで笑顔で一杯だった少女は寂しげに俯いた。

「いや、これは私の故郷の言葉で『乗りかかった船』と言うやつだ。後で必ず手伝おう」

「よ、よろしいのでしょうか？」

「有難うございます、ジオさん！」

すまなそうなイルドと顔を輝かせるモーラに、もちろんと頷く。だがそれより先に、やらねばならないこともある。

「ああ、もちろんだ。ただし、できれば後にしてもらえないか？」

「マルギルス殿には、是非ともやっていただかねばならないことがありますからね」

その通り。まずは暗鬼の巣を破壊しなければならない。これこそ『乗りかかった船』だ。

「後でいいですけどっ！　絶対、絶対手伝ってくださいねっ!?　あの荷物がなくなっちゃったら困るんですからっ！」

†

尖兵《せんぺい》は全滅させたとはいえ、暗鬼が村を襲う危険性は高い。セダムたちはこっそりと、村の村長に警告をしていた。ユウレ村を拠点に何度も仕事をしたことのあるセダムの信頼は厚く、村長はいつでも避難できるよう準備すると約束してくれた。

イルドとモーラは、ジルク、テッド、フィジカ、トーラッドの四人が護衛について、明日にもレリス市への帰路につくそうだ。

ひとまず、最初に定めた目標は達成できたな……と私は胸を撫で下ろした。

「じゃあ、悪いがこっちの話をしてもいいかな？」

「あ、はい……いや、うむ」

私とセダム、クローラの三人は別室に移った。今後の行動について相談するためだ。

「第一に優先しなきゃならんのは、暗鬼の巣を探して破壊することだ」

セダムが私とクローラを見ながら言った。もちろん、私も彼女もうなずく。

「有難いね。ただ、あんたも分からないことが多いだろうから、俺の考えをまず説明させてもらう。その上で、聞きたいことなどあったら言ってくれ」

「ああ、頼む」

相変わらずセダムは理知的に話すな。会社の若い連中にも見習ってほしいところだ。

「この辺りで暗鬼やその巣を発見した場合、普通はカルバネラ騎士団かレリス市の評議会に報告するのが冒険者の義務になっている。場所的に今回は騎士団に報告するのが筋だろうな」

「なるほど」

ひとまず軍隊に報告し対処してもらうということか。当然の判断だろう。

「しかし、問題がある。前も言ったが暗鬼の軍団《レギオン》や巣ってのはここ十年ほど見つかっていない。そのせいで、評議会や騎士団の中には暗鬼の排除という義務を軽く考えてる連中がいる、って問題がな」

「協力が得られないというのか？　しかし、実際に暗鬼の軍団《レギオン》が現れたのに……」

「それを彼らが信じればな」

セダムが苦々しげに言った。クローラも渋い顔で頷いている。

「え？　いや、しかし……」
「暗鬼の軍団《レギオン》を見かけたが、通りがかりの『魔法使い』が隕石《いんせき》を落として壊滅させてくれました……なんて話を誰が信じる？」
「あー……そういう話か……」

そうか、ここは現代の日本ではないのだ。
評議会や騎士団の者にとって、暗鬼が出現したというのは、セダムたち冒険者からもたらされた未確認情報でしかない。暗鬼の軍団《レギオン》が存在したことや、私がそれを壊滅させたという証拠は現場にしかないのだ。暗鬼が実際に村を襲ったとか、騎士の誰かが目撃したというならともかく……。

「俺たちも騎士団や評議会からの信用がないってわけじゃない。しかし彼らがこの話を信じない……信じたとしても、事態を軽く見て対応が遅れる、ってことは正直十分ありえる」

うーん……日本でもこういう話はよく聞いたなぁ……。

「時間をかけて、谷間の破壊の跡なんかを見せるか、暗鬼の尖兵が出現し始めれば彼らも信じるだろうが」
「……それでは無駄な被害が拡大しそうですわね」

あ。そういうことならばだ。何かが、すとんと胸に落ちた気がした。

「それなら、私が本当に暗鬼の軍団《レギオン》を倒せるほどの魔法使いだと納得してもらえれば良い、ということなのかな？」
「不本意ですが、そうなりますわね」
「というか、それしかない。それくらい、あんたがやらかしたことは常識外れなんだ」

……なるほど。

つまり、今回の件を信じてもらえるかどうかは、私という常識外の魔法使いの存在を信じさせられるかどうかにかかっているのだ。とはいえ、暗鬼の軍団《レギオン》を倒せるほどの『危険な（もしくは頼りない）』魔法使い、と思われてしまっては元も子もない。それが、『英雄に見えるようにしろ』と言う助言の真意だったのだ。

「うーむ……」

セダムたちの言いたいことは理解できた。私の考えが甘かったと言わざるを得ない。暗鬼の巣を破壊すると言っても、彼らや騎士団に同行して必要な時にこそっと呪文を使えば良いだろう、くらいに思っていた。

私も就職してから二十年ほど、それなりに社会の荒波の中を生きてきた。

その経験から考えれば、これは『ペルソナ』に関する話なのだろう。『社会の中の役割に応じて演じる自分』という仮面だ。

つい数日前までの私は、主に『勤続二十年のベテラン社員』というペルソナを着けていた。プライベートでは『温厚でゲーム好きな中年』といったところか。どの場面でどんなペルソナを着けるのか？　それを適切に判断できるのが良い社会人だと言えるだろう。

「こっちに来てから、ふわふわ足元が定まらないような気分だったのはそういうわけなのかもなぁ……」

私は天井を見上げて呟いた。

そうか、牢獄で目を覚ましてからの私はただの素の私であり、どんなペルソナも着けてはいなかった。要するに、自分という存在の土台がなかったわけだ。

暗鬼の脅威にさらされている異世界において、常識を超えた力を持つ私が着けるべきペルソナとは、いったい何だろう？

私は二人に視線を向け直した。

ただの、記憶をなくした異国からの迷い人。そういうペルソナを選ぶ道もあるのかもしれない。だが。

「分かった」

「そいつは良かった」

「本当に分かりましたの？」

「……とりあえず、『大魔法使い』らしくすることは努力しま……よう。自分で言うのは何だが、事実だしな」

そんなつもりはなかった、とはいえジオ・マルギルスというキャラクターを選んでしまったのは私だ。となれば、その選択に対する責任は負わねばならない。

暗鬼の巣を見つけ破壊するまでは、『大魔法使い』という大仰《おおぎょう》な仮面を被《かぶ》ることにしよう。

「とりあえずそれで頼む」

「……まぁ、今のところは良しといたしましょう」

セダムとクローラも一応納得したようだ。

†

カルバネラ騎士団の拠点、白剣城へ向かうこととなった私が宿の部屋で準備をしていると、ドアがノックされた。

「少し、お時間よろしくて？」

「あ、どうぞ」

訪問してきたのはクローラだった。前に言っていた魔術と魔法に関する話だろう。魔術師ギルドが吹っ飛ぶとか何とか……。

「もう少し、勿体《もったい》つけた言い方の方がそれらしいですわよ、『大魔法使い』？」

「……ああ、構わないよ」

せっかくのアドバイスなので、口調を改めさせてもらう。

「悪くありませんわね」

クローラが少し笑う。自然な笑みを見るのは初めてかも知れない。こうして見れば、年頃の綺麗《きれい》な娘さんだ。日本では滅多《めった》にお目にかかれない金髪美女ということで、少々苦手意識があったが。それも私の中で徐々に薄れつつあった。

「それで聞きたいこととは？」

「色々ありますけれど、今は危急の折ですし、一つだけ」

彼女は私を真《ま》っ直《す》ぐ見つめ、静かに語った。

「私《わたくし》たち魔術師が、初代魔術学院長の時代から二百年余、連綿と受け継ぎ発展させてきたのが魔術……。私《わたくし》自身も、それなりの月日と努力を経て今の地位にありますわ。でも、その魔術師ギルドの総力を挙げても貴方の『魔法』には及ばないでしょう。私《わたくし》がお聞きしたいのは、貴方の『魔法』――それは、貴方だけの特別な恩寵《おんちょう》ですの？　それとも――」

彼女は声を詰まらせ、怖い噂《うわさ》に怯える子供のように頼りない声で続けた。

「学べば、誰にでも習得できる技術、なのでしょうか……？」

元々ゲームのキャラクターが使っていたもので、設定とかは私と友達が適当に考えました。などとはとても言えない雰囲気だ。

「……」

金髪美女《クローラ》は青い瞳を潤ませて私を見つめ、返事を待っている。端から見れば色っぽい場面と言えなくもないが、私はそれどころではない。

彼女が言いたいのはつまりどういうことだろう？　私の『魔法』がもし、学べば使える『技術』であったら、彼女が苦労して習得した『魔術』の存在価値がなくなってしまう……と、聞こえる。

なるほど、確かに魔術師ギルドが吹っ飛ぶかもしれない。というか、もしそんなことだったら私の方が申し訳なくて土下座するぞ。

だがううむ……これは分からんな。

確かにジオの魔法は私とゲームマスターが設定した『妄想』でしかない。が、その妄想が現実に効果を発揮しているのがこの世界《セディア》なのだ。確かに『見守る者』が参照した私の設定ノートには、魔法使いがレベル一になるまでの修行のやり方などについても書いてあったはずだ（書いたのは私だが）。それをこの世界《セディア》で実践してみれば、案外あっさり『魔法』が使えるようになるかも知れない。もちろん、あくまでも『魔法』は『見守る者』が私だけに与えた特例であり、この世界《セディア》の人間には魔法は使えない、という落ちも十分あり得る。彼女的にはその方が気が休まるのではないだろうか？

しかし何せ私の考えることだ、女性の心理についての私の憶測は特にあてにならない。

「……何か、不安があるのかな？」

とりあえず探りを入れてみよう。

「不安……そうですわね。これまで、自分が信じていた世界が根底から崩れるかもしれないのですから」

「なるほど」

推測は当たっているようだ。……今のところ私も本当のことは分からないし、素直にそう言っておくか。

「魔法の技術というものは確かにあるが。しかし、技術を教われば魔法を使えるようになるかどうか……正直、見当もつかない。ただ、クローラさ……君の不安もよく分かる。何故なら、私も不安だからだ」

「そう、ですの？」

私の言葉に、クローラは目を瞬《またた》かせた。結論が出なかったことに半ば安堵《あんど》するとともに、私の言葉の後半が気になったのだろう。

「それまで信じていた世界が崩れるかもしれない……。私から見たら君たちの魔術も十分に驚異的なんだ。何しろジャーグルという魔術師には殺されかけたし……」

この発言の半分は、クローラを慰めるために言っているのではなく本音の話だ。もう半分は、答えの出ない相談をしてきた相手にひとまず共感を示して信頼を損なわないようにしようという、会社員としての私のいやらしい処世術である。

「……確かに私《わたくし》の方から一方的に聞くだけでは話が進みませんわね」

クローラは少し微笑《ほほえ》んで言ってくれた。これは丁度良いタイミングだ。魔術について気になっていたことを聞いておこう。

「そもそも魔術とは、自分の体内を循環する魔力を操作することで自然界の隠れた力を操る技術なのですわ」

私の質問に、クローラは偉《い》そうな表情《つもの》で答えた。

「人間の十人に一人は生まれつき魔力を持ち、その循環を感じることができますわ。この才能がない者は、魔術師にはなれませんわね」

「なるほど。魔力を持っている人は、他人の魔力を見ることもできるんだな」

「……ええ。ですから貴方に魔力がまったくないというのも、見れば分かるのですわ」

それはともかく、彼女は魔術を自然界の隠れた力、と言っていた。私の魔法は自然の外から混沌の力を呼び込んで現実を変えるという考え方だから、根本から全く違うな。

「では生まれつき魔力を持っていさえすれば誰でも魔術が使えると？」

「いいえ。魔力を持っていても、『魔術盤』が認識できなければ正式な魔術師とは言えませんわね」

また聞いたことのない用語だ。魔術盤？　魔力以上に魔術師にしか感じられない現象のようで、クローラは四苦八苦しながら律儀に説明してくれた。

その話をまとめてみるとこうなる。

魔術師見習いが魔力の感知や制御の修行を進めると、『光る文字が書き込まれた窓枠のようなもの』が視界に映し出されるようになる。この窓枠のようなものを『魔術盤（正式にはもっと長ったらしい名前があるそうだ）』、現れる文字を『魔術文字』と呼ぶ。

魔術文字の意味を読み解き、また組み合わせることで魔術が使えるようになる。魔力を持つ者の中でも、魔術盤を認識できるようになれるのはさらに十人に一人という狭き門で、正式な魔術師はレリス市でも十二人しかいない。

「例えば、私《わたくし》の魔術盤には今、魔力の総量の数字の他に、火、風、鞭、矢といった魔術文字が現れていますわ。この魔術文字を組み合わせて……例えば火と鞭を組み合わせて、読み上げることで、『炎《ファルガ・》の鞭《ウィレム》』の魔術が発動する、といった具合ですわね」

「ほ、ほう……なるほど……」

思ったよりシステマチックな技術だな……。と言うか、(私が言うのも何だが) 凄くゲームっぽい。

「ああ、そういえば。例のジャーグルが言っていたんだが、『賢哲派』とは何か知ってるか?」

ついでに、前に聞いて頭に引っかかっていた単語についても聞いてみる。

「ああ、それは……。魔術師の中の派閥の一つですわね」

「派閥?」

この世界《セディア》の魔術師は、魔術への考え方の違いによって、いくつかの派閥に分かれているのだという。『賢哲派』というのは、『魔術を極めるためひたすら研究に励むこと』が魔術師の使命だと主張する派閥で、奇妙な魔術や魔具を開発している。ちなみに、クローラ自身は『魔術とは人が暗鬼と戦うための技術である』と主張する『征服派《せいふくは》』に属しているそうだ。

「恐らくそのジャーグルとやらは、どこの派閥からも嫌われたはぐれ者だったのでしょう」

クローラは優雅に肩を竦めて言った。

それにしても、世界についても魔術についても、聞けば聞くほど疑問が増えていくような気がする。まぁしかし、これが世界を知ると言うことなのだろう。

†

白剣城には、一時間ほどで問題なく到着した。

平野に散在するなだらかな丘の上に建てられた城壁は、高さ十五メートルはあるだろう。比例したスケールの城門に、多数の防御塔。それら全て純白に染め上げられている。これは確かに、白い剣の城だな。城は明らかに二つの地域《エリア》の境目に建てられていた。西側はごく平凡な平野、東側には赤茶けた荒野が広がっている。

ここが人間の領域と怪物の領域を分ける最前線なのだろう。

カルバネラ騎士団は、百年以上昔の暗鬼と人類の大戦争で活躍した北方の王国《シュレンダル》の騎士団を母体にしている。ユウレ村やその周辺でモンスターの被害などがあった場合、住民を守るのはカルバネラ騎士団の義務となる。

永らくリュウス同盟の辺境の治安を護ってきた彼らの能力は高い。しかし、ここ十年ほど暗鬼の出現が減っていることもあり士気の低下も見られる……と、セダムは心配していた。

†

実は私も今、セダムの心配を実感しているところだ。

二重になった城門をくぐり、騎士団長への面会を求めた私、セダム、クローラの三人は一応丁重に扱われ、会議室のような場所に通された。しかし、そこで待っていたのは騎士団長ではなく、参謀だという中年男だった。

「高名な冒険者である君のことだから、嘘はついていないと思うのだが……」

エスピネ、という名の参謀はいかにも、『嘘だろう』という顔でこちらを見ながら言った。

「セダムだけならいざ知らず、レリス市魔術師ギルド第五席のこの私《わたくし》を疑うと仰《おっしゃ》るのかしら？」

クローラは不機嫌そうに両手を腰にあてて参謀を睨んだ。美女で、貴族で、なおかつ魔術師というやっかいな存在に詰め寄られ、参謀は額の汗を拭う。

「い、いいえ。しかし、その、そちらの男が魔術師を石にしただの、隕石を降らしただのと……。あまりにも荒唐無稽《こうとうむけい》ですぞ」

「すまないが、騎士団長に直接会わせてもらえないか？　でなければ、第一中隊長でもいい」

「騎士団長アムランド・ガル・サーディッシュ卿《きょう》は体調不良で静養中だ。第一中隊長のアルノギア殿も巡回中で……」

セダムとクローラは何とか私の魔法や暗鬼の出現について説明しようと言葉を尽くすが、参謀には最初から相手にする気がないようにすら見えた。

ここまで拒絶されるとは思っていなかったな。どうするのかと、横目でセダムの様子を見ると。

「……それなら、アルノギアが戻るまで待たせてもらう」

「いや、当城に司令部の許可のない者を宿泊させるわけには……」

「……ちっ」

舌打ちしたっ!?

……そうか、セダムは頭の固い相手とは話せないタイプなのか。とすると頼りになるのは……。

「団長の部屋まで押しかければ良いのではなくって？」

……クローラは論外のようだ。

私が交渉するしかないのか？　粘《ねば》り強《づよ》く交渉するのは構わないが、先にセダムかクローラがキレそうだ。

「申し訳ないが、その男の素性をもう一度確認した方が良いのではないか？」

「この方が詐欺師だと？　私《わたくし》たちがそれに騙されていると仰るのかしら？」

どうも収拾がつかないな。私がため息をついたとき。

《バタン》と。乱暴に扉が開け放たれた。男がのっそりと入ってくる。巨体だった。一番的確な表現は『力士のようだ』だろう。体重二百キロくらいありそうだ。騎士の鎧を身につけていられるのが信じられない。年は二十歳前後か。

「なに、俺の城で騒いでるんだ？」

そして第一声がこれだ。まさかこいつが騎士団長なのか？

「……ギリオン殿。この城は騎士団全体が所有するものですぞ」

セダムやクローラの視線が氷点下なのは当然だが、参謀の対応も冷たいものだった。団長ではないようだが、にしては態度がでかいな。

「はぁ？　俺様はその騎士団の創始者の直系だろ？　俺様の名前はギリオン・ギル・カルバネラ！　この騎士団はカルバネラ騎士団！　つまり俺様のモノってことだろーが」

「騎士団の規定にそのような条項はありませぬ。ギリオン殿は一中隊長に過ぎませんぞ」

なるほど。自覚してないだろうが、分かりやすい説明だった。会社員だった頃はたまにこういう手合いは見てきた。……こういうタイプは自尊心を刺激してやれば、簡単に話に乗ってくることが多いのだが。

などと、せこいことを考えていると。

「兄さん！　部外者の前で何やってんのさっ！」

また新たな人物が登場した。

ギリオンの巨体を押しのけて入ってきたのは、赤毛をワイルドに跳ねさせた女騎士だった。装備している鎧はギリアンや参謀のそれよりもシンプルなので、地位は高くないのかも知れない。

……いや待て。いま『兄さん』って言ったか？

「セダム、クローラ。見苦しいところを見せたね」

「……構いませんわ」

「リオ、丁度いい。話を聞いてくれ。暗鬼が出現した。おそらく大きな巣が発生している」

セダムとクローラは女騎士の知人らしい。リオ、というのが名前だろうか。

「なにっ⁉」

「本当かっ⁉」

セダムの端的な説明に女性騎士とギリオンは激しい反応を示した。

「暗鬼、暗鬼かっ！　それも、巣があるだと⁉　よっし！　よっし！　それはどこにある⁉　カルバネラ騎士団が！　俺様が叩き潰してやるぜっ！」

「セダム、その話は本当なのか？　それなら私たちが対処しないと……」

「ギリオン殿、リオリア殿、それが全く現実味のない話なのですよ。お信じなさるな」

「……」

†

三者三様の反応の騎士団関係者を前に、セダムとクローラは途方にくれていた。ギリオンとリオリアは強く興味を示しているが、役職的に上らしい参謀は何とか我々を追い返そうとしている。

仕方がない。会社員としてはこういうやり方は好きではないが、『大魔法使い』らしくいくとしよう。

「初めまして、ギリオン殿。リオリア殿」

私はゆっくり立ち上がり、余裕ありそうに見えることを祈りながら片手を胸にあてて一礼した。

「何だお前？　セダムのところの新人か？　……にしてはおっさんだな」

「魔術師殿とお見受けするが……」

「いや。私は魔術師ではない。『魔法使い』ジオ・マルギルス」

私の口上に、ギリオンとリオリアは顔を見合わせる。……兄妹だとしたら、案外仲は悪くないのかも知れない。

「ああ。彼の魔法で山賊とその首領だった魔術師を倒せたし、暗鬼の集団も事前に殲滅できた」

「……何じゃそりゃ？」

「確かに、俄には信じられない話ね」

「私の能力について、議論する必要はない。……何故ならば、それは自明のことだから」

私は大仰にローブの袖を翻して腕を伸ばし、会議室の床の一点を指差した。カルバネラ兄妹と参謀からの胡散臭そうな視線を我慢しながら呪文を唱える。

「この呪文により、我が所有物である石像を召還する。【物品召還《アポーツ》】」

私が指差した床上に空間の歪みが生じ、そこから滲《にじ》み出すように出現したのは魔術師ジャーグルの石像だった。【物品召還《アポーツ》】の呪文で隠しておいた藪の中から喚び寄せたのだ。変わることのない恐怖の表情が実に無残である。

「なああっっ⁉」
「んが……」
「きゃぁっ⁉」

三人の騎士は目を剝いて驚く。『大魔法使い』デモンストレーションの第一弾は成功だな。

「彼は、レリス市の商人イルド氏の隊商を襲い、娘を誘拐した山賊の首領だ。引き渡すので、法に則《のっと》って処分したまえ」

実際、騎士団にそういう権限があるのかどうかはしらないが、ノリで言ってしまった。

「石像のままでは取り調べもできないし、罪を購《あがな》うこともできないからな。戻しておこう。……この呪文により半径三メートル以内の魔力を虚無へ戻す。【魔力解除《ディスペルマジック》】」

続けて、彼にかけた【石化《ストーンド》】の効果を解除するための呪文を使う。眩い魔法の光が石像を包み込み、一瞬で消える。その後、床に転がっていたのは虚脱しきった哀れな男だった。

「あ……ぅぁ……」

石像を転移させたことよりも、その石像が生身の人間になったことの方が衝撃は大きかったようだ。立ち上がるどころか、まともにしゃべることもできないジャーグルを見て騎士三人は目だけでなく口もあんぐり開けて惚《ほう》けていた。

それに、セダムとクローラも驚愕の表情を浮かべている。『魔法』はただ破壊するだけのものではないのだよ。

「せ、石像が、人間に……」

「あわわ……あわわ……」

「す、凄い……」

茫然とする三人の前を、ゆっくり歩いてジャーグルに近づく。慌てるな、慌てるな。

廃人のように何も映していないジャーグルの目を見て少々良心が痛んだが、それは無視して彼の手から私の大魔法使いの杖《ウィザードリィスタッフ》を取り返す。

「これは、私の私物なのでね」

「あ、あんた……一体何者だ？」

巨体の騎士は、顔にびっしりと脂汗を浮かべながら聞いた。……よく見ると、赤毛の女騎士を庇うように一歩前に出ている。私は何となく、彼のことが少し好きになった。

「重ねて言うが、私は魔法使いジオ・マルギルス。その名において、誇り高きカルバネラ騎士団に要求したい。騎士団長もしくは、騎士団を代表する人々の前で、暗鬼の脅威について説明させてほしい。そのために時間が必要だと言うならば、それまでここに滞在させてもらいたい」

なるべく威厳が出せるように重々しくゆっくりしゃべる。とどめに、大魔法使いの杖《ウィザードリィスタッフ》の石突《いしづき》で、

《ドン》と床を叩いた。

「司令部の許可とやらは、取ってもらえると信じているよ」

騎士たちはがくがくと高速で首を縦に振った。

†

アルノギアという騎士団長の息子《むすこ》が巡回から帰還するのが明日だというので、結局、白剣城に宿泊することになった。

この世界《セディア》の夜は早い。燃料が貴重品であるため、日が落ちれば人々は早々に眠りにつく。私たちは、参謀に案内された客室（紳士的なことに、クローラに配慮して衝立《ついたて》が用意されていた）にいた。

全く眠気のこない私は、セダムにカルバネラ騎士団についてのさらなる解説を頼んだ。セダムは待ち構えていたかのように語り始める。暖炉の前の椅子に腰掛けて語る姿が、実に様《さま》になっていた。

「白剣城の東側には赤茶けた『黄昏《たそがれ》の荒野《こうや》』が広がっているが、昔あそこは『曙《あけぼの》の平野《へいや》』と呼ばれていた。どうしてそうなったかについて説明することで、カルバネラ騎士団の成り立ちも理解できる……」

カルバネラ騎士団の創設者にして初代団長はギルザール・ガル・カルバネラ。

百五十年ほど前、史上二度目の暗鬼の大量発生が起きた。大地を埋めるほどの暗鬼《レギオン》の軍団との決戦で、北方の王国《シュレンダル》の騎士ギルザール・ガル・カルバネラは多大な功績を挙げる。

北方の王国《シュレンダル》はギルザールの功績を讃《たた》え、辺境を守備するための騎士団の創設を許す。これが、カルバネラ騎士団の始まりである。カルバネラ騎士団はまた、『曙の平野』の中央に位置する守備拠点、ラストランド大要塞《だいようさい》を与えられた。

しかしその三十年後、曙の平野でアンデッドが大量に発生する『死者《しし゛ゃ》の嵐《あらし》』と呼ばれる事件が起きる。原因も不明のまま、増え続けるアンデッドに大要塞は飲み込まれてしまった。ギルザールはこの時、大要塞を護って戦死したとも、アンデッドの群れに交じって今でもさ迷っているとも言われている。

騎士団は人々とともに西方へ撤退し、新たに白剣城を築いてその地をアンデッドや暗鬼から護ることを誓った。ラストランド大要塞とその周辺は、現在でも無数のアンデッドが徘徊《はいかい》する魔境となっていると言う。


「この事件の後、曙の平野は『黄昏の荒野』と呼ばれるようになったのさ」

「アンデッドもやっぱりいるのか……。あ、ではなく。つまり、ええと百二十年前のアンデッド大量発生の事件でカルバネラ騎士団は本拠地を追われ、初代団長も亡くなったと。ああ、その責任をとらされて、カルバネラ家は騎士団長を務められなくなったわけか？」

「いや、直接の原因は別だ。十五年前だったか、当時の騎士団長がアンデッドから大要塞を奪還しようっていう無茶な作戦を強行してな……」

「ああ……」

「大失敗、だったのですわ。しかもその時受けた被害のために、十年前に暗鬼の巣が発見された時に彼らは十分戦えなかったのです」

「まあ、その騎士団長てのがあのギリオンの父親でな。団長の座を下ろされ、今は廃人同然だという話だ」


組織の命運をかけた巨大プロジェクトに挑み、玉砕する。社会人をやっていれば、聞かない話ではない。

あの騒がしい兄妹は、父親がそれだけのことをやらかしてしまった組織にあえて所属し、復権を目指しているのだろう。騎士団内の風当たりも強いだろうに……いやだからこそ、ギリオンはああして虚勢を張っているのだ。

「……若いな……」

嘲《あざけ》りではなく憐憫《れんびん》と、どこか羨望《せんぼう》も込めて私は呟いた。もっともセダムとクローラにそんな感傷はないようだ。

「リオリアは気の毒ですけれども、あのギリオンが嫌われているのは自分の責任ですわ」

「そうだなぁ。……しかし、人間は自分の生まれを選べないからなぁ」

「私《わたくし》には分かりませんわね」

重ねてギリオンへの同情を表明した私を、クローラは不思議そうに見つめた。

「ちなみに今の騎士団長サーディッシュ卿は、前副騎士団長だな」

「彼は聡明な方ですわ。ご子息のアルノギア殿も少々線が細いですが、ご立派な騎士でいらっしゃいますから。お戻りになればきっと的確な対処をしてくださるでしょう」

なお、カルバネラ騎士団の体制は、騎士団長の下に司令部があり、第一から第四中隊まで編成されているそうだ。第一中隊の隊長が現騎士団長の長男であるアルノギア、第二中隊の隊長がギリオンだった。

老齢の騎士団長サーディッシュ卿は引退間近で、後継者はまだ決定していない。有力候補は騎士団長の長男のアルノギアと、ギリオンなのだとか。

「ギリオンが候補……彼に人望ってあるのか？」

「何と言っても初代騎士団長の直系だしな。それにまあ……一応、剣の腕じゃ騎士団一ってことになってる」

「本当はリオリアの方が上だと思いますけれども。どちらにしても力だけはアルノギア殿を圧倒しておりますわね」

私が疑わしげに聞くと、セダムは肩をすくめクローラはため息をついた。この世界《セディア》において、『力』がとても重視されていることが良くわかるエピソードだな。

「リオリア？　リオかな？　あの女騎士は？」

「彼女はリオリア・カルバネラ。ギリオンの妹だな。もっとも母親は違う。父親が同じだというのも信じられんが」

「兄と違って彼女はまともな騎士ですわね。第二中隊の副隊長を務めております。まだ少し経験が足りませんが……」

ギリオン君の評価ひっくいな。

そこへ、ノックの音が響いた。

「失礼いたします。セダム殿、クローラ殿。そして、だ、大魔法使い殿。起きていらっしゃいますか？」

若い女性の声。丁度話題に出た女騎士、リオリアの声だった。私は、セダムが何か答えるかと思っていたのだが、セダムがこちらをじっと見るので仕方なく。

「ああ、まだ起きている。な、何か用かな？」

『大魔法使いらしく』と緊張しながら応じたら少し声が裏返った。クローラが口元をひくつかせてこちらを見る。笑うなこら。

「良かった。失礼ですが、開けていただけませんか？　遅くなりましたが、晩餐《ばんさん》の準備ができましたので、お越しいただければと」

晩餐。

それは予想していなかったので、既に保存食料を食べてしまっていた。しかしこれを断るのも失礼だしな……。

「あまり空腹ではないが、せっかくのご厚意、お受けしよう」

セダムに相談せずに決めてしまったのだが、彼はにやりと笑うと先に立ってドアを開ける。燭台《しょくだい》を手にしたリオリアの姿が薄闇に浮かび上がった。改めてみると、勝気そうなつり目の美女だ……美少女かな？

しかし、今その表情は緊張で強張《こわば》っている。

「マルギルス殿は喜んで晩餐に参加されるそうだ。俺たちも良いのかな？」

「有難うございます、兄も喜びます。ああ、もちろん。貴方たちにも是非」

前半が私、後半がセダムとクローラに向けた台詞だ。しかし、兄が喜ぶ？　まさか主催は……。

†

「おう、魔法使い殿！　じゃんじゃん喰《く》ってくれ！　この城の料理人は俺様が見つけてきたんだ、良い腕だろう⁉」

「は、はぁ……」

城の食堂で私たちを待ち構えていたのは、やはりギリオンだった。

重厚なテーブルの上には湯気を立てる料理が所狭しと並べられている。巨体の騎士とはもの凄くよく似合う組み合わせだ。私は彼の隣に座らされ、接待（？）責めにあっていた。恐らくギリオンにとって、『もてなし＝旨いものを食べさせる』ことなのだろう。確かに料理はどれも旨かったが。

「この鳥の炙りはな、馬乳酒に一晩漬けてから焼いてるんだ。柔らかいだろぉ？」

「ううむ……旨い……うぷ……」

少し酸味と甘味を帯びた鳥の腿肉を齧り、肉汁の多さに感心した私だが、ちょっともう許容量が……。

「兄さん、あまりしつこく勧めるのはマナー違反だよっ。魔法使い殿が困ってるじゃないか」

「うるさい！　お前は口を出すな！　いま、大事な話をしているんだっ！」

どこが大事な話なんだ……。

しかし、いわば彼らはスポンサーだ。それにまあ、先ほど彼らの境遇を聞いて同情も感じたところだし。これくらいは我慢して、むしろ隠し芸の一発も見せて……。

「……む」

などと、自然と会社員モードに入っていた私に、セダムとクローラが生温かい視線を向けていた。

「んぐ。あ、あー……。うむ、美味だった。しかしもう十分頂いたよ」

口の中一杯の肉詰めをワインで流し込んでから、満足の意を表明する。

「……ギリオン、そろそろ大事な話とやらをしてもらえるかな？　マルギルス殿は退屈されてるようだ」

「マルギルス殿の貴重なお時間をくだらない雑談

で浪費していただきたくなくてよ？」

ここぞとばかりセダムとクローラがギリオンを口撃した。私への援護射撃というよりも、単なる憂《う》さ晴《ば》らしだろうが。

「何だぁ、冒険者の分際でぇ！」
「兄貴！　いい加減にしなっ！」
「ぶっ!?」

両手でテーブルをぶっ叩いて歯を剝いたギリオンの横っ面を、リオリアがぶん殴った。骨と骨がぶつかる音が響くような本気の右ストレートである。

何なんだこの兄妹は。セダムとクローラが平然としているところを見ると、これが平常運転なのか？

「……申し訳ないっ。魔法使いマルギルス殿。どうか、兄の話を聞いていただけないでしょうか？」
「ふんっ……」

リオリアはそのまま直立不動の姿勢をとると、右手を胸にあてて深く頭を下げた。ギリオンはギリオンで、赤く腫《は》れた頰を気にもせず、そっぽを向いてワインをあおっている。

「……いいだろう。すぐに話を始めてくれるなら」

ギリオンに、こっちを向けとか妹に謝らせるなとか説教したい気もしたが、それ以上にリオリアの気迫に押されて私は頷いていた。

ギリオンはワインを飲み干してから、ようやくこちらを向いた。

「話は、簡単だ。魔法使い殿。あんたを俺様の部下にしてやろう！」

「……」

まぁ確かにこういうことを言う奴も出てくるか……と、ぼんやり思った。

顔は動かさず視線だけをセダムとクローラに向けると、セダムは舌打ちしてそっぽを向き、クローラは額に青筋を立てて物騒な笑みを浮かべていた。

「あ、すいません。それは嫌ですね」

思わず素で言ってしまった私を誰も責められないだろう。

「何だぁっ!? この俺様のっ！　カルバネラ家嫡《ちゃく》男《なん》のっ！　誘いを断るだとぉっ!?」

丸太みたいな腕でテーブルの上の皿を薙ぎ払い、ギリオンが怒鳴った。

「……。今のところ誰かに仕えるつもりはないのでね」

……日本にいた頃なら、こんな風に怒声を直接向けられたらそうそう冷静ではいられなかっただろう。というより絶対に硬直したはずだ。現にあの山賊相手にはそうだったしな……。

異世界にやってきてたった二晩しか経っていないが、多少なりとも図太くなったということだろうか。

「な……!?　俺様はカルバネラだぞっ！」

「兄貴っ！」

「がっ!?　あがががっ!?」

拳を握って振り上げたギリオンの腕をリオリアが摑んだ。摑んで、関節を捻り上げ、痛みでつま先立ちになった巨体を軽々と引きずりはじめる。

「あだだっ！　リオっ！　お前っ、妹のくせにっ……あだだだっ」

「すいませんっ！　魔法使い殿っ！　セダムも、クローラも……。まさかあんなことを言い出すとは……。あとで必ず謝罪させますからっ！」

ギリオンは罵《のの》り声《ごえ》を上げながら、リオリアはぺこぺこと頭を下げながら（そしてギリオンを引きずりながら）食堂を去っていった。

「……どうせ、くだらない話だろうと思ったんだ」

セダムは一番上等なワインをグラスに注ぎながら呟いた。

†

翌朝。

緊急会議を開くという知らせを受け、私たちは慌《あわただ》しく準備を始めた。

「そろそろ行きますわよ？」

クローラが声をかけてくれる。態度は高飛車《たかびしゃ》だが、案外面倒見が良いな。

などと考えながらローブの埃を払い、髪を撫でつけて身支度《みじたく》を整える。このローブに、ブーツ、指輪、護符《アミュレット》と、全て希少なマジックアイテムである。もし『D＆B』の魔法使いが見たら豪華さに目がくらむだろう。

この世界《セディア》の魔術師には違いが分からないらしいが。

「……恐ろしく見えるかな？」

精いっぱい背筋を伸ばし、古典的ファンタジー映画『ドラゴンスレイヤー』に登場した魔法使いの台詞を引用して聞いてみる。

「……ああ。そうだな」

「まさに大魔法使いですわね」

だったら何故視線を逸らすのか。

†

会議は、白剣城の大広間で行われることになった。

プレゼンだと思うと身が引き締まる。事前に、セダムとプレゼンの目標と進め方は決めておいた。目標は最低限、騎士団から中隊単位の人員を出させることだ。

はっきり言って、暗鬼《レギオン》の軍団や巣を破壊するだけならば呪文を無制限に使えばどうにでもなる。

問題は、撃ち漏らしが近隣の村や人々を襲ったり、別の巣を作ることだ。それを防ぐためには、ある程度の人数を揃《そろ》えて包囲網を敷かねばならない（というのがセダムの見解だ）。騎士団全体を駆り出すのがベストだが、一中隊程度の騎士が使えれば最低限何とかできるだろう（と、セダムが言っていた）。

大広間が、城館の最上階であったのはプレゼンを行う上で都合が良かった。東側に設けられた広いバルコニーから、城の外の景色《けしき》がぐるりと見渡せるからだ。

「冒険者セダム殿、魔術師クローラ・アンデル殿、ま……魔法使い？　ジオ・マルギルス殿、入室なさいます」

私たちの来場を告げながら、使用人が恭しく広間への大扉を開く。

内部は百年以上の歴史を誇る騎士団に相応《ふさわ》しい威厳に満ちていた。精緻な刺繍《ししゅう》の入った絨毯《じゅうたん》が敷かれ、壁には騎士団の活躍を描いた絵画が、天井にはシャンデリアや騎士の紋章入りの旗が飾られている。

大扉の正面奥に重厚な椅子が置かれ、老齢の騎士が座っていた。騎士団長アムランド・ガル・サーディッシュだろう。体調不良で会わせられないと言われたが、それを押して出席してくれたようだ。老騎士の右側には少年騎士、左側にギリオンと知らない男性騎士がいた。

ギリオンと並んでいるのは第三中隊長らしい。第四中隊長は巡回中で不在だった。

少年は騎士団長の息子にして第一中隊隊長、アルノギア・ギル・サーディッシュだった。細身で金髪、端正な顔と絵に描いた様な美少年騎士である。ギリオンと比較すると、ちょっと凄い。

他に、司令部所属の幹部騎士五人と、その他城内にいた騎士が数十名（リオリアはその中にいた）整列している。プラス、私たち三人が対策会議の出席者だった。

「カルバネラ騎士団団長、アムランド・ガル・サーディッシュだ。冒険者の諸君、そして……魔法使いマルギルス殿。貴重な情報の提供に感謝する」

白い髪に髭、顔色はどす黒く確かに病身に見えたが、老騎士の声はよく響いた。白銀の鎧を身に着けた姿勢に、弱々しさは欠片《かけら》もない。幾多の実戦を潜り抜けてきたであろう厳しい眼光は、こちらを射抜くかと思うほどだった。

「義務を果たしたまでだ。騎士団長」
「光栄ですわ」

セダムは軽く会釈したが、他の騎士に対するより丁寧な態度だった。クローラもその横で淑《しと》やかに一礼する。

「礼には及ばない。暗鬼は人類の脅威となる存在なのだから。カルバネラ騎士団であれば適切な対処ができると信じている」

私も軽く一礼した。

本来なら最敬礼したいほどの風格ある相手だが、『下手《したて》に出て他の騎士に舐められるな』とセダムとクローラから強く釘《くぎ》を刺されている。

長年、騎士団長という重責を背負ってきたに違いない相手と、五分の立場のように振舞うのはただの会社員にとっては精神的にかなりくるものがあった。大魔法使いの杖《ウィザードリィスタッフ》を握る掌に汗が滲む。

「……では、レリス市冒険者ギルド所属のリーダー、セダム氏から本件について詳細な説明を願いましょう」

参謀が硬い声で言った。

†

「俺たちはイルド氏の娘を救出するため砦に向かった。そこで、先に娘を救出し、首領の魔術師を石像に変えて捕らえていた大魔法使い殿と出会ったのだが……」

セダムの説明の後に、『大魔法使いデモンストレーションその二』を入れる予定である。こちらの想定通りに会議が転がっていくかどうか……。少しでも有利に進める材料を集めようと、出席者たちの様子をこっそり窺う。

セダムの話が続く中、参謀は私の方をなるべく見ないようにしていた。ギリオンとリオリアの顔は緊張に強張っている。騎士団の幹部たち、財務官、諜報官《ちょうほうかん》、書記官、内務官は、疑念と不安が入り混じった視線をこちらに向けていた。

平然としていろ、私。

「……最終的には大魔法使い殿が隕石の雨を降らす魔法で、暗鬼を焼き払ってくれた。そのおかげで俺たちは助かったのさ」

魔法のくだりで、騎士たちの表情が胡散臭げになる。

実際に魔法の力を見たはずの参謀とカルバネラ兄妹すら、半信半疑といったところだ。老騎士団長の表情は動かない。隣に立つアルノギアは僅かに顔を青ざめさせていた。

「……というわけで、ユウレ村に向かっていた暗鬼どもは壊滅できた。だが、あれだけの規模の暗鬼が巣もなしに出現するはずがない。谷を探索すれば巣を発見できるだろう。早急に動くべきだ」

セダムは淀《よど》みなく報告と助言を終えた。

「ありがとう、セダム。……皆から、何か意見はあるか？」

老騎士団長が言った。広間に重苦しい沈黙が広がる。

「……由々《ゆゆ》しき事態であります。まずは偵察隊を出し、状況を把握するべきかと」

第三中隊長（オードという名だった）が背筋を伸ばして硬い声で言った。屈強な体格に短い髪、厳《いか》つい顔。いかにも叩き上げの軍人といった姿だ。

「偵察隊？　偵察隊を出してもし暗鬼の巣が本当にあったらどうするのかね？」

参謀が渋い顔で聞いた。さすがにこの発言には居並ぶ騎士たちがざわめく。

「当然、叩き潰すに決まっているだろう！」

「その通りであります」

ギリオンが唾を飛ばして叫び、オードも頷く。

「偵察くらいなら良いんだがねぇ〜。暗鬼の巣の破壊となるとねぇ」

「何か問題があるのですか、イゴウルド財務官殿？」

小太りの中年騎士のぼやきに、アルノギアが尋ねた。

「特殊な作戦となれば、騎士や兵士に手当てを払う必要がありますなぁ。食糧、医薬品、寝具、衣類に武具の管理、馬の飼料、燃料。怪我人が出れば治療費、死者でもあれば遺族への補償金……。その間にも、巡視や村々の警備をしないわけにはいきませんから、追加勤務を命じる騎士たちへの給料も必要となります。はっきり言って予算が足りませんな」

財務官イゴウルドは弱り果てたような顔で言った。騎士団の予算が厳しいのは事実なのだろう。剣と魔法のファンタジー世界の騎士団でも資金不足が敵とは、何とも世知辛《せちがら》い話だ。最悪、私が所持金から援助してもいいのだが。どこまで立ち入って良いものか迷うな。

「……それは……何とか捻出《ねんしゅつ》するしかないのでは？」

「そうだそうだ！　カルバネラ騎士団が暗鬼と戦うのに金を惜しんでどうする⁉」

困ったようなアルノギアと、顔を歪ませて怒るギリオンの意見は一致していた。第三中隊長オードも頷いている。その他の騎士たちも不安そうに議論の行く末を見つめていた。

「そもそも、暗鬼が出現したというのは事実なのかい？　あたしの部下からは何の報告もきてないんだがね」

しわがれ声と鋭い視線を私たちに向けてきたのは、幹部騎士たちの中でも異彩を放つ、小柄な老婆だった。

「確かなことだ、諜報官イレザ。俺の話のどこに疑う余地があった？」

なるほど、彼女は情報収集を主に担っているのだろう。

「あんた正気かい、セダム？　悪いキノコでも喰って頭をやられてるんじゃあないだろうねぇ!?」

「そちらの魔法使いとやらが暗鬼の軍団《レギオン》を倒したというのは、あまりに夢想的な話ですな」

イレザの歯に衣着せぬ一言に、内務官ロジクも同意した。この世界《セディア》の常識で考えれば、当然の意見なのだろう。

「……やっぱりそうだよな……」
「どんな魔術師でも岩鬼を一発でなんて無理だろ……」

他の騎士たちのざわめきを聞いても、似たような感想のようである。しかし、私はここであえて一歩前に出ていた。

「ほう、面白い。私がペテン師だと？」

台詞も何とか出てくる。実際、セダムとの打ち合わせでこの流れになるのを待っていたのだ。ここからが『大魔法使いデモンストレーションその二』だ。

「い、いや、マルギルス殿。そういうわけでは……」

参謀は顔色をさらに青くして私を宥めようとするが、申し訳ないが無視だ。

「理解できないのは無理もない。『魔法』はこの世界《セディア》になかった理《ことわり》なのだから。ならば、諸君に見せよう。我が呪文の威力を！」

うう……。背筋がぞわぞわする。

私が現役でＴＲＰＧをプレイしていた頃は、こういう派手な台詞廻しはまだ流行っていなかったのだ。社会に出てからは言うまでもない。

「開け魔道の門。化身を招け」

アルノギアや幹部、その他の騎士たちが固唾《かたず》を呑んで注目しているのだけが救いだ。これで、誰かがクスリとでも笑おうものなら即座に心がへし折れる自信があった。

「この呪文により天空から八つの流星を招来し、我が敵の頭上に降らす」

大魔法使いの杖《ウィザードリィスタッフ》をバルコニーの外、白剣城の東に広がる赤茶けた荒野に向ける。荒野に人がいないことは確認済みだ。

仮想の私は例によって大量のダイスを振った。まあ今回は出目はあまり関係ない。

「【隕石《メテオ》】」

詠唱が完了した瞬間。

《ヒュウ》と。

高速で何かが飛ぶ音が続けざまに頭上から響く。

一瞬遅れて目の前の大地に八つの流星が降り注いだ。

爆発。巨大な。

閃光《せんこう》と轟音が広間を支配し、衝撃波がびりびりと壁や天井を揺らして埃を落とす。


「うわぁぁぁ！」

「ひぃぃぃ――――っ⁉」

「空から火が降ってきた⁉」

「何だあの爆発はっ⁉」

「うぉぉ……凄《すげ》ぇっ！　凄ぇっ！」

「…………っっ」


騎士たちの反応は予想通りだった。

ほとんどの者は恐慌に陥って立ちすくむか、頭を抱えて蹲《うずくま》っている。幹部騎士たちも茫然と口と目を見開いていて硬直していた。ギリオンはやたら興奮して腕を振り回しているが。

そして、さすがに騎士団長は微動だにしていない。アルノギアはちょっと腰がひけてるな。

「近くで見るとますますとんでもないな……」

「……これが、魔法の力……」

セダムとクローラも目を見開いている。まあ【火球《ファイヤーボール》】あたりとは破壊の桁《けた》が違うからな、致し方ない。

「練兵場を穴だらけにしてしまってすまなかった。必要なら、後で費用を請求してくれ」

白剣城の周りは普段練兵に使われている何も無い荒野だと、事前に聞いておいていて良かった。とはいえ、八つの巨大な穴を作ってしまったのは悪かったが。……財務官の目を見ると、本当に請求が来そうだな。

「……な……な……」

「こんなことがあり得るのか……？」
「魔術じゃなくて、魔法……ほ、本物だ……」
「本当に穴が……大地が焼け焦げ抉れている……」

騎士たちはまだ、私を恐ろしげに見たり、バルコニーに駆け寄って外の惨状を確認したりと動揺している。

「ふぅ……」

気を静めようと大きく息を吸って、吐く。やってやったぜ、という達成感と優越感が湧き上がるが、その息と一緒に吐き出した。こんな、『見守る者』からタダでもらった付け焼刃の力で調子に乗るなど、恥ずかしいことだ。

「良く分かった」

やや収拾がつかなくなってきた広間に、老騎士の重々しく深い声が響いたのはその時だった。

「不快にさせて申し訳ない、魔法使い殿。貴公の魔力が強大極まりないことは明らかとなった。謝罪させてもらおう」

彼自身は全く動揺していないように見える。大したものだ。

「構わない、騎士団長殿。私も少々大人げなかった」

私も鷹揚《おうよう》に頷いて答える。

正直、この時点で騎士団長とはアイコンタクトが成立していた。彼は事態を収拾しようとしている。それが分からなければ、私も堂々と応じることはできなかっただろう。私と彼が落ち着いた会話を始めると、騎士たちも徐々に静かになっていく。

「俺たちの……大魔法使いマルギルス殿の話が真実だということは理解できたようだな？」

セダムがゆったりと語りかけると、騎士たちは夢から醒《さ》めたばかりのようにぼんやりと頷いた。

「では、改めて言おう。暗鬼の巣に対してカルバネラ騎士団ならば適切な対処ができると信じている。が……もしも、私の助力が必要だと言うならば、喜んで手を貸すとしよう」

「貴公の助力は百万の援軍にも匹敵しよう。今日より、大魔法使いマルギルス殿は我ら騎士団の最も心強き同盟者である」

「やりましょう！　諸君！　大魔法使いが私たちの味方だ！　白き剣に勝利を！　暗鬼に滅びを！」

絶妙のタイミングでアルノギアが長剣を抜き放ち、天にかざして叫んだ。

「白き剣に勝利を！」

「暗鬼に滅びを！」

騎士たちはほとんど反射的に抜刀して唱和する。確かにこの美少年、カリスマ性はあるらしい。横にいたギリオンも、悔しそうではあったが文句も言えず従っていた。

ただし。

抜刀する直前、隣の騎士団長が彼《アルノギア》の手の甲を催促するように抓《つね》っていたのを私は見逃していなかったのだが。

†

プレゼンは成功した。

カルバネラ騎士団は総力を挙げて暗鬼の巣を探索し破壊することとなった。資金の話はどこかに吹き飛んでいる。財務官は青い顔をしていたが、ほとんどの騎士は闘志に満ちていた。

　一度決定すれば、流石は経験豊かな戦闘集団。大まかな作戦はその日のうちに決まった。戦力が整う二日後に出撃する予定である。ちなみに、セダムは個人として騎士団から依頼を受け、クローラは魔術師ギルドメンバーとして騎士団に協力するために同行することとなった。


「……俺はどちらでもいいが、あんたは『同盟者』にされてしまったな。やはり団長はやり手だ」

「あ、そうか……」

　会議後のざわめきに紛れてセダムが私に囁《ささや》いた。

　確かに、同盟者になったということは今後もお互いに協力し合うということになる。私にとってはカルバネラ騎士団という後ろ盾を得たと同時に、彼らを支援する義務が生じたことも意味する。アムランドがあの場でそこまで考えて発言していたのだとしたら、流石と言う他ない。

「……その調子であちこちと同盟を結びすぎて身動きできなくならないよう、お気をつけ遊ばせ？」

　クローラの助言はやや嫌味っぽかったが、もっともなことだ。

†

「……疲れてるんだがなぁ……」

　改めてあてがわれた豪華な客室でぐったりしていると、アルノギアから呼び出しを受けた。断ることもできず、のこのこと出かけていく。

「お呼び立てして申し訳ありません、魔法使い殿」

アルノギアは城の中庭で私を待っていた。何故か完全武装で、背後にはずらりと騎士たちが並んでいる。総勢二十名といったところか。

「構わないが……。用件は何かな？」

「実は、私たちの訓練に協力していただきたいのです」

「訓練？」

「何でも、魔法使い殿は暗鬼に似たモンスターを作り出せるとか……」

【鬼族小隊創造《クリエイトオグルプラトゥーン》】のことか。彼らに見せたことはないが、モーラ→セダム→アルノギアの順に伝わったのだろう。

　しかしこれは私にとっても好都合だな。一応、暗鬼やアンデットと戦うことが任務となっている騎士団が、六レベルのオグル相手にどこまで戦えるのか？　この世界《セディア》のパワーバランスを考える目安になるだろう。


「私自身、本物の暗鬼と戦ったことはありません。騎士たちの半分も同様です。ここにいるのは中隊の一部ですが、どうか暗鬼を想定した訓練の機会を与えていただけないでしょうか？」

　思っていたよりもずっとまともで、好感のもてる頼みだ。彼の瞳は純粋な使命感にきらきらしている。汚い大人には眩《まぶ》しいくらいだ。

「謝礼はこちらにご用意しておりますっ」

　アルノギアが頭を下げた後、若い騎士が革袋を恭しく差し出してきた。中身は金貨らしい。やはりこの少年、真面目《まじめ》だ。

「い、いや、そんな容易《たやす》い手伝いで謝礼を受け取ることはできないな。その金は騎士団のために有効に使ってくれ」

「あ、有難うございます！」

アルノギアと同時に、背後の騎士たちも一斉に頭を下げた。金貨を持っていた若い騎士は明らかにほっとしている。騎士団に金がないってイゴウルド財務官も言ってんだから、アルノギアもほいほい出そうとするなよ……。

†

「では……この呪文によりオグル六体で構成された一個小隊を無から生み出し三日の間支配下に置く。【鬼族小隊創造《クリエイトオグルプラトゥーン》】」

「グルウゥ！」

「うおおぉっ……」

「本当に暗鬼だ……」

「だが色が違うぞ」

「こんなことまでできるとは……」

私の呪文によって、中庭に六体の赤褐色《せきかっしょく》の人型モンスターが出現した。

訓練だということで、オグルたちには武器を持たせなかった。しかし三メートル近い巨体と、岩石みたいな拳は並の人間など簡単に殴り殺せる。本物の巨鬼と比べた印象では、戦闘力は互角と思えた。

騎士たちからは大きなどよめきが聞こえた。アルノギアも青い顔をしている。

巨鬼の肌が漆黒だったのに比べてオグルは赤褐色だし、だいたいあの焼きつくような憎悪を振り巻いていない。中には冷静にそれを指摘した騎士もいたが、皆もう少し落ち着いてほしいものだ。

「で、では、二手に分かれたところから開始したいと思います。念のためお聞きしますが、私たちがあれらを倒してしまっても……？」

「ああ。まぁ、構わない」

「ちょおぉっと待てぇい!!」

怒声が会話に割り込んできた。ギリオンである。リオリアと自分の部下の騎士たちを引き連れていた。

「アルぅぅ！　何、抜け駆けしてるんだよぉ？」

「ううっやめてくださいよ」

「兄さんっ。失礼でしょっ！」

完全に見下した態度でアルノギアの細い身体をどやしつけるギリオンに、それを咎《とが》めるリオリア。

アルノギアは困りながらも笑みを浮かべているが、お互いの部下たちはかなり険悪な表情で睨み合っていた。中庭や城の窓から覗く人々の表情を見る限りでは、ギリオンに敬意を持っているのは部下の騎士たちだけらしい。

「魔法使い殿っ。まずはこの俺様にやらせてくれ！　いいだろう!?」

「で、でも私たちの方が先に……」

アルノギアはギリオンが苦手なようで（まぁギリオンの相手が楽しいという者はあまりいないだろうが）、かなり弱気な態度だ。それでも、譲るとは言わないので完全に呑まれているわけではないのだろう。

「ギリオン」

「おぉ、魔法使い殿っ」

私も日本にいた頃はギリオンのようなタイプは苦手だったし、アルノギアみたいなのが部下だったらイライラしたかも知れない。しかし、立場が変われば見え方も感じ方も変わるものだ。未熟で、賑《にぎ》やかなこの若者たちを私は気に入り始めていた。

「今回はアルノギアの方が早かった。心配しなくてもオグルはまだ創り出せる。訓練は彼らの後で我慢してもらえるかな？」

「う……。わ、分かった……」

「すいませんっ。寛大なお心遣いに感謝いたしますっ」

流石のギリオンも、【隕石《メテオ》】を見た後では私にそう横暴には振舞えないらしい。むしろ畏怖《いふ》すら感じているようだ。リオリアは信頼に満ちた眼差《まなざ》しをこちらに向けていた。私の人徳のおかげ――ではないのが情けない限りだが。

「では諸君。配置につきたまえ」

「承知しました」

仕切り直しの意味をこめて大仰に告げ、杖をかざす。

「総員！　戦闘準備！　第一第二小隊は横列防御！　第三小隊は側面攻勢待機、第四小隊は予備列！」

「了解！」

アルノギアが意外と鋭い声で指示を出した。二十人の騎士たちはあっという間に隊列を組む。十人が横に並んで壁になり、五人が右サイド、五人が後列に並ぶ。アルノギアは後列の騎士に交じっていた。

「オグルたちよ、騎士を襲え。決して殺してはならない」

「グルァァア！」

「ガアアッ！」

自然と命令口調が出て内心驚いた。まあどういう口調だろうがオグルたちは命令に従い、獰猛《どうもう》に叫びながら騎士の隊列へ突っ込んでいく。

「盾、構え！」

アルノギアの号令に合わせ、前列の騎士たちが紋章の描かれた盾を顔の高さまで上げた。一糸乱れぬ動きと姿勢は、鋼鉄の壁を思わせる頑強さだ……ったはずだが。

「ガルウッ！」

「ぐわっ⁉」

騎士の肉体と板金鎧と盾で築かれた壁は、オグルの一撃で盛大に揺らいだ。さすがに一発で吹っ飛んだ騎士はいなかったが、仰《の》け反《ぞ》り、ふらつく者やたたらを踏んで後ずさる者など、隊列は大きく乱れる。

「くっ……耐えろ！」

「グルウゥゥッ！　ガアアァッ！」

隊列の中央の騎士が仲間を鼓舞するが、滅茶苦茶に拳を振り下ろすオグル六体の暴力に対してはあまりにも頼りない。

「……っ」

次の指示に迷ったのだろう、アルノギアの指示が止まった。

「ぐわあっ！」

その間も止まらない、空から降ってくるみたいなオグルの拳骨が、ついに盾ごと騎士をふっ飛ばしていた。続けて二人目、三人目と、耐え切れず膝を折り、殴り倒される騎士が続出する。

「……っ⁉　第四小隊前へ！　第三小隊は回り込め！」

「ぎゃあっ⁉」

「うわっうわぁぁっ⁉」

引きつりながらも、アルノギアは諦めず追加の指示を出す。だが、個々の戦闘力に差がありすぎた。防御列の穴を予備隊が塞ぐ傍から、次々に騎士が殴り飛ばされていく。

「このっ！」
「ガアアッ！」

側面に回り込んだ五人の騎士がオグルの横っ腹や背中に剣を振り下ろす。数人の攻撃はオグルの肉を裂き、ダメージを与えることには成功したが、反撃の拳で次々と沈んでいく。

「くっ……固まれ！　円陣だ！　白き剣に勝利を！」
「おお、頑張るな」

「……アル！　諦めるな！　目を狙え！」

立っている数人の騎士を呼び集め背中合わせの円陣を組んだアルノギアを見て、私は思わず呟いていた。リオリアも声援を送る。ギリオンは……。

「ちっ。何やってんだっ。俺様だったら……」

と、いらついていた。
しかし、この二人のように感情を露《あらわ》にするのはマシな部類で、見守っていた騎士や城の人々は声もだせない。オグルたちが仮想暗鬼なのだから仕方がないが。……ていうかこれ、やばいんじゃないか？

「……そこまで！」

アルノギアはよく頑張って、オグルの拳を数回避けたが、彼の剣はオグルの筋肉に弾き返されていた。オグルが振り回した腕が彼の頭部を捉《とら》える直前で、私は制止の命令を出した。

忠実なオグルの動きはその瞬間にぴたりと止まる。

「……ううっ……」

アルノギアは蒼白《そうはく》な顔で呻いていたが。

「……皆、良くやった！　……今日はもう休んでくれ。出撃までに、戦術を練り直そう！　大丈夫、これは訓練だ。手柄は実戦で挙げよう！」

そう言いながら、倒れた騎士たちを助け起こしていく態度には本気で感心させられた。アルノギアが、自分で言った言葉をまるで信じていないことが表情で分かったのでなおさらだ。彼は現場のトップのとるべき態度を知っている。

「も、申し訳ない……」

「次こそは必ず……」

騎士たちの目にも、悔しさ、面目《めんぼく》なさの中にアルノギアへの敬意が浮かんでいた。

「ったく、だらしねぇーな！　俺様が手本を見せてやるよ、手本を！」

一方全く空気を読まないギリオンには、正反対の冷たい視線が突き刺さる。二人は次期騎士団長の座を争っているというが、人望だけならアルノギアの圧勝なんじゃないのか？

†

「どりゃあっ！　どうだごらあっ!!」

第二中隊率いるギリオンの戦い方は、アルノギアの真逆だった。開始直後、彼は部下など放置して真っ先に突っ込んでいく。

自信たっぷりなだけあって彼は善戦した。オグルの拳を盾でがっちり受け止め、弾き返し、お返しの突きで的確に急所を狙う。巨体のくせに俊敏……というよりも計算された動きで巧みに集中攻撃を避けていた。

「はあっ！　せいっ！」

そのギリオンに輪をかけて奮戦したのがリオリアだった。鎧を着けているとは思えない速度で疾走してオグルを撹乱《かくらん》し、脚を狙って剣を振り下ろしていく。

「おおっ！」

固唾を呑んで見守っていた観衆がどよめいた。リオリアの攻撃を受けたオグルの一体がついに膝をついたのだ。先ほどの騎士たちと比べて、同じ人間でこうまで違うものなのか？　もし一対一であれば、リオリアはオグルと互角なのでは？

……いや、これがこの世界《セディア》の現実なのだ。経験か素質か、何らかの要因で人間の強さに天と地ほどの差が生まれる。まさに剣と魔法のファンタジー、英雄の世界だ。

「いいぞリオぉ！　うごっ!?」

「ちぃっ！　放せっ！」

だが、残念ながらそこまでだった。

ギリオンが背後からオグルの巨大な足に蹴り倒され、息を切らせたリオリアも腕を掴まれ剣を取り落としてしまう。……もちろんと言うべきか。彼らに従う第二中隊の騎士たちはとっくに全員倒れ伏していた。

「そこまで、そこまで！」

私は慌ててオグルたちの動きを止める。

「くっそぉっ！　もう一回やらせてくれ魔法使い殿っ！」

「このっ！　このっ！」

地面に転がり砂まみれになりながらも元気良く叫ぶギリオンや、自分の腕を摑んだまま動きを止めたオグルを殴り続けるリオリアには、さっきのアルノギアとは別の意味で感心した、が。

「なんで、出撃前に雰囲気を最悪にしてるんですの？」

いつの間にか横にきていたクローラが呆れたように感想を述べた。……出撃する前に彼らの力が分かって良かったと言ってもらいたいものだ。『同盟者』としては知っておかないとな。うむ。

†

客室に戻ると。

「そりゃあ、あんたが悪い」

「まったく、アルノギア殿の面子《メンツ》を丸つぶれにするとは、信じられませんわ」

セダムとクローラが口々に言った。

「いやしかし、仮にも暗鬼を倒すのが使命の騎士団だと言うから……」

「実戦を想定すると言うなら、六対二十ではなく二対二十でやるべきだったな」

ううむ。それくらいがこの世界《セディア》の戦いの相場というやつなのか。素人目《しろうとめ》ではあるが、騎士たちの平均的なレベルは三くらいだろう。

「小鬼二十体なら騎士六人でも何とか勝てるだろ。……しかしだ。そもそも暗鬼というのは基本的に軍隊で組織的に相手をするべき存在なんだ」

実際、カルバネラ騎士団は今回の作戦に二個中隊四百人以上を出すことになっている。

「そういえば、冒険者の強さというのはどの程度なんだ？　例えばセダムのパーティは他の冒険者よりも強いのか？」

「強さか」

私の問いにセダムは難しい顔をした。

「パーティにクローラがいるときならば、リュウス同盟の冒険者の中でも上位だろ。そうでなきゃ、まあ中堅てところかな」

「私《わたくし》は高位魔術まで使えますからね」

クローラは偉《いつものように》そうに胸を反《そ》らして言った。

この世界《セディア》において、魔術はやはり重要な位置を占めているようだな。

「しかし全体で言えば、巨鬼に対抗できるようなパーティは少ないぞ。レリス市内では俺たちを含めて三組くらいか」

暗鬼の中でも、出現頻度《ひんど》と戦闘力の高さで最も脅威と言われているのが巨鬼だ。純粋な戦闘力は一般の兵士とそう変わらない小鬼だけの群れならば、同数以上の軍隊で制圧することは可能だ（それでも作戦などによっては大変な被害が出る）。

しかしその群れに巨鬼一体いるだけで、人間側の被害は圧倒的に増加する。セダムの説明では巨鬼を一体倒すためには重装備の兵士が二十名は必要で、それでも運次第で全滅させられる危険があるのだという。

「どうでもいいが、冒険者の実力ってのは強さだけじゃないんだがな……」

軍隊とは違い、冒険者のパーティは、探検、護衛、戦闘など得意分野がそれぞれ違うので戦闘力だけを基準に評価するのは間違っている。セダムのぼやきはもっともである。

しかしともかく、暗鬼に対して人間側の戦力が圧倒的に劣るのがこの世界《セディア》の現実だった。

「では、英雄と呼ばれるような人間なら？」

「暗鬼絡みでいうならば、『暗鬼殺し《あんきごろ》』レードという戦士がいるな。彼なら巨鬼の五、六体は倒せるだろう。岩鬼もいけるかもしれん」

「魔術師で言えば、リュウシュク魔術師ギルド第一席のペリーシュラ師《し》なら岩鬼も倒せますわね。『氷結獄《アイシアンヘイルズ》』いう超位の氷魔術が使えるという噂でしてよ」

「ちなみに、セディアで最高の冒険者パーティは『極炎《ごくえん》のカルブラン』という魔術師がリーダーだが。あのクラスになれば、岩鬼が複数いても倒し切れるんだろうな」

「まぁ彼らは北方の王国《シュレンダル》の王都を拠点にしていますから、今、当てにはできませんわね」

暗鬼殺しに、魔術師ギルド第一席に、獄炎か。これがＴＲＰＧなら今後絶対に出会うことになる重要ＮＰＣ《ノンプレイヤーキャラクター》だが……。

「むっ」

頬をぺしぺし叩いて、くだらない考えを振り払う。これは現実だ。彼らはＮＰＣなんかではない。

「気合入ってるな。英雄になる覚悟ができたのかい？」

「いや、それとこれとは別と言うか……。そういうのは身の丈に合ってないからなぁ」

戦えることと、戦いたいということは全くの別問題だ。私のあやふやな答えに、セダムとクローラは肩をすくめた。

「このやろうっ！　どりゃあっ！」

「兄貴っ！　後ろ！　たぁっ！」

中庭からは、特訓の延長を申し出たカルバネラ兄妹の雄叫びが響いていた。

†

「せいっっ！」

「グギャッッ⁉」

驚いたことに、出撃までの二日間でリオリアはオグル一体を倒せるまでになってしまった。部下の騎士やギリオンとの連携もあったし、オグルは素手だったがそれでも目に見える速度で成長している。

「魔法使い殿っ！　貴方のおかげです！　本当にありがとう！」

返り血で汚れながらも、純粋な笑みを見せる彼女は美しかった。

「てめぇっリオ！　調子に乗るなよ⁉　すぐに俺様が追い抜くからなっ！」

「ギリオン殿は、もう少し部下に指示をした方がいいですよ……」

ギリオンもそれなりの成長を見せていたし、アルノギアも指揮の最中に迷うことが少なくなっていた。彼らも間違いなく、将来この世界《セディア》の英雄に成りうる人材なのだろう。

……この若者たちを犠牲にしたくはないな。

†

カルバネラ騎士団第一、第二中隊総勢四百三十名と随員二十名からなる討伐隊《とうばつたい》が白剣城に揃った。

騎乗したアルノギアや私たちを、騎士団長が見送る。噂を聞きつけたユウレ村の人々も総出で勝利を祈ってくれた。

「……武運を祈る。白き剣に勝利を！　暗鬼に滅びを！」

「「白き剣に勝利を！　暗鬼に滅びを！」」

「騎士様ぁ、頑張って！」

と、勇ましく出陣したものの、即座に暗鬼の巣へ殴り込むわけではない。巣の正確な場所すら分からないのだ。

なので、まず討伐隊はあのジャーグルの砦に向かった。暗鬼を街道や村に近づけないための防衛線の拠点とするためだ。また、巣を破壊した後で暗鬼を逃がさないようにする包囲網を敷くためでもある。

騎士たちと細く曲がりくねった山道を進む。幸か不幸か、道中は暗鬼にも山賊にも遭遇しなかった。やがて私の出発点と言える砦が視界に入ると、懐かしさすら感じてしまう。

「何だこれ……」

「こんな崖はなかったぞ……」

「あんなところに砦が⁉」

もっとも、私が【大地造成《リノベーション》】で断崖の上に持ち上げてしまった砦を見た騎士団一行はそれどころではなかったようだ。

†

元の位置に戻した砦に補給物資が運び込まれていく。五百人近い総員は元から収容し切れないが、騎士たちは周囲に野営地を設営し何とか拠点としての体裁を整えた。

ちなみに、山賊が溜め込んでいた略奪品については、イルドの物だけは私が確保し、それ以外は騎士団が接収した。経費節減のために予定していた行動だというのが泣けてくる。

「では本作戦について確認いたします」

主要メンバーを集めた司令室で、参謀のエスピネが作戦のおさらいを始めた。

「砦を中心に、第一中隊は東、第二中隊は南に防衛線を構築します。作戦期間は三日間を想定していますが、延長の可能性もありますので人員の割り振りにはご注意ください。防衛線より北には法の街道、西には村々が存在しますので決して暗鬼を通さぬように。その間に、セダム殿、クローラ殿、そしてマルギルス殿を中心とした精鋭小隊が暗鬼の軍団《レギオン》が目撃した谷を遡《さかのぼ》り、暗鬼の巣を発見、破壊します。その後、精鋭小隊はただちに帰還し、生き残りの暗鬼の殲滅に協力していただきます」

つまりこれは、セダムの探索能力と私の魔法の威力に百パーセント頼った作戦だ。

最初の会議の時は支援だけするつもりだったのだが、訓練の様子を見て考えを変え、私から強引に変更してもらったのだ。アルノギアやギリオンは騎士が主力になるべきだと力説したが、オグルに完敗したことを引き合いに出して黙らせた。

暗鬼と人間の差をあれだけ見せつけられては仕方がない。彼らのプライドを傷つけて悪いと思うし、私の立場を考えると不安もある。が、人死にが出ない方法があるのなら、それをとるべきだろう。

「目標である暗鬼の巣については自分から」

第一中隊副長を務める中年騎士が言葉を続けた。確かグンナーという名前だったか。十年前の暗鬼の巣破壊にも参加したという古株だ。

「『暗鬼の巣』とは、通常の獣やモンスターの巣とは全く違う存在です。外見は、暗黒の球体、とでも言うべき外見ですが恐らく決まった形は持っていないでしょう」

「うむ……」

最初の会議でも聞いたのだが、暗鬼の『巣』とは『住処《すみか》』という意味だけではないようだ。

「十年前に自分が見たのは、牛ほどの大きさでした。暗鬼は、巣の内側から産み出されるのです」

何度聞いても実にグロいな。この世界《セディア》の暗鬼とは、私がゲームや小説で得た知識が全く通用しない存在であることが良く分かる。

「確認するが、その『巣』は剣や魔術の攻撃で破壊できたのだな？」

「その通りであります。魔法使い殿」

まぁ何であれ物理的な攻撃や魔術が通用する相手なら、破壊できないことはないだろう。

「ところで、精鋭小隊ってのは俺たち三人だけのことか？」

セダムが唐突に聞いた。

「私もお連れくださいっ」

「馬鹿言うな！　俺様が行くに決まってるだろう！」

「も、もちろんあたしも行きます！」

セダムの確認に、アルノギアとカルバネラ兄妹が揃って叫んだ。まぁ、こうなるだろうと思ったよ。巣の場所さえ分かるのなら、私一人で行きたいくらいなのだが……。

そう言えばアルノギアとギリオンは次期団長の座を争っているんだった。ここで点数を稼ぐつもりだろうか？

「リオリア殿はともかくお二人は中隊長ですぞ!?　お立場を考えてください！」

グンナー副長がアルノギアとギリオンを一喝した。顔に傷もあるし、なかなか迫力がある。

「し、しかし……魔法使い殿に任せっきりでは」

「ダメだダメだ！　俺様はカルバネラだ！　暗鬼は俺様が倒さなきゃならんのだ！」

「兄貴は黙ってな！　あたしだってカルバネラだよ！」

一瞬邪推した私だが、彼らの表情に打算は見られなかった。良い悪いは別として、純粋な使命感に燃えているだけのようだ。

まぁ、次期団長候補二人が揃って一番危険な場所へ飛び込むというのはナンセンスだろう。騎士団の事情に踏み込みたくはないし、黙っていると……。

「私としては、ギリオン殿、リオリア殿、そしてグンナー殿に魔法使い殿とともに突入していただきたいと……。第二中隊の指揮は私が代行させていただきます」

「おお、そうかっ！　参謀もたまには良いことを言うなっ！」

「有難いっ！」

参謀の提案にカルバネラ兄妹は喜色満面だ。アルノギアは軽く唇を噛む。これって、むしろ兄妹を人柱《ひとばしら》にしようという人選じゃないのか？　まあ本人たちが喜んでいるなら良いのか……。

「ではお三方。よろしく頼む」

「おおっ！　俺様に任せておけ、魔法使い殿っ！」

「貴方の身はあたしが必ずお守りしますっ」

もっとも、あまりお願いすることはないはずだ。

†

翌日。

私たち『精鋭小隊』は焼け焦げた暗鬼の肉片が散乱する谷底に立っていた。ここから谷を遡り、『巣』を発見することになっている。

「ここからはいつ暗鬼が襲撃してくるか分からん。警戒を怠《おこた》るなよ？」

「了解」

セダムとグンナーが隊列やらの相談を始める間、私は谷間を安全に探索するための呪文を選び、使うことにした。

「この呪文により、私および半径三メートル以内の味方の身体は外なる空間に移行する。【亜空間移動《ムーブアウタープレーン》】」

「⁉」

呪文の力で、私たち六人の身体は通常空間に重なる亜空間に移動していた。

私たちからは、周囲の風景が水族館の水槽越しのように揺らめき、水色がかって見える。通常空間からは、私たちの姿は完全に消失しているはずだ。

こうなれば、暗鬼だろうが何だろうが亜空間の私たちを感知することも攻撃することも不可能である。私たちもこの亜空間から通常空間に手出しはできないが、逆に通常空間の障害物を素通りして移動可能なのがこの呪文の凄い点だ。しかも、持続時間中なら何度でも亜空間と通常空間を行き来できる。

もっとも、亜空間から知覚できる通常空間の情報はかなり制限される。音や匂いなどは特に感知しづらい。

「何でもありだな、あんた」

「……」

「とんでもねー……」

「ま、魔法使い殿……あなたは神なのですか？」

セダムが呆れたように呟く。クローラは怒ったような顔で、亜空間内を観察していた。ギリオンとグンナーは顔を青くしている。

「冬の守護神アシュギネアの御使《みつか》いでは？」

そこのリオリアさん、ひざまづかないで。

「……っ。か、神ではないさ」

神扱いにはさすがに焦る。確かに『D&B』では神になるためのクエストに挑戦できるレベルのプレイヤーキャラクターではあるが。中身である私はただの会社員なんだ。

「……神《イモータル》との付き合いは年賀状程度なんだ。私の魔法が神の力に見えるとしたら……それは諸君の信仰心が強すぎるせいだろう」

もう何を言っているのか自分でも分からない。感銘を受けている騎士三人の背後で、セダムとクローラがじっとりした視線を向けてくるのがむしろ救いだった。

実際、神とは程遠い。呪文の力は確かに強力だが、『D&B』の魔法使いには弱点が山ほどある。その一つが、呪文を『準備《チャージ》』できる数に限度があることだ。例えば、今日のために私が準備《チャージ》してきた中で、九レベル呪文がどうなっているかというと。

【呪文名】　使用可能回数／準備数《チャージ》
【隕石《メテオ》】　二／二
【完全治療《コンプリートディカバリー》】　一／一
【時間停止《タイムストップ》】　一／一
【全種怪物創造《クリエイトオールモンスター》】　一／一
【死を撒く言葉《ワードオブデス》】　一／一
【混沌の壁《カオティックウォール》】　一／一
【亜空間移動《ムーブアウタープレーン》】　0／一
【無敵《インヴィンシブル》】　0／一

このようになる。
『準備数《チャージ》』の最大は魔法使いのレベルに応じて増加し、私の場合は各レベル九回だ。使用可能回数がゼロになっている呪文は今日はもう使えない（【無敵《インヴィンシブル》】は砦を出発する前に使った）。もちろん、八レベル以下の呪文もしっかり厳選してそれぞれ九回分ずつ準備《チャージ》している。
贅沢を言えば【完全治療《コンプリートディカバリー》】をあと一回分くらい用意したかったし、応用範囲の広い【変身《シェイプチェンジ》】もほしい。……このあたりがつまり、『D&B』の魔法使いの限界なのである。

「では諸君。進もうか」

呪文の効果時間だって無限ではないのだ。

†

セダムを先頭に谷底を探索する。
谷は意外と複雑で奥深く、いくつかの枝道があった。分かれ道に当たる度にセダムが周囲を調べ、暗鬼の軍団《レギオン》が行軍してきた痕跡を見つけてくれる。亜空間にいるため非常に知覚し難くなっている足跡や体毛などを即座に発見できるセダムの、磨き抜かれた感覚と技術には感嘆するしかなかった。

おかげで、二時間ほど歩いたところで無事に暗鬼の拠点を発見できた。

「岩鬼がいるぞ……」

谷間の最奥部《さいおうぶ》だった。断崖に囲まれた、野球のグラウンドほどの広場には、象くらい……体高四、五メートルはある巨体の岩鬼が一体蹲っていた。その周りに小鬼も数十体いる。

どうも、岩鬼に食事をさせているようだ。小鬼たちは猪のような生き物を運んでいる。もちろん、亜空間にいる我々には気付いていない。

無造作に猪を摑み上げ頭から齧りつく岩鬼の背後には、巨大な岩の扉が存在した。丁度、谷の最奥部に蓋をするような配置だ。あのサイズなら岩鬼も悠々通れるだろう。

「どう見ても、あの門の奥が巣だな」

「そうでしょうな」

セダムとグンナーが頷き合う。門の構造自体はシンプルだが、前衛芸術みたいな紋様や装飾が不気味だ。

「それじゃ、あの岩鬼をぶっ殺して門の奥に突撃するか？」

「その通りだが、それは私に任せてもらう」

「……分かってるよ」

おぉ、勝手に突撃していくかと思ったが、ギリオンも少しは成長してくれたのか？

「突撃の前に、まずあの門の奥を調べておこう」

一本の巻物《スクロール》を取り出しながら私は言った。クローラが怪訝そうに覗き込んでくる。

「それ、白紙じゃありませんこと？」

「今は白紙だが。……まぁ見ていてくれ」

白紙のスクロールを地面に広げると。

「あ、何か浮き上がってくるっ」

「……これは、地図ですかな？」

グンナーが正解で、これはマッピングスクロールというマジックアイテムだ。普段は白紙だが、一度広げると自動的に付近にあるダンジョンの地図を描く。これがＴＲＰＧなら方眼紙に地図を記しながら探索するのも良いが、そういう場合ではない。

「門の向こうはやはり地下通路か」

完成した地図を見下ろしセダムが分析する。

「巣が岩鬼も生み出しているなら、それだけの広さがある地下通路を進めば単に辿り着けるわけだが……ここだな」

彼が指差したのは、地図の一番端、つまり地下深くに位置する大広間だった。確かに一番太い通路が曲がりくねって門まで繋《つな》がっている。

「枝道や小部屋も多数あるようですわね。抜け道は……」

「どれも、岩鬼はおろか巨鬼も通れそうにない細い道だけだな」

これが分かったのは幸運だったな。もし、広い抜け道が何本もあるようなら、先にそちらを塞がなければいけなかった。

「では、ここから突入するとしよう」

亜空間にいるのだから門なんか関係ない……わけではなく、視界の利かない岩の中を長時間進むとはぐれてしまうし方向感覚を失ってしまうのだ。目的地に辿り着けなければ意味がない。

「呪文を使うためには一度通常空間に戻る必要がある。その間、護衛を頼む」

「お？　おおっ！　任せておけ魔法使い殿っ！」

「あたしがお守りしますっ」

兄妹は途端に喜色を浮かべ、前衛に立つ。セダムたちも私を守るように背後に位置取りしてくれた。

「私《わたくし》には嵐の壁《ルドラ・ウォード》という防御魔術がありますわ。少しの間なら岩鬼の攻撃も防げるはず」

杖を構えたクローラが横に立ち囁く。青い瞳が煌《きらめ》き、彼女が高揚していることが分かった。今更だがよくこんな恐ろしい場面で、彼女もリオリアも活《い》き活《い》きできるものだ。私のような中年男には彼女たちの生命力が、明るさが眩し過ぎる。

「……では、通常空間に移行する」

広場のど真ん中ではない。入り口付近の岩陰で私たちの身体を通常空間に戻した。途端に、これまでシャットアウトされていた暗鬼たちの発する悪臭が鼻をつく。

「開け魔道の門」

現実の悪臭を我慢しながら、仮想の自分を六階層まで下ろす。

「この呪文により九メートル四方、合計三十二レベルまでの生物に死を与える。【死の凝視《デスゲイズ》】」

「……」

呪文の詠唱が終わっても、岩鬼が猪を両手で摑み腹部を食い散らす光景に劇的な変化はなかった。騎士たちの緊張が伝わる。私には混沌のエネルギーが『死』という属性を現実世界に得て、岩鬼たちを包み込むのが感じられた。

一秒ほどの間を置いて。

「ギ……？」

岩鬼の全身が一気に脱力し猪を取り落とす。舌をだらりと伸ばしたまま、スローモーションのように地面にぶっ倒れた。良く見れば周囲の小鬼たちもばたばたと倒れていく。

「⁉」

「ギャアッ！」

「ギルルッ！　ギウッ！」

岩鬼は倒れ伏したままぴくりともしない。

【死の凝視《デスゲイズ》】は合計三十二レベル以下の生物を問答無用で殺す呪文だ。『D&B』のゲームシステムでは、標的が魔法への抵抗判定に成功すれば全く効果がないので少し心配だったが、上手《うま》くいった。

「あ、あれで死んだのか……？」

「岩鬼を一睨みで……」

睨んで殺したわけではないのだが、いちいち説明している暇はない。突然の事態に慌てふためいていた生き残りの小鬼たちが、こちらに気付いたようだ。

「ギャアッ！　ガアアッ！」

「ギャウウゥ！」

「……開け魔道の門」

粗末な斧や槍を振りかざし、突進してくる小鬼たち。背筋が凍るような殺意と憎悪の目はやはりおぞましい。次の呪文の詠唱を始めた私の背後で、『ビシッ』という弓鳴りが聞こえた。セダムが矢を放ったのだ。

「ギャッ!?」

先頭の小鬼の胸に矢が突き立ち、ひっくり返る。

「火の矢・連弾《ファルボルザ・チェイン》！」

クローラの杖から炎でできた矢が十本近く射出され、次々に小鬼を火達磨にしていった。ジャーグルの氷の矢を見た時から思っていたが、『魔術』の優れている点は詠唱時間が極端に短いことだな。もし、何の準備もなく正面から魔法で魔術師と戦ったら、勝てないかもしれない。

「よっしゃぁこいやぁー！」

「魔法使い殿には指一本触れさせないっ！」

カルバネラ兄妹とグンナー副長も盾をかまえ私の前に防衛線を築いてくれる。が、彼らに小鬼たちが接触する前に呪文が完成した。

「この呪文により、合計三十六レベルまでの死者をゾンビとして意のままに操る。【死体操り《コントロールアンデッド》】」

名前の通りの死霊術《ネクロマンシー》呪文。

倒れていた岩鬼と多数の小鬼が偽りの命を吹き込まれ、ゾンビとなって立ち上がる。

「フォォォォ……」

【死の凝視《デスゲイズ》】は外傷を与える呪文ではないので、死んだ岩鬼と小鬼が立ち上がっても一見おかしなところはない。だが、岩鬼の巨大な手足が振り回されるたびに景気良く吹き飛ぶのは、私たちを攻撃しようとしていた小鬼だった。

「ギャアッ！　グギャッ！」

「グオォォッ！」

ゾンビと化した岩鬼と小鬼たち対残り数十体の小鬼たちという地獄のような光景が、目の前で繰り広げられた。

突然発狂したように見える仲間より人間を殺すことが優先なのか、小鬼たちはしきりにこちらへ突進をしかけてくる。それを岩鬼が蹴り飛ばしなぎ倒し、ガードを潜り抜けたものにはセダムが矢を放ち倒す。

「すげぇなこれ。悪夢みてーだ」

ギリオンの感想に、私も深く同意する。

数分後には、正気（？）の暗鬼は全滅していた。ゾンビになった小鬼たちも共倒れだったが、岩鬼ゾンビは健在だ。この調子で、さっさと地下通路に突入してしまおう。

「この呪文により対象一体を塵《ちり》となるまで打ち砕く。【破壊《ディストラクション》】」

「今度は何だぁー!?」

「門がっ……」

威容を誇っていた巨大な石造の門が粉砕され、塵と化していく。

【破壊《ディストラクション》】の呪文は生物だろうが建築物だろうが、『対象一体』を原子レベルまで破壊する効果がある。分厚い砂埃が収まると、門があった場所には空洞、すなわち地下への入り口ができていた異空間を移動できる我々だけならば、このような必要はないのだが、せっかく作った岩鬼ゾンビは有効活用したい。

「いけ。中にいる暗鬼を全て殺せ」

「フゥゥ……」

私の命令を受け、岩鬼ゾンビは鈍重《どんじゅう》な足取りで破壊された門の奥、洞窟の奥へ突入していった。騎士たちは、もはや言葉もなく口を開けっぱなしだ。

……あ。

別に門を破壊しなくても、門は岩鬼ゾンビに開閉させれば良かったのではないか？

「んんっ」

セダムとクローラの何か言いたげな視線に対して誤魔化すように咳払《せきばら》いをする。

「では、突入しよう」

なるべく自信たっぷりに見えるよう祈りながら、私は言った。

†

「ちょっと、マルギルス？」

どうやらチャチな演技では熟練冒険者の目をごまかすことはできないようだ。さっさと移動しようとした私のローブをクローラがむんずと摑んだ。

「あの門は破壊するより閉ざされたままにしておくべきだったと思うがね？　どうせ俺たちは亜空間とやらから侵入も脱出もできるんだろう？」

セダムも苦笑しながら指摘する。全くその通りだ。

地下通路内からは、岩鬼ゾンビが暴れ回る喧騒《けんそう》が伝わってきてはいる。とはいえ、他の巨鬼や岩鬼がここから外に出てきてしまう可能性は高い。

「すまない、焦っていたようだ」

私は振り返り彼らに謝罪する。

「おいセダム……」

「ま、魔法使い殿……」

カルバネラ兄妹は緊張と不安を浮かべて私と冒険者たちを見比べる。どうも、私がキレだすのではないかと心配しているようだ。

もちろん、私はセダムたちの意見が正解だと思うし気を悪くなどしていない。

「別に謝るようなことじゃないさ」

「それよりも、あの穴をどういたしましょう？　私の魔術で天井を崩して塞ぐこともできましょうが……」

セダムとクローラは冷静に打開策の検討を始めた。クローラが魔術で通路の入り口を潰すことは可能だが、彼女の『魔力量』が尽きるのが問題らしい。

「私が塞ごう」

≪ズズン≫と小さく地面が揺れ、目の前に灰色の壁が生まれた。【石の壁《ウォールオブストーン》】によって創造された石壁が、門を失った地下通路の出入り口に蓋をしたのだ。小さな隙間すらない、とまではいかないが奴らを当面封じるには十分だろう。

私たちはもちろん、【亜空間移動《ムーブアウタープレーン》】の効果で物質を透過できるから問題ない。

「魔法ってのは本当に何でもできるんだな。しかし……」

「そうですわ、巣を破壊するのにマルギルスの魔法が頼りだというのに、こんなところで魔力を無駄に消費しては」

セダムとクローラは私の『魔力量』を心配している。『魔法』のシステムにはそういう概念はないのだが。

「呪文はまだまだ残っている。巣を破壊するくらい問題ない」

「ふむ。……まああんたがそう言うならいいんだが」

「信じ難いですが……本当に無駄遣いはなさらないでくださいましね?」

とりあえず『魔力量』の心配はいらないと言っておく。二人とも一応、信じてくれているようだ。

†

改めて、亜空間から地下通路に侵入する。

普通なら真っ暗闇の空間だ。今は亜空間にいるので、揺らいではいるものの現実の空間がぼんやり水色に光って見える。念のため、大魔法使いの杖《ウィザードリィスタッフ》に【明かり《ライト》】の呪文を使い照明も用意して進むことにした。

「おっ⁉ 岩鬼がまだ戦ってるぜっ⁉」

地下通路では、岩鬼ゾンビと暗鬼たちの死闘が続いていた。左右の壁から数匹の巨鬼が岩鬼ゾンビの身体に飛び乗って剣を突き立て、無数の小鬼が足元に群がっていく。

「フォォ……」

「ギャアウッ！」

岩鬼ゾンビが、首の後ろにしがみ付いていた巨鬼を掴んで壁に叩きつける。巨鬼は無残に潰れるが、次々と新手の巨鬼が取り付き、大剣や棍棒を振り下ろしていった。

「フグォォ……」

岩鬼の元々鈍い動きがゾンビになってさらに鈍っているのだ。小鬼はともかく巨鬼の連続攻撃の前にはいかにも分が悪い。できれば岩鬼ゾンビで地下通路内の暗鬼を一気に減らしたかったのだが、世の中そうそう上手くいかないものだ。

†

自分たちの主力が突如自分たちに向かって暴れ出したり、外界へ通ずる門が消滅して代わりに石の壁で塞がれたりしたのだ。暗鬼といえども慌てるのだろう。巨鬼や小鬼が右往左往している中を、私たちは進んでいった。

「……暗鬼にもある程度の文化があるのですわね」

「まぁ、ある意味では文化だな」

道すがら、通路の壁に不気味な壁画（私には極彩色の渦巻きにしか見えなかったが）が描かれていたり、遊戯盤のようなものが置かれているのを見かけたクローラが呟いた。

それに対して、セダムは遊戯盤と駒らしき物の制作現場を指差す。……駒の素材はどう見ても人間の骨であった。

「うっ」

「くっそっ」

「創造神《リメイダー》よ慈悲を……」

それ以外にも途中、様々な暗鬼の『芸術作品』や『遊具』を見かけた。その『素材』の中に何となく見覚えのある姿があると思ったら、ジャーグルの砦にいた山賊たちだった。

……山賊たちの行動方針が大きく変わったのは、暗鬼の出現に気付いていたからかも知れないな。出来る限りの略奪をしてから逃げ出すつもりだったのだろうか。

「……うぐ」

暗鬼たちの人間への憎悪の凄さに、腹の奥が冷たくなるような感覚を覚える。純粋な吐き気に襲われ、胃の中身が逆流しそうになるのを堪《こら》えて歩く。『D＆B』キャラクターの頑強な肉体を得たとしても、心は平和ボケした中年男なのだと痛感するな。

「暗鬼ども、人間を舐めやがって。ぶっ潰してやる。絶対だ」

リオリアやクローラが息を呑む音に交じってギリオンの低い呟きが聞こえる。声には純粋な怒りの炎が燃え盛っていた。その熱が、私の心が凍《こご》えて折れるのを防いでくれる。

「ここは右だ」

「むっ……。見落とすところだった」

マッピングスクロールが示した一番広い地下通路は、いくつかの分かれ道や坂、階段を挟んで続いた。

通路の構造や目的地が分かっているとはいえ、要所にかがり火や松明が設置されただけの暗く不気味な通路を、殺気だった暗鬼たちの中進んでいくのだ。ときおり進路を見失いそうになったが、セダムが的確に指示を出してくれる。

最初は犠牲を出さないために、単独で突入することも考えていた。しかし、私一人で本当にここまで順調に進めただろうか？

†

「この先が目的地だ」

広い通路を直進した末に、ドーム球場を思わせる広大な空間の入り口が見えたところでセダムは立ち止まった。入り口はドームの壁面の真ん中あたりにあり、そこからは長大な石の階段がドームの底部まで続いている。

「やっと着いたか……。……っ!?」

だが私は、安全な亜空間にいるにも拘《かか》わらず息を呑んだ。ドーム底部の中央に存在する『暗鬼の巣』を見たためだ。

「……何ておぞましい……」

「何なんだ、ありゃ……」

漆黒の球体の塊、としか言いようがない。

岩鬼ほどの——四、五メートルの高さの、つるりとした球体が五つ、でたらめに積み重なっている。説明を聞いた時はもっと生物的な存在を想像していたのだが、驚くほど無機質な印象だ。

よく見れば、周りに数十匹の暗鬼の影もある。

「何か……出てくる？」

地面に接した球体の表面が、内側から盛り上がっていく。最初、一本の棒が突き出てきたように見えたが、その先端は五つに分かれ、『手』に変わった。続いてごつい肩が、歪《いびつ》な頭が、分厚い胸部が、球体の表面から生えてくる。薄いゴム膜を全身で突き破ろうとする、安っぽいバラエティ番組の芸人……説明としては一番しっくりくる。やがて、手の先から球体の表面が裂けて剝がれ、『ぬるん』という感じで岩鬼の全身が露わになった。剝がれた表面は即座に球体に吸収されていく。

「……あれが暗鬼の『巣』か」

セダムの声すら震えていた。

†

破壊すべき目標は、『巣』一つ。

だがその周りには多数の小鬼とたった今『生み出された』岩鬼。細長い四肢を持つ『鎌鬼《かまき》』も数体うろついていた。さらに、正体不明の暗鬼も何体か、『巣』の傍に控えている。

亜空間に留まったまま、私たちは作戦会議を開いた。

「自分が十年前に見たのは、あの球体一つ分の『巣』でした」

グンナー副長の精悍《せいかん》な顔も緊張に強張っている。

「この巣が、今まで全く発見されなかったということは、連中は意図的にこの地下通路に隠れていたとしか思えません。十分な数の暗鬼が生み出されるまで」

「つまり、作戦……戦略を考えているということでして？」

「元々暗鬼が指揮官の下で戦術的に戦うことは分かっていましたが……」

騎士と冒険者が議論するのを聞きながら、『巣』を破壊する方法を考える。ここはやはり【隕石《メテオ》】一択だろう。天から隕石を降らす呪文ではあるが、屋内に召喚することもでき、これだけの空間があればダンジョン内でも支障はない。

ただし呪文を使うためには亜空間から通常空間に戻る必要がある。『巣』が大人しくしていてくれればいいが、何らかの攻撃手段を持っていた場合は危険だ。周囲に岩鬼やらもいるしな。私一人が亜空間から出て呪文を使うという手もあるが……。


「却下ですわね」

「あんたが死んだら亜空間から戻れなくなるんだろう？」

「冗談じゃねーぞ！」

「万が一の時には魔法使い殿の盾になります！」

「足手まといになった時は自分を見捨てていただいて構いません」


私の提案に、彼らは一斉に反論してきた。

彼らの気持ちは有難い。実際、私も別にそこまで自信や確信があるわけではない。ただ恐れているだけだ。自分の判断ミスで彼らが傷つくことを。


「分かった」


「私《わたくし》たちを見くびるのも大概にしていただきたいものですわね？」

「ちょ……クローラっ」

「貴方の目の前にいるのはお人形でして？　幾度も実戦を経験している騎士に、熟練の冒険者と魔術師ですのよ？」

「……うむ……」


クローラのいっそ傲慢な表情と言葉。私は目の前にいる男女を改めてしっかりと見つめる。皆、恐怖と不安と、それを跳ね返そうという強い意志のこもった目をしていた。

暗鬼の恐怖を知ってもそれに潰されず。私の魔法の力を見てもそれに縋ってはいない。尊敬に値する。多少力を持っていようが、彼らに比べれば私など所詮《しょせん》ただの素人なのだと思い知った。

だから、私には仲間が必要なのだ。

呪文書庫に残っている呪文や手持ちのマジックアイテムを思い浮かべ、今後の展開を想像してみる。例えば、あの球体が突っ込んで来たら？　暗鬼の群れが背後から襲って来たら？

「君たちの力を貸してほしい」

私は仲間たちと、作戦を練ることにした。

†

「【隕石《メテオ》】を使うには、あのドームに出る必要がある」

ダンジョン内でも【隕石《メテオ》】は使えるはず。……とはいえ流石にこの通路からでは、目標に命中する前に壁にあたって爆発してしまうだろう。

「ドームの底に降りてから、ええと、通常空間に戻るんですね」

「それが第一関門だな。かなりの距離、亜空間内で岩の内部を移動して正確に『巣』の裏側に出たい」

「……別に、普通にそこの石段を下りてもいいじゃないか？　どうせ、亜空間とかにいれば見えないんだろ？」

ギリオンの指摘はもっともだが、私は首を横に振った。

「いや、万が一ということがある。これまでは大丈夫だったが、あの『巣』にはより厳重に警戒するべきだと思う」

「ふむ……まあ、少し集中して地形と距離を摑めば、何とかなるだろう」

セダムが案内役を買って出てくれた。

「それから、私が呪文を唱え終えるまでの間、暗鬼や『巣』の攻撃から私を守ってもらいたい」

「見たところ、小鬼、岩鬼、鎌鬼……それに別の暗鬼も複数おりますからな。我々の手が足りなくなる可能性がありますが」

「……マルギルス、貴方の魔法で事前に手下を喚び出せませんの？」

「喚び出せるな……」


クローラの提案で、私たちとは別に『巣』へ突撃する囮役を作り出すことにする。


「岩鬼や、『巣』そのものが攻撃をしてくるかも知れない。それでも、すまないが最初の十秒だけは死守してくれ」

「……」


私自身も、刺されたり吹き飛ばされたりするくらいは覚悟している。ジャーグルに【石化《ストーンド》】をかけた時の集中力が出せれば何とかなるだろう。

「なあ魔法使い殿。本当に、その十秒は守るだけでいいんだな？」

「ああ。その後の攻撃は任せてくれ」

「本当に、本当に、あんたに任せればあの『巣』をぶっ壊せるんだな？」

「もちろんだ」

ギリオンはしつこく聞いてきた。良い態度とは言えないが、その声が真剣だったので、私も強く頷く。それを見て、彼は獰猛な笑みを浮かべた。

「わぁった！　だったら俺は突撃せずに、あんたを守ってやるぜ！」

「お、おう」

突撃するつもりだったのかよ、とか色々突っ込みどころのある決意証明だった。まあしかし、あの『巣』の異様を目の当《ま》たり《あ》にしてもまだ突撃しようと思える闘志と、それを抑えて私を守る決心をしてくれたことについては素直に賞賛したい。

「兄貴……わ、私も！」

「自分もギリオン殿の覚悟を見習います」

リオリアとグンナー副長は、長い付き合いで彼の決意の重さが分かったのだろう。

「あら……少しだけ見直しましたわ、ギリオン」

「だな」

「ははっ！　今頃かよ！　俺様はカルバネラだぞ⁉」

セダムとクローラも微笑んでいた。

†

「事前に、皆の武具と肉体を強化する呪文を使っておく」

「……道具も工房もないのに、魔力付与ですって？　貴方どこまででたらめですの？」

「まぁまぁ」

セダムが苦笑してクローラを宥めると、彼女は私に指をつきつけた。

「と、ところで。あの空間で隕石など落としたら、衝撃で私《わたくし》たちも吹き飛んでしまうのではなくて？」

それも最もな指摘だった。首尾よく【隕石《メテオ》】の呪文を唱えられても、対策がなければクローラの言う通りの結果になるだろう。

「特別な呪文を使う。……それは……」

†

数分後。

「グルァアアッ！」
「ガァアッ！」

通路から広場へ、赤褐色の巨体が次々に突入していった。【鬼族小隊創造《クリエイトオグルプラトゥーン》】で作り出したオグルだ。同じ呪文を二回使用したので、合計十二匹の軍団である。

「グルァア！」

オグルたちは石段を駆け下りると散開し『巣』や生み出されたばかりの岩鬼、その他の暗鬼に襲い掛かった。彼らを呪文で作り出す時、既に【鉄の壁《ウォールオブアイアン》】の呪文で通路の後方は塞いでいるので、地下通路内の暗鬼が戻ってくる心配はない。

もちろんオグルが『巣』を破壊するところまでは期待していない。すまないが、彼らはただの目くらましだ。

「ギゥウ……？」

奇襲に対して、岩鬼の反応は鈍かった。次々に岩色の肌にオグルの武器が突き立っていく。それでも致命傷はなかなか与えられない。振り回された腕で逆に吹き飛ばされるオグルもいる。

「ヒャアッ！」

初めて聞く種類の、鳥のような叫び声が響いた。『鎌鬼』だ。逆関節の足をバネのように使ってジャンプし、オグルに斬りつける。よく見ると、名前のとおり両手が鋭い鎌状の刃になっていた。一撃で即死とまではいかないが、オグルの身体から鮮血が派手に飛び散る。

「アルゥー！」

さらに、『巣』の周囲を固めていた数体の暗鬼から炎の矢が飛び、オグルたちに襲いかかった。

「グアッ!?」

炎の矢はジャーグルの氷の矢よりよほど強力だった。胸板を貫かれたオグルが松明のように燃え上がる。

「あれはっ妖鬼《ようき》ですっ。十年前には一体だけ確認されました」

正体に気付いたグンナー副長が即座に解説してくれた。小鬼よりは背が高く、杖を持っている。

なるほど、魔術師タイプの暗鬼もいるわけか。……となると騎士型や神官型もいそうだな。このまま放置すればオグル十二体は時間の問題で全滅してしまうだろう。

ところがどっこいだ。

「ガアアッ！」

すぐに援軍が出撃した。

私たちがいた通路に、翼を畳んで潜んでいた赤い巨体。九レベル呪文【全種怪物創造《クリエイトオールモンスター》】で作り出した、スモールレッドドラゴンだ。体長六メートル、翼を広げれば横幅がその倍ほどと、ドラゴンにしては名の通り小さいが、これでも十二レベルモンスターだ。

「ギャウウッ！」

「ギィィ!?」

レッドドラゴンは岩鬼に飛び掛かり、鋭い鉤爪《かぎづめ》と牙で頑丈な身体を抉っていく。妖鬼たちの魔術攻撃もドラゴンに集中するが、ほとんどダメージになっていない。

「凄い……。このまま奴らを全滅させられるのでは？」

「いや。彼らの役目はあくまで陽動だ」

『巣』自体は今のところ何も反応していない。しかし、ゲーマーとしての私の勘が、あれはラスボス的な攻撃をしてくると訴えていた。ドラゴンやオグルに対して動きを見せていない今のうちに最大火力をぶち込んでしまおう。

「作戦通りだ。頼むぞ」

「誰に言っていますの？」

「おぅっ！　任せろ！」

クローラとギリオンは若干青ざめながらも力強く応える。他の皆も無言で頷いた。

†

「ぬっ、抜けたっ！」

「だから言っただろう」

ドラゴン・オグル連合軍対暗鬼軍団の壮絶な戦いの中、私たちはドームの底に出た。作戦通り【亜空間移動《ムーブアウタープレーン》】の特性をフルに使い、岩壁を通り抜け反対側の岩壁から飛び出したのだ。視界の利かない土中を正確に移動できたのはセダムの優れた方向感覚のおかげである。

「シャアアアッ！」

「ギルゥウッ……！」

レッドドラゴンは岩鬼を組み伏せ炎の息《ファイヤブレス》を浴び

せていた。振り回される尾やブレスの余波で鎌鬼、妖鬼も薙ぎ倒され燃やされていく。しかし肝心の『巣』には今のところ変化はない。

「よし……行くぞ！」

既に腹はくくっている。私は亜空間から通常空間に存在を移行した。

「グギャアアア！」

「ギュオオオオ！」

自然の暗闇を、大魔法使いの杖《ウィザードリィスタッフ》に灯した魔法の明かりが照らし出す。怪物たちの咆哮と怒号、悲鳴が一段と激しくなって私たちを包む。胸が詰まりそうな悪臭も同時に押し寄せるが、気にしている余裕はない。

「カルバネラの力を見せてやるぜ！」

「頼みます魔法使い殿！」

ギリオン、リオリア、グンナー副長が盾を構えて私の前に立つ。セダムとクローラは左右についた。彼らの肉体と武器には事前に【肉体強化《フィジカルブースト》】と【魔力付与《エンチャント》】の呪文をかけている。どれも効果時間は短いが、攻撃力も防御力も跳ね上がっているはずだ。

「開け魔道の門。我が化身を招け」

呪文を詠唱するための時間は十秒。『内界』に出現した仮想の私の前に漆黒の扉、魔道門が現れる。

「ヒイッ！」

「アルルルッ！」

数体の妖鬼と鎌鬼がこちらに気付いた。くそ、目敏《めざと》いな。妖鬼は杖を向け、鎌鬼は両手の刃をぎらつかせ、跳躍してくる。

「こなくそっ！」
「こんなものっ！」

降り注ぐ炎の矢を騎士たちが盾で防ぎ、剣で払い除ける。

残り八秒。

弓鳴りが響く。私に飛び掛かってきた鎌鬼二体の眉間《みけん》と胸に矢が突き刺さる。バランスを崩した鎌鬼は地面に激突した。

残り七秒。

仮想の私は魔道門をくぐり、『混沌の領域』へ。冷たく暗い螺旋階段を下っていく。

「……っ⁉」

現実の私の目の前で『巣』が眼を開いた。
複数の黒い球体が積み重なったのが『巣』だ。その頂上の球体の表面に『眼』が浮かび上がる。生物学的な、いわゆる眼球ではない。むしろ紋様ないし図形だ。だが、黒い球体の表面に白い筋で形作られた巨大なそれは、間違いなく奴の『眼』だと、私たちは直感的に確信していた。

残り六秒。

《ザクッ》。耳障りな音が響いた。レッドドラゴンの赤い胴体が横一線に裂けて崩れ落ちる。

超高速で旋回した一本の触手の仕業だった。人の胴ほどの太さのそれが、球体の側面からいつの間にか生えていたのだ。ドラゴンを分断した触手はやや勢いを減じながらも、水平にこちらに向かってくる。

「嵐の壁《ルドラ・ウォード》！」

クローラが気合の声とともに、迫りくる触手と我々の間に暴風の障壁を作り出した。砂が一瞬で吹き上がりスクリーンのように広がる。

暴風の障壁は触手を受け止め……一瞬だけ耐えてから突き破られた。カルバネラ兄妹が並び、盾を掲《かか》げる。

「なぁめるなぁっっ!!」

「うおぉおっ！」


横殴りの触手と兄妹の盾が触れた。

残り五秒。

「「はあっっ!!」」

見事にシンクロした兄妹騎士は、盾と触手が接触した瞬間、身体ごと盾を斜めにずらし頭上に押し上げた。【肉体強化《フィジカルブースト》】によって倍加した筋力と【魔力付与《エンチャント》】で防御の魔力を帯びた盾、それが触手の軌道をほんの僅か上方にずらす。クローラの魔術が触手のパワーを削《そ》いでいたことも大きい。

《ブオッ》

触手は私たちの頭上すれすれを薙ぎ払い、重い風圧を叩きつけ通り過ぎていった。

残り四秒。

呪文書庫の私は書見台に載った書物に触れ、そこに込められた混沌のパワーを解放した。渦巻く光が一つのダイスの姿へと変わっていく。

「ぐわっ⁉」
「きゃあっ」
「くっ！」

体勢を崩したギリオンとリオリアが地面を転がっていく。事前に私が指定した範囲から飛び出す勢いだった二人の身体を、グンナー副長が全身を使って止めた。

残り三秒。

『巣』の巨大な眼が瞬《まばた》きした。球体の周りを一周した触手が再び加速を始める。

輝く混沌のエネルギーは、正三角錐《せいさんかくすい》……『四面体ダイス』の姿をとって私の掌に納まった。一～四までの数字をランダムで出力するのが四面体ダイスだ。古株のＴＲＰＧプレイヤーにとっては非常に懐かしい物体だったが、感慨に浸《ひた》っている暇はない。

残り二秒。

「嵐の壁《ルドラ・ウォード》っ！」

クローラが掠《かす》れた声で叫んだが、暴風の障壁は出現しなかった。

「……うりゃっ！」

仮想の私は気合の声とともにダイスを投げた。

残り一秒。

四面体ダイスの出目は、三角錐の底辺に記された数字で判断する。書見台で跳ね転がり、着地したダイスの出目は『一』。

「【時間停止《タイムストップ》】」

†

そして呪文は完成し、全てが凍りついた。

「ふぅ――――っ」

†

九レベル呪文、【時間停止《タイムストップ》】によって私以外の時間は停止している。一瞬前までの喧騒も怒号も悲鳴も何もかも消え去り、騎士も冒険者も暗鬼も、そして『巣』も微動だにしない。

ダイスの出目をこの呪文のルールにあてはめれば、私の体感で二十秒間はこの状態が続く。その貴重な二十秒で、私は二つの呪文を唱えた。

†

時間が動き出した。

停止した時間の中で唱えていた呪文が瞬時に効

果を発揮する。
一つ目は【力場の壁《ウォールオブフォース》】。私たち六人を球形の透明だが強固な力場が包む。
二つ目は【隕石《メテオ》】。それも今までに使った八つの小隕石を落とすのではなく、一つの極大隕石を単体の目標へ叩きつけるタイプだ。
音で表現するとすれば、《キュン》が近いだろうか。ドームの天井付近に出現した隕石は、ほとんど視覚に残らない加速で『巣』に突き刺さった。『眼』の部分に隕石が直撃した『巣』は、一瞬ぐにゃりと大きく形を歪ませ……飛び散る。『泥水の詰まった風船が破裂した』ようだ、としか言えない。『巣』の欠片が視界を覆い、欠片を追うように広がった爆炎と爆風と衝撃が全てを白く染めた。

「……‼」

誰かが何かを叫んでいた。もしかしたら私かも知れない。

【力場の壁《ウォールオブフォース》】は『D&B』の呪文の中でも強度だけなら最高だ（何しろルールブックに『物理的な手段では破壊できない』と書いてある）。【隕石《メテオ》】の爆発にもびくともせず私たちを守ってくれていた。

「〜っ」

それでも、あまりの光景と轟音に私たちは腰を抜かしてへたり込んでしまった。
首と身体に柔らかいモノが密着していることに気付き横を見ると、クローラがしがみ付いていた。ぼんやりと見回せば、幸い全員揃っている。ただし触手を受け流したギリオンの左腕はめちゃくちゃな形にひしゃげていた。

「ちっ、痛《いて》えなっ」
「兄貴！」

リオリアが兄に駆け寄る。

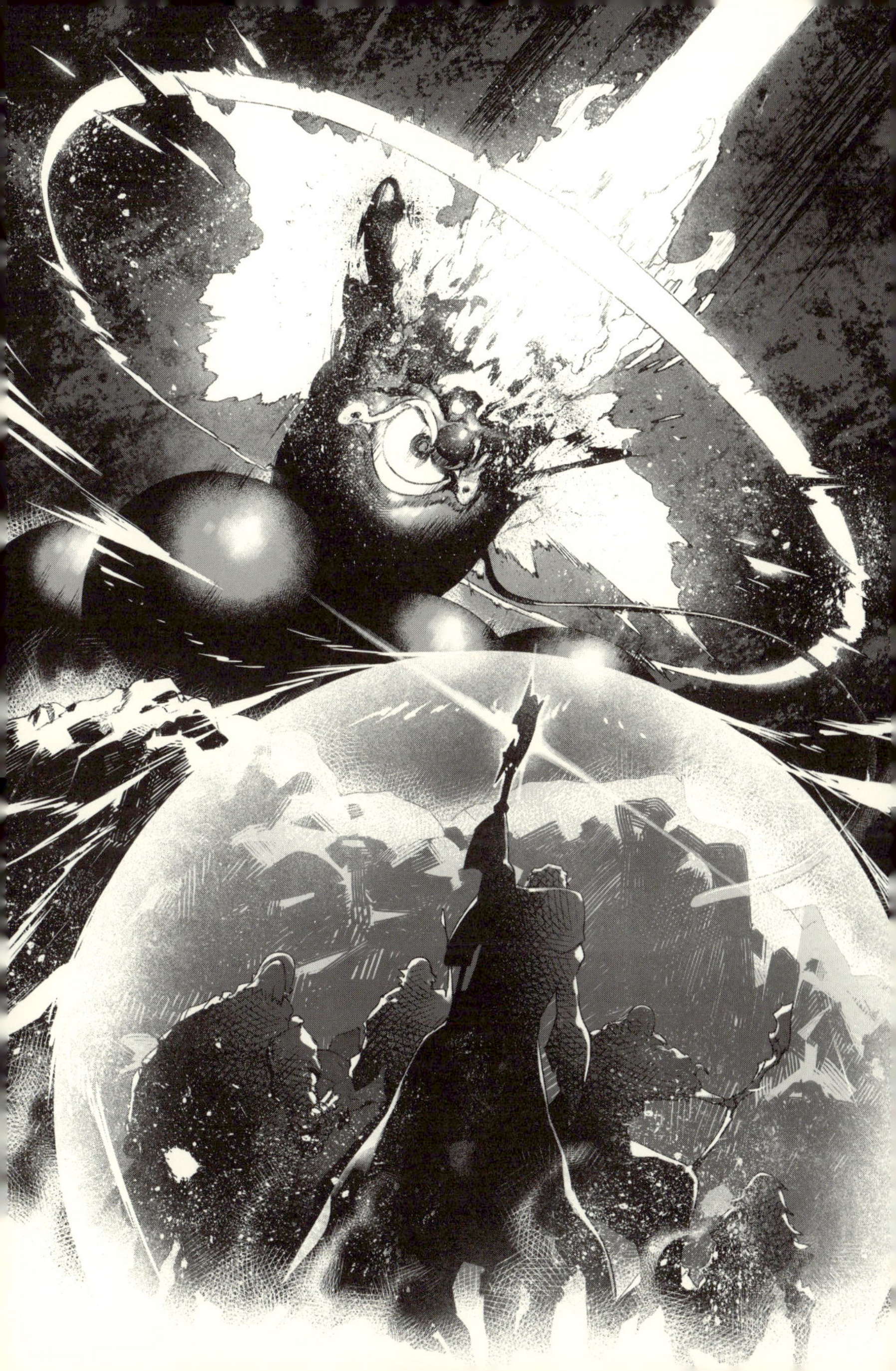

「上手くいったな、魔法使い」

「……」

隣で座り込んでいたセダムが口元を緩めて言うが、私は何も答えられなかった。

隕石が『巣』を吹き飛ばした瞬間に見た物について考えていたのだ。爆発で内から外に向けて破裂した漆黒の球体の内側。網膜に焼きついたのは、闇の如《ごと》く黒い閉ざされた門だった。あれは、同じだ。同じ本質を持つものだ。

――魔道門と。

†

脱出はあっさりしたものだった。

『巣』を破壊したからといって、暗鬼たちが大人しくなるとか灰となって崩れるとか、そういう都合の良いことは起きなかったが。最深部からの轟音と衝撃でパニックになっていた。

亜空間を移動した私たちは奴らに見つかることもなく、地上へ戻ることができた。まだ地下通路に多数の暗鬼がいることは分かっていたので、一回分残っていた【隕石《メテオ》】で通路全体を潰すことも忘れなかった。忘れなかったといえば、負傷したギリオンももちろん【完全治療《コンプリートディカバリー》】で回復させている。

あの、『巣』が崩壊する瞬間姿を見せた『魔道門に似た何か』に気付いたのは私だけだろう。棘のように、不吉な黒い影が心の中に刺さっていた。

†

砦までは何の問題もなく帰還できた。

ことの顚末《てんまつ》を報告すると、カルバネラの騎士たちは大いに沸き立った。アルノギアは騎士たちに的確に指示を出して包囲網を縮め、生き残った暗鬼を討ち取っていった。

砦のある山や周辺の森を虱潰《しらみつぶ》しにする作戦は五日ほどかかったものの、何とか暗鬼の掃討に成功した。討ち漏らしがないと百パーセント断言はできないので、しばらくの間は砦に騎士を駐屯《ちゅうとん》させ警戒するということだ。

アルノギアは、「この任務はカルバネラ騎士団の義務として、サーディッシュ家の私財をなげうってでも完遂します」と断言している。


それにしてもだ。

暗鬼とは、暗鬼の巣とは結局何なのだろう？　あの巣は、グンナー副長が十年前に見た物とは危険度が桁違いのようだったそうだ。もし今後もあんな巣が出現するとしたら……この世界《セディア》の人々だけでは対応できないかも知れない。

ましてや、魔道門に似た何かのこともある。まさか、暗鬼の存在そのものにも『見守る者』が関わっているのだろうか？　いずれにせよ、暗鬼とその正体については完全に他人事《ひとごと》ではなくなってしまった。

暗鬼という『人類の天敵』を『私が』何とかしなければならないのではないか？　そんな思いが生まれていた。私の身の丈にはまるで合っていない。だが否定しようとしても、一度着けてしまった大魔法使いの仮面が、それを許してくれなかった。

†

『巣』を破壊してから七日後、私たちはユウレ村に到着した。

グンナー副長以下の騎士たちを監視のため砦に残し、白剣城に帰還する途中である。ユウレ村では、暗鬼の出現からカルバネラ騎士団の出撃、『巣』の撃破に至るまでの詳細が既に知れ渡っており、盛大な宴《うたげ》が催された。

村の中央広場で盛大に篝火《かがり》をたき、村長が蔵を開放して酒や料理を提供する。男は騎士も村人もドワーフもジョッキを掲げて痛飲し、女たちは着飾って踊った。村人たちの素朴な農耕歌、ドワーフの戦と鍛冶《かじ》の歌、若者の恋歌が陽気に響く。


……私はそんな楽しげな雰囲気からきっぱりと遮断された空間にいた。

鉄鍋騎士亭の客室である。最上等の個室だが、外の陽気な騒ぎに比べれば実に侘《わび》しい雰囲気である。隕石を落として暗鬼の巣を破壊しただの、ドラゴンを使役《しえき》しただの、私のやったことが細大漏らさず村人に伝わっていたのが悪かったのだ。


モーラを助けてきた時とは比較にならぬほどの感謝と賞賛の言葉はもらった。だが、あの時よりも明らかに村人たちの態度は硬かった。

はしゃぐ子供が私の背中にぶつかった時など、親が蒼白な顔でその子を殴り付け土下座させた。鉄鍋騎士亭の女将ですら、私のローブに僅かに酒を零《こぼ》しただけで、涙目で謝罪を繰り返していた。もちろん怒ったりせず何とか宥めたが、皆の恐怖で強張った表情が忘れられない。

確かに大魔法使いという立場は得られたが、それは人々からの畏怖の対象となることと同義だったのだ。自分が決断した結果なのだから致し方ないが、中身一般人としてはきついものがある。

ベッドに転がって悶々としていると。


「……おいおい、いい年して何を拗ねてるんだ？」

「世話の焼ける方ですわねぇ。食事も摂られていないのでしょう？」


遠くに聞える歓声よりも、セダムとクローラの穏やかな声がはっきりと耳に届いた。身体を起こすと、串焼き肉や酒を持った二人が遠慮もなく部屋に入ってくるところだった。

「年寄りとしては、若者には労《いた》わってもらいたいよ」

それこそ年甲斐もなくにはしゃぎたくなるのを抑えて立ち上がる。

改めて、三人でささやかな宴を楽しもう……というところで騒々しいカルバネラ兄妹の乱入を受けたのだが、この夜ばかりはそれすらも有難かった。

†

翌日。

私たちは白剣城に帰還した。数日かけて論功行賞《ろんこうこうしょう》や戦勝の宴など一通りのセレモニーが終わり、ようやく一息つく時間がとれる。

以前と同じ客間で私は呟いていた。

「はぁ……。次はどうすればいいか……」

「どうするとは、どういう意味だ？」

セダムとクローラは相変わらず私に同行してくれている。セダムはこの後レリス市に帰るつもりだと言っていたが。

「私《わたくし》と一緒に魔術師ギルドに出頭……いえ、訪問していただきたいものですわね」

クローラは、私をレリス市の魔術師ギルドに連れて行きたいらしい。というより、ほとんど最初から、それと私の監視が目的だと言っていた。

「……ちなみに理由は？」

「魔法、というものについて魔術師なら誰でも知りたいと思いますわ。それが、より進んだ魔術なのか、亜種なのか、源流なのか、はたまた全く無関係なのか……」

クローラには私から多少の説明はしているが……確かに魔術師ギルドが私を放置することはないだろうな。

「分かった、お邪魔させてもらうよ。私としても魔術についてもっと知りたいし、できれば暗鬼に対する協力関係を築きたいしな」

「協力関係……ですの？」

暗鬼の恐ろしさを肌で知ってしまった以上、やはり無視する気にはなれなかった。私に何ができるか分からないが、それを知るためにもまずは、情報を集め協力者を増やすことが重要だろう。

魔術師ギルドも暗鬼と戦う重要な勢力だということだから、できれば友好的な関係を築きたい。

私の答えにクローラは複雑な顔で頷いた。

レリス市へ向かう理由のもう一つは、呪文書《スペルブック》の予備を作るためだ。呪文書《スペルブック》は大事に背負い袋《インフィニティバッグ》に入れているが、もうこれをなくして冷や汗を流したくはない。この世界《セディア》には写本師ギルドというものがあるそうなので、そこに依頼するつもりだ。

できればだが、将来的に楽隠居するための住居も確保したいところだ。

「楽隠居とはどういうことですの？　今更世間から身を隠すなど、できると思ってらっしゃるのかしら？」

やっぱり無理だろうか……。

†

などという話をしていると、騎士団長からの呼び出しを受けた。重厚なインテリアの彼の私室で向かい合う。

「改めて、貴殿の尽力に感謝する」

「いや、同盟者として、魔法使いとして当然のこと」

団長手ずから淹れてくれたシル茶を味わいながら、当たり障りのない会話がしばらく続く。

「ギリオンとリオリアも活躍してくれたようだ。特にギリオンは貴殿とともに任務に就《つ》くことで少々変わったのではないかな？」

「……多少は」

正直に言えば、彼の度胸と暗鬼への強い怒りには心情的にずいぶん助けられたのだが。息子《アルノギア》を後継者にしたいであろう騎士団長としては、それは面白くないのではないか？

「ところで」

団長がカップを置いて言った。ここからが本題か？

「実は貴殿に頼みがあってな。例の砦の件だ」

「……ふむ？」

「貴殿もよく知っているようにあそこは近年山賊のアジトだったわけだが。実は、十数年前には我ら騎士団が所有する警備用の砦だったのだよ」

あの砦は暗鬼発生の減少や騎士団の規模縮小などによって放棄されていたのだそうだ。現在、警戒のためにグンナー副長をはじめ騎士が駐屯しているが、その兵力を維持する資金が苦しいのだという。

むむ。つまり？

「無論、暗鬼の生き残りがいないことが完全に確認されてからの話だが。貴殿に、あの砦を住居として提供したいと思っているのだ。受取ってもらえないだろうか？」

と、老騎士が私に告げた。

たった十五日ほど前。私がこの世界《セディア》に転移を果たした時に目覚めたのが、あの砦の牢獄だった。

それから今まで、山賊を追い払った晩にモーラと、暗鬼の巣を破壊した後騎士や冒険者たちとあそこで過ごした。何だかんだで一番印象深い場所である。間取りも直ぐに脳裏に浮かぶ。

あそこを？　私の家に？　確かに日本で会社員をやっていた頃は築三十年の中古マンション暮らしで一戸建てに憧れていたけれども。

「……も、申し訳ないが少し話が見えないな」

「恥をさらすようだが」

騎士団長は苦笑を浮かべた。

「あそこを根城にしていた山賊たちは比較的大人しい部類だった。あの魔術師が頭《かしら》になってから方針を変えたようだが……それまでは、商人や旅人がぎりぎり我慢できる通行料を取るというやり方をしていたのだ」

彼が言うには、そのような大人しい山賊を征伐《せいばつ》しても、更に凶悪な賊がやってくるかも知れないので、あえて彼らを放置していたのだと言う。確かに恥ずかしい話だな。しかしまぁ、世の中綺麗ごとだけでやっていけないのは分かる。

「つまり、私があそこに住めば治安の維持が見込めると？」

「治安の維持という言葉では足りないだろう。秩序が蘇るのだ。大魔法使いの膝元で悪事を働きたいと言うものはいないだろうからな」

凄い格好良い言い方だが、要するに私を利用したいということだ。あの地域の治安や秩序を守るのは騎士団の任務のはずだろうに。

「失礼だが、私に大して利益があるようには思えない」

「単純に所有だけしていてくれれば、実際に住居として使用しなくても構わない」

それでも、実際に砦の所有者になってしまったらやはり治安維持についての責任は生じるだろうな。山賊がはびこらないよう協力すること自体は、やぶさかではないのだが。

「私の勝手な思い込みだが、偉大な魔術師……魔法使いは孤塔に住むものではないのかね？」

老騎士は説得の切り口を変えてきた。

むう。確かに、ファンタジー小説に出てくる大魔法使いとか大賢者が町中に住んでるという話はあまりないいな。ユウレ村の村人の態度を考えると、私が人里に住むのは避けた方が良いのかも知れない。

「それに実際、貴殿が雑事に煩《わずら》わされることなく静かに過ごす場所としては悪くないと思うが？」

言われてみれば、男の隠れ家としては悪くない物件かも知れない。庭付き一戸建てどころか、森に囲まれた城砦だ。最初の晩、あまりの静けさに驚いたし、星空は最高だった。

「報告では傷みもほとんどなく快適に生活できる設備も調っているという」

騎士たちと何日も泊まったが特に不便はなかったな。主塔の上階で樽《たる》に湯を注いだ風呂《ふろ》に入ったが、雄大な山と森が絶景だった。……よく考えてみると、背負い袋《インフィニティバッグ》に入れっぱなしの財宝を保管したり、落ち着いてマジックアイテムの作成ができる場所は必要だよな。

「暗鬼討伐に協力していただいた謝礼としては足りぬかも知れないが、我々の顔を立てると思って承知してほしい」

「……そこまで言われては断れませんな」

うむ。妥当な判断だ。

†

「はぁ？　貴方、阿呆《あほう》じゃありませんの？」

客間に戻った私の報告に、クローラが冷や水をぶっかけてきた。失礼極まりないな。

それでも、彼女の声に棘はあっても蔑《さげす》みや悪意はない。だからなのか、切れ味抜群の悪態が最近ではいっそ小気味良く感じるほどだった。

「熟考した結果なんだが。人は近づかないだろうし、静かだし、安全だし、何の問題もない」

「そうではなく！　私《わたくし》とレリス市の魔術師ギルドに出頭する話はどうなりますの⁉」

きりきりと眉を吊り上げたクローラが両手を腰にあてて睨みつけてくる。

「いやいや、静かに作業ができる環境がどうしても必要なんだ。魔術師ギルドは間違いなく訪問するから、もう少し待ってくれないか？」

何も、男の隠れ家に目がくらんだだけではない。

これからの行動の優先順位を考えてみると、まずは暗鬼についての情報を集めること。次に予備の呪文書《スペルブック》を作成することとなる。

この世界《セディア》で生きていく上で、四六時中呪文書《スペルブック》を持ち歩くわけにはいかない。最低でも安全な保管場所が、そして盗難や破損に備えるためにも予備が必要だ。呪文書《スペルブック》の『本』そのものは写本師ギルドで作ってもらうとしても、白紙の本に呪文を書き写す作業には相当の時間がかかる。重要度においては暗鬼の調査が上だが、現実的には呪文書《スペルブック》を複製してからでなければ安心して様々な行動をすることができない。つまり、まずは作業や保管ができる場所として、砦を受け取ることがベストなのだ。

「……致し方ありませんわね」

懇切丁寧《こんせつていねい》に説明すると、クローラは実に不満そうにしながらしぶしぶ頷いた。

「それでは、いつ頃レリス市に向かうことができますの？」

「暗鬼への警戒態勢を解除してからなので、三、四日後くらいに砦が譲渡されて、その後砦に荷物を置いて、それからなら……」

「で・は！　あと七日だけ待ちますわっ！　その後は絶対にレリス市に来ていただきますわよっ⁉」

「二人の新居の話だろう？　もっとゆっくりすれば良いんじゃないのか？」

面白そうに私たちのやりとりを聞いていたセダムが茶々を入れてきた。彼がこの手の冗談を言うのをはじめて聞いた。危ないな、これが現代日本だったらセクハラで苦情を言われるぞ。

「貴方は魔術師ではないから、そういうくだらない冗談を言っていられるんですわ……。魔術師にとって、この方の存在がどれだけじゃま……いえ、脅威なのか」

「私も魔術には興味があるからな。それ以上は待たせないよ」

一日では到底呪文書《スペルブック》の複製は作れないが、材料を揃える必要もあるしどちらにせよ一度レリス市には行きたいところだ。

「では……私《わたくし》も砦に同行いたしますわ」

「はぁ？」

男一人の静かで優雅な砦暮らしを妄想していた私は、思わず間抜けな声を出していた。

「何ですのその顔は!?　失礼極まりますわっ！」

伯爵令嬢がはしたなく地団駄《じだんだ》を踏んだのは言うまでもない。

†

それからは数日、白剣城の客室に宿泊した。

ユウレ村周辺を散策したり、図書室の蔵書を借りて読んだり、カルバネラ兄妹の訓練を手伝ったりとのんびり過ごすことができた。

ユウレ村や騎士団の人々の暮らしは基本的にとても素朴でゆったりしたものだった。ただし村人からの畏怖の視線は変わらなかった。決して嫌われてはいない、いやむしろ尊敬されているようなのだが……やはり『大魔法使い』としての私は人里で暮らすべきではないのかも知れないと思った。

三日目に、セダムは白剣城を離れレリス市への帰路についた。

「あんたのことは、冒険者ギルドに報告せざるを得ないな。大魔法使いで大英雄だと言っとくよ」

「頼むからほどほどにしてくれ」

†

私と固い握手を交わしながら、セダムは言った。

いや本当にほどほどにしてくれよ？

四日目、グンナー副長たちが白剣城に帰還した。厳重なパトロールの結果、暗鬼が駆逐されたことを確認したという。報告を受けて、私たちは彼らと入れ違いに砦へ向かうことにした。
なお、私が一時預かっていたイルドの荷物は騎士団に頼んで先に彼の家へ届けてもらうことにしてある。

やるべきことをやった私は晴れ晴れした気分で呪文を唱えた。どんな駿馬《しゅんめ》よりも快適で快速な幻馬を召喚し、またがる。

「……二晩だけですわよ！　本当に二晩泊まったら、レリス市に向かうのでしょうね⁉」
「分かってるっていうのに……。君も疑い深いな」

ちなみにクローラは馬を持っていなかったので、幻馬の後ろに座っている。

「……暗鬼も、山賊もいないとなれば、こんな自然の中を馬で進むというのは実に気分がいいな」
少し強い日差しに緑の木々、心地良い風。そんな風景の中、口うるさいとはいえ後ろに美女を乗せて馬を操る。日本にいた頃の私が見たら、羨《うらや》ましくて歯軋りしそうな状況だろう。これで暗鬼のことさえなければ言うことはないんだがなぁ。

「おぉ見えてきた。我がジーティアス城《じょう》が」

砦には、ジオの出身国（という設定）の名を付けている。規模としては城というほどではないが、まあそこは気分の問題だ。つい先日まで騎士団が使用しており、私に引き渡すために隅々まで整備・掃除されたようで、最初の印象よりもかなり豪華で堅牢に見える。

昼は人の手が入っていない森、本物の自然の中で山菜やキノコを集めよう。渓流《けいりゅう》で魚を釣ったり、罠を仕掛けて獣も捕れるだろう。土地は腐るほどあるのだから、菜園を耕《たがや》すのも良い。

雨が降ったら主塔の最上階で読書だ。晴耕雨読《せいこううどく》とはこのことだな。夜は町の喧騒とは縁のない、心地よい静けさを体験できるだろう。昼間集めた食材で夕餉を作る。料理に自信はないが、なに、男の手料理というやつだ。

現代日本では絶対に見られない、本物の星空を見上げながらゆったり風呂に入る。風呂は樽に湯を注ぐだけだが、そのうち温泉でも掘り当てたい。

「おぉ……」

まさに世の中年男性の憧れ。悠々自適。究極のスローライフというやつではないか！

呪文書の複製を作成しつつ暗鬼の情報を集めるという方針に変わりはないし、例えばどこかで暗鬼や『巣』が出現したとなれば駆けつけねばならないだろうが……。

少しくらい個人の楽しみを追求したって罰はあたらないだろう。

のんびり進んだつもりでも、早朝に白剣城を出発して夕暮れ時には砦に到着していた。普通なら途中で一泊する必要がある旅程だから、やはり幻馬は優秀である。

とりあえず夕食にしようと、クローラを広間で待たせ居住棟の厨房《ちゅうぼう》に向かった。限定的だが食事を作り出すマジックアイテムも一応あるにはあるが、そういう邪道な手段は野暮というものだ。

「さて。まずは暖炉に火をつけないとな」

私は背負い袋《インフィニティバッグ》から火打石を取り出した。

「？　とりあえずこれをここに打ちつければいい

んだな、きっと」

ＴＲＰＧの中では数え切れないほど使用した道具だが、実際にこれで火をつけるのはもちろん初めてだ。まあこっちに来てから、冒険者や騎士たちが野営の時に火をつける様子は見ていたから何とかなるだろう。

……。

「いったぁっっ!?」

思い切り指の爪を石で打った。

「うぉお……いてぇ……」

爪の痛みが私を少し正気に戻した。厨房を見回せば、そこにはかつて日本で見慣れた冷蔵庫もコンロも炊飯器《すいはんき》もない。

「あれ？　これ、結構大変じゃないか？」

†

「むう……上手くいかん」

必死で火打石を打ち合わせるが、火花は飛び散るものの、一向に薪《まき》に着火する様子はない。

「いや、そうか。いきなり薪に火をつけるんじゃなくて、もっと燃えやすいもの……新聞紙ないか新聞紙……」

うん、あるわけがない。火口箱《ほくちばこ》の中には火種にするらしい木くずもあったが、結果はお察しだ。

「……やっぱり日本と比べりゃそれは不自由だよな……」

何十年も一人暮らしをしてきたから、一通りの家事や調理はできる……と思っていたのだが。それはあくまでも、現代日本という環境の中の話だった。以前宿泊した時は、モーラや騎士団の使用人たちが食事や風呂や洗濯などの家事をしてくれていたのだ。この世界《セディア》には、新鮮な野菜や肉が並ぶスーパーも、コンビニもないのだ。……特に、この城の周りにはそもそも人間がいないしな……。

それを忘れて、一人で生活できると思い上がっていた自分が恥ずかしい。

ちょっと冷静に、この城の状況を頭の中で整理してみよう。今確認できている範囲で設備はこうなっている。

主塔（メインタワー）
地下一階　倉庫、武器庫、酒蔵
一階　広間（謁見室《えっけんしつ》、食堂兼）
二階　司令室　資料室、客間
三階　寝室、書斎、宝物庫
屋上　見張り台

居住棟（二階建て）
騎士用個室五部屋
従者用小部屋二部屋
兵士用大部屋二部屋
使用人用部屋三部屋
厨房
食堂
食料庫、倉庫（地下）
寝具、衣服庫
牢獄（居住棟に隣接）

中庭内
厩舎《きゅうしゃ》、家畜小屋、鶏舎《けいしゃ》
井戸（洗濯場）
軽作業場

城門、防御塔
騎士団が駐屯していた時は例外的にキャパオーバーしていたわけだが、大体五十人程度の騎士や兵士、使用人を収容できる規模なわけだ。掃除とか修繕とか、この規模の建築物を一人で管理できますか？　答え、できない。……何か月かかけて、魔造生物の従者とか作製すればいけるけども。

おかしいな。孤塔に引きこもってる大魔法使いや大賢者は掃除や洗濯を全部一人でやってたのか？　……今更だが城をもらったのは軽率だったかもしれない。

「……しかしとりあえず、今夜の食事をどうにかしないとな……」

反省はしたが事態は何も変わっていない。入った時よりも数段殺風景に見える（もちろん気のせいだが）厨房を眺め呟く。

背負い袋《インフィニティバッグ》の中には、ジオのキャラクターシートの通り保存食として干し肉や果物の乾物、豆やパンなども入っていた。とりあえず調理用のテーブルにそれらの食材を並べてみたが。

「これでどうしろと……？」

肉を切って焼く、以上の調理法が思いつかない。しかし火はつかない。暖炉どころか厨房ごとふっとばすような呪文ならあるが、薪に着火するのに都合の良い呪文はさすがに呪文書にもなかった。

あとはもうただ切り分けてそのまま食べるしか……。

何だろう、これは。この世界《セディア》に来てから、ここまでぐだぐだだったことがあるだろうか？　本気で情けなくなってきた。

「……こんなことだろうと思いましたわ」

途方に暮れていると、厨房の入り口からクローラが呆れたように声をかけてきた。まぁ呆れて当然ではある。

「はは……。どうも少しばかり……男の隠れ家はハードルが高かったようだ」

「隠れ家？　……貴方が調理なんてできるわけないと思ってましたけど案の定でしたわね」

「お恥ずかしい……。しかしこうなると君がついてきてくれて良かった」

「？　どういう意味ですの？」

「いや、やはりこういう時は女性の方が頼りになるな、と。その、すまないが何か作ってもらえたらなと」

「え？」

「え？」

†

結論を言えばその日の夕食はマジックアイテムで何とかすることにした。

主塔の広間に戻り、テーブルに一枚のテーブルクロスを広げる。「夕食、二人分。暖かいもの」と、コマンドワードを唱えると、マジックアイテム『ディナークロス』の効果が表れた。

まず、皿とボウル、グラス、ナイフとフォーク、スプーンが二人分クロスの上に現れ、その食器に湯気をあげる料理が出現した。皿には分厚いステーキと付け合せのサラダ、ボウルにはコーンスープ、グラスにはワインだ。

暖炉には、クローラが小さな火の矢を飛ばす魔術で着火してくれた。

「これも魔法ですの？　何もないところから料理にお酒……一体どうなっているのやら」

「まあまあ」

一日三回、最大四人分の食事を出すことのできるマジックアイテムだ。今回だけはこれを使いたくなかったのだが、そんな拘りも空腹の前には何の意味もない。テーブルを挟んで有難く頂くこととなった。

「……魔具で作ったとは思えない味ですわね」

「それはどうも」

この世界《セディア》の魔術師風に言うと、マジックアイテムは魔具と呼ぶらしい。

ナイフとフォークで上品にステーキを食しながらクローラが評価を述べた。彼女なりに褒《ほ》めてくれたのだろうが、私は「地球の中世ヨーロッパではまだフォークはほとんど使われていなかったはずだが、さすが異世界だ」などとぼんやり考えていた。私が生返事したのが気に入らなかったのか、彼女は形の良い眉を上げる。

「礼儀作法がなっておりませんわよ？　それにしても……何故最初からこの魔具を使いませんでしたの？」

それは自分でも分かっているんだがなぁ。

「……男はときに、無駄なことをしたがるものなんだ……」

「確かにこれ以上ない無駄な時間を過ごしていますわね」

「……そうだな。暗鬼のことも早く調べなければならないし」

クローラにしてみれば私のわけの分からない我儘に付き合わされた格好なのだから、嫌味の一つや二つくらいは甘んじて受けるべきだろう。ところが、続いて出たのは意外な言葉だった。

「とはいえ、この有様を見て安心したのも確かですわ」

「安心？」

ワイングラスを傾け白い喉を鳴らしたクローラが、少し優しげな笑みを浮かべた。

「貴方に、英雄たれといったのは私《わたくし》たちですが……。出会ってからこれまで、貴方は生真面目な英雄過ぎましたわ」

「……どういう意味だ？」

「英雄らしい、正しい行動だけをとってきたという意味ですわね。正し過ぎる行動というのは、ときに人を傷つけることもありますわ……自分も、他人も」

暗鬼という人類レベルの脅威があって、私はそれに対抗できる力を持っていた。だから私は正しい行動をとろうとしていたわけだが……。

「とにかく、今回の貴方の行動は確かに無駄で無意味でしたが。そういうのを、この世界《セディア》では『人間らしさ』と呼ぶのですわ」

「……」

おいおい、二十歳も年下の女の子から人生の教訓を学ぶとはなぁ……。一瞬、うるっとしてしまった。

「魔術師にして伯爵家長女たる私《わたくし》が助言してさしあげますが、この城を人が住める状態に保つためには最低でも使用人三人と家令《かれい》が必要ですわね。レリス市にいったら探してみたらいかが？」

人生の教訓だけでなく人生設計まで学ばせてもらえるのか……。

「もちろんその前に、魔術師ギルドに出頭していただきますわよ？」

「あ、はい」

†

翌日。

前回同様、【大地造成《リノベーション》】で城を持ち上げてから、私達はレリス市に向けて出発した（流石にこの体《てい》たらくでもう一晩過ごす気にはなれなかった）。

遥か北方の王国《シュレンダル》からレリス市、ユウレ村まで繋がる街道は『法《ほう》の街道《かいどう》』と呼ばれているそうだ。前にセダムに聞いたところでは、北方の王国《シュレンダル》が最大の版図を誇った二百〜三百年前に大陸全土に設置された街道の一つだという。

暗鬼の大発生から始まった混乱で北方の王国《シュレンダル》が衰退、分裂し現在この地方はリュウス同盟の統治下にある、云々。という話を聞いた時には、『なるほど、ファンタジーでありがちな超古代文明か』と思ったものだが。実際は北方の王国《シュレンダル》は常識の範囲内の由緒《ゆいしょ》ある王国だった。

ただし、実質的な領土は減少しているが、最古の文明国ということでその権威は大変なものらしい。カルバネラ騎士団などは今でも北方の王国《シュレンダル》の王家に忠誠を誓って（しかし税は納めていない）いるというし、クローラも『アンデル家の血筋も北方の王国《シュレンダル》まで遡れるのですわ』と自慢そうだった。

クローラが、悪目立ちする幻馬で人通りの多い街道を進むことを嫌がったので、徒歩で『法の街道』を旅することになった。

なだらかな起伏があるものの、概ね平坦な街道は歩きやすく平和だった。たまに家畜の群れを追う牧童や、荷馬車を連ねた隊商、旅人とすれ違うがみなリラックスした表情だった。確かこの街道は以前から山賊も出没していたはずだが……と、不思議に思って一緒に野営した商人に聞いてみると「このあたりに偉い大魔法使い様が住まわれることになったので、悪党どもは逃げ出したって話だよ」と、親切に教えてくれた。

情報伝達早すぎるだろう！　と、思ったが後の祭りである。まさか騎士団長あたりがわざわざ噂を流しているんじゃないだろうな？


何だかんだで、こんなにのんびりとただひたすら歩く、というのは何十年かぶりだ。いや生まれて初めてといってもよい。中欧あたりを思わせる牧歌的な光景を眺めながら、口うるさいとはいえ美女と旅をする……何だかしみじみと、転移して良かった、と思ってしまった。あの忙しい社会に残してきた、職場の仲間や友人たちには申し訳ないが。

†

ジーテイアス城を発って三日後。

いくら穏やかで楽しい旅路でも、単調な景色が延々と続くとさすがに飽きてくる。まったく、これだから現代人は困るな。

そんな時。

「あの丘を登りきればリュウス湖とレリス市が見えてきますわ」

「おおっ！」

クローラの言葉に私は年甲斐《としがい》もなく急ぎ足になり、穏やかな勾配をぐんぐん上っていった。確かに風が水気を帯びているのを感じる。丘の頂上に辿り着くと、視界が一気に広がった。


「うぉお……」


海だ！　最初は本気でそう思った。

恐ろしいほど広大な水面の青さが視界を覆う。

これがリュウス湖か。対岸が霞んで見えない。前に琵琶湖《びわこ》を展望台から眺めたことがあるが、確実にそれ以上だろう。

「すごっ！　城砦都市！」

そして、街道の先にはレリス市が、湖に寄り添うように広がっていた。堅牢な石壁が、二重にぐるりと市街を取り囲んでいる。湖に接する部分は港になっていて、大型の帆船《はんせん》らしき影も見える。市街の建物はほぼ石造りらしく、屋根の色がカラフルで目を楽しませた。

まさに城砦都市。白剣城を見た時も興奮したが、このスケールは桁違いだった。

「……ちょ、速過ぎですわっ！」

背後から、汗だくのクローラが非難がましく言ったが気にならない。気にはならなかったが、まあ確かに悪かった。

「す、すまん。早くレリス市を見たくてな」

「い、良いですけども……。しかし貴方、そのお年で健脚ですわね？」

「そのお年は余計だ」

彼女には言っていないが、私のブーツは『トラベリングブーツ』というマジックアイテムで、その気になれば乗用馬と同じペースで歩き続けることができるし、疲労もしないようになっている。しかしもしかしたら、健康には良くないかもしれないな。

レリス市は豊富な水源を活かした水堀に囲まれていた。

二車線ほどありそうな大きな跳ね橋がかかっており、隊商や行商人、荷車を引いた農民などが大勢行きかっている。

「それにしても立派な都市だな。ユウレ村が田舎《いなか》に思える」

「レリス市はリュウス同盟……いえ大陸中央でも一、二を争う大都市ですわ。規模だけでなく歴史や文化も豊かですわよ」

隣に立つクローラに声をかけると、彼女はとても誇らしそうに豊かな胸を反らせた。

†

『法の街道』はユウレ村へ向かう東だけでなく南北にも延びているようで、合流した旅人の数はこれまでと桁違いだ。

跳ね橋の先の大門は開放されていたが、当然、衛兵が警備と入市審査を行っている。衛兵はお揃いの鎖帷子に兜《かぶと》、小剣に槍というお約束の装備だが、動きがきびきびしていて士気が高そうだ。

二十分ほど並んで、私とクローラは衛兵の前に立った。大門の向こうは美しい石畳の広場になっていて、噴水の周りで吟遊《ぎんゆう》詩人らしき男女が楽曲を奏でていた。

「……ほら、名前と身分と宿泊先をお書きなさい」

大門の向こうに気をとられていた私をクローラが肘でつつく。衛兵が苦笑しながら旅行者用の台帳（といっても木の板だったが）を差し出していた。ちなみに、クローラは通行証のような物を提示していた。

「ああ、すまない。……名前は、ジオ・マルギルス。身分？　平民かな……宿泊先は……」

「魔術師ギルドで良いですわよ？」

「う、うむ。じゃあ……」

「ちょっと!?」

台帳を差し出していた衛兵がすっとんきょうな声をあげた。

「ジオ・マルギルス⁉　間違いないですか⁉」

「……そうだが？」

うん。そういえば、私の噂が結構広まっているんだった。……何だか嫌な予感が。

「じゃあ、大魔法使い様ですね⁉　カルバネラ騎士団を助けて暗鬼の巣を破壊した！」

「何だって⁉」

「大魔法使い様⁉」

「ジオ・マルギルス様だ！　英雄だ！」

「暗鬼を倒した大魔法使い様だっ！」

衛兵だけでなく、後ろに並んでいた者や大門の内側の人々まで口々に叫び出した。うぐぉ。恥ずかしさで顔が赤くなってくる。

……私は一瞬、群集にもみくちゃにされるものかと身構えたのだが、人々の動きは予想外だった。

私とクローラ（それと衛兵）を中心に人々の輪ができて取り囲まれ、熱気のこもった視線を向けられる。彼らの目には敬意と興奮、そして不安が入り混じっていた。

ユウレ村でのことを思い出して少々気が滅入る。

「……何だか顔は普通だな……」

「地味っていうか……」

「そりゃあ、海の向こうの国からこられたっていうしな……」

「あれが隕石を撃ち出す杖かな？」

「おい押すなよ。怒らせたら石にされちまうっ」

人々のざわめきが聞こえてくるが、その場から動こうとする者はいない。

「……何か、一言ないと彼らは動きませんわよ」

クローラはため息をつきながらも案外平然とし

ていた。その一言にどんな尾鰭《おひれ》がつくのやら……とはいえまぁ、仕方がない。これからこの世界《セディア》で一般人として平凡に暮らすのだけは、当面諦めるほかないか。

「……騒がせてすまないな、レリス市の諸君」

大魔法使い《ウィザード》の杖《リィスタッフ》を立て、ゆっくり周囲を見回しながら言う。あまり小さい声では届かないので腹に力を込めて……。

「魔法使いジオ・マルギルスという。お見知りおきを。麗《うるわ》しいレリス市を訪問できて光栄だ。……ところで、そろそろ通ってもいいだろうか？」

「あっ……。し、失礼しましたっ！　どうぞ、お通りください！　レリスへようこそ！」

言い方はともかく、ごく自然と相手を持ち上げる台詞が出るのが中身日本の中年会社員というやつだ。後半は衛兵に視線を向けて聞くと、全員が一斉に槍の石突で床を打ち最敬礼してくれた。格好良いな。

「では、諸君、すまないが……」

私が自分の正体を認め、声をかけたことで人々はある意味安心したのだろう。口々に歓迎の言葉を述べたり、お辞儀をしたりしながらも大門への道をあけてくれる。それでも直《じか》に話しかけたり、握手を求めてくるような者はいなかった。絶妙な距離を置かれている。

「さあ、いきますわよ」

クローラは何も気にせずさっさと歩き出す。思えば彼女は私を魔術師ギルドに招くためだけにここまで付き合ってくれたのだ。私も少しは急ぐべきだろう。

だが。

「あああっ⁉　ジオさんっ！　ジオさんっっ‼」

「ぐふっ」

群集の間からするりと飛び出してきた小柄な人物が私の行く手を遮った。具体的にはタックルみたいな勢いで抱きついてくるという方法で。

「ジオさぁぁん！」

両腕で胴をロックし涙目で見上げるのは栗色《くりいろ》の髪の少女、モーラだった。

†

「ジオさぁぁん！」

日焼けした少女の柔らかい身体が思い切り密着してきた。これが二十年、いやせめて十五年前なら男性として嬉しい心地になったのだろう。

「や、やあモーラ。久しぶりだ。まさかこんなにすぐに会えるとは思っていなかったがね」

見かけ四十代、中身も四十代の私からすれば所詮、子供に懐かれているだけの話だ。一瞬、言葉に詰まったのは、彼女をさん付けで呼んでいたことを思い出したせいである。幸い、特に不満ではないようだ。ほっとした私は、栗色の頭をくりくりと撫でてやりながら紳士的に身体を離す。

「だって！　ジオさん、暗鬼の巣を壊したのに全然来てくれないし！　それに山賊にとられた荷物も騎士団の人が運んで来てくれて……。もしかして私に会いたくないのかなって……」

「そんなわけはない。モーラには世話になったわけだし。イルド氏に用事もあるしね」

「え、そんな……お世話になったのは私の方で……」

客観的に見ればそうかも知れないが、私にとってこの世界《セディア》で初めてできた知人（ジャーグルや山賊は除外してもいいはずだ）だし、彼女に信用してもらった時の嬉しさは忘れていない。

「大魔法使い様……。何てお礼をいったらいいか……」

「お嬢様は、貴方様がいつ来られるかと思って外出の度にこちらに寄っておられたのです」

モーラの背後に控えていた温厚そうな壮年の男女が深々と頭を下げた。物腰からいって、モーラのお付きの使用人だろう。

「大した手間ではなかったから、気にしないでくれ」

「さ、うちは交易通《こうえきどお》りの方なんです！　お父さんも会いたがってましたっ！　行きましょう！」

モーラが当然のように腕を引っ張ってくると、その前に立ちはだかる影があった。

「……モーラ？　悪いのですけれど、私《わたくし》たちはこれから用事がありますの」

「そうなんですか？　行ってらっしゃい。ジオさんはこっちですよ」

「私《わたくし》たちと言っているんですわっ！」

クローラは私の逆の手を摑んで引っ張り出した。何だこれ。美女《クローラ》と美少女《モーラ》が私を巡って争っているのか？

別に慌ててはいない。冷静に考えれば分かることだ。モーラの好意は、子供が教師や親戚《しんせき》のおじさんに抱く親愛の情のようなものだろう。いや子供の心理に詳しくはないけども。クローラなどは魔術師ギルド所属という立場からくる義務感でやっているだけだ。まあ、戦友としての好意くらいはあるかも知れないが。

こういう状況をモテてると誤解して、人生踏み外した悲しい生き物（中年男性）を私は何人も知っているんだ。


「あ、あー、モーラ。すまない、魔術師ギルドの方もずいぶん待たせてしまっているんだ。……面倒なことは先に済まして、後でお邪魔してもいいかな？」

さすがにここで優先順位を間違えるほど優柔不断ではない。

「あっ……。ご、ごめんなさいっ。きっと何か、難しいお仕事とかあるんですよね？」

「まぁそんなところだ。終わったら必ず伺《うかが》うから、イルド氏にもよろしく伝えておいてくれ」

「はいっ、分かりました！　うちは交易通りで一番大きい店だからすぐに分かります！　待ってますね！」

モーラは折り目正しくお辞儀をして、笑顔で立ち去った。使用人たちも、何度も頭を下げてから彼女に従う。

いまだに私たちを取り巻いていた群衆もこの頃には大分減っていて、最後に衛兵が気を利かせて解散させてくれた。彼は「大魔法使い様のご活躍は、吟遊詩人もさっそく英雄詩にして歌っているほどであります！」と、余計な豆知識を教えてくれたが……。

「これ以上悪目立ちしたくないんだが……。それにしても、こんなにすぐにモーラと会えるとは思わなかったな」

「それは、ようございました……」

「すまないな。よし、ではさっそく行こう。魔術師ギルドへ」

クローラの青筋がかなり危険な水準に達していることに気付いた私は、すぐにきびきと歩き出した。

「『面倒なこと』を優先していただいて申し訳ございませんわねぇ、大魔法使い様？」

「だからすまんって」

†

レリス市の、少なくとも大通りは清潔で快適だった。

足元は石畳でところどころモザイクの模様まである。建物は石と木の組み合わせが多く、ほとんどが三階建て以上だ。市壁に囲まれているという関係上、建物同士が密集し上に伸びるようだ……このあたりは、現役ＴＲＰＧプレイヤーだったころに資料本で読んだ知識と合致してるな。行き交う人々は鮮やかに染色された服装で、裸足《はだし》の者などいない。服装は基本的にシンプルだったが裕福そうな人々は帽子やショール、マント、腰帯などで飾っている。

通りの人々は私には気付かなかったが、中にはクローラに手を振ったり、お辞儀していく者もいた。彼女もやはり著名人なのだろう。そういえば伯爵家令嬢とか言ってたしな。

「……むっ」

しばらく、クローラの後ろ姿を見ながら歩いていたが、突然あることを思い出して視線を上げる。

「……」

「何を、そわそわしてるんですの？」

私が高い建物の窓や、空を見上げながら歩いていることに気付いたクローラが聞いた。

「いや……昔、聞いていた話だと、大きな町では窓から汚物を捨てているというので……」

「……はぁ？」

何と、レリス市や一定以上の規模の都市では下水道が整備されているのだという。特に、リュウス湖という水源に恵まれたレリス市では一部には上水道まであるのだとか。

「どこのローマ帝国なんですかねぇ……」

まぁ元々、私の知る現実の……いや、元の世界の中世と、この世界《セディア》が同じと思う方がおかしいということか。『見守る者』もラノベ風異世界とか言ってたしな……。

「そういえばこの街の人口はどれくらいなんだ？」

「確か、何年か前に台帳を調べたら二万五千人ほどだったはずですわね。市民権のない方々も含めれば三、四万人ではないかしら」

四万か！　立派な大都市と言って良さそうだ。そんな大都市がそこそこあるのだから、基本的な文明レベルは中世ヨーロッパよりかなり高いのだろう。……それにしても、その大都市から歩いて数日のところにあんな暗鬼の巣があったのか……やばかったなぁ。

†

「ようやく着きましたわね……」

クローラの案内でさらに歩くと、目的地に到着したようだ。

中央広場から少し奥まった通りの大きな建物だ。

都市の事情も省《かんが》みず、周囲に高い塀を張り巡らした黒塗りの屋敷……ほとんど城と呼んでも良い重厚さだった。正門には、四本の杖を組み合わせた紋章が飾られている。
魔術師ギルド、レリス支部だ。

「第五席のクローラ・アンデルですわ」
「はっ！　お待ちしておりましたっ」

市の衛兵とは違う軍装の門番にクローラが名前を告げると、即座に門が開かれた。彼女ともども、VIP待遇で建物内の客間に通される。衛兵や、案内してくれた使用人の態度からすると、どうも私のことは既に知っているようだ。
十分ほど客間で待たされた後、魔術師ギルド幹部たちとの面会の場に案内される。

「こちらですわ」

最上階の広間だった。
広間は円形でちょっとした体育館くらいの広さがある。建物の外観と同じ黒ベースの配色で威圧感も抜群だ。ドームになった天井にはステンドグラス（恐らく貴重品だ）が嵌《は》められ、壁には魔術文字らしき図柄の織物が飾られていた。
広間に置かれたテーブルには魔術師が三名。中央の一人が立ち上がり口を開いた。

「ようこそ、魔術師ギルドへ。私がレリス支部長、首席魔術師のヘリドール・サイラムだ」

装飾の多いローブを着た男性だ。年は三十代中盤くらいだろうか。金髪をオールバックにしたかなりの美丈夫《びじょうぶ》である。片手には、魔術師ギルドの紋章が彫刻された杖を持っている。いかにも自信ありげで、気さくな表情と態度だ。売り出し中のベンチャー企業の若手社長とかが、よくこういう雰囲気を出していたな。自分の方が優位であると確信している顔だ。

「ジーテイアス城の魔法使いジオ・マルギルス。お招きに預かり光栄だ」

少し慣れてきた口上を述べ、一礼する。『ジーテイアス城の』をつけられるだけかなり気が楽だった。住所不定じゃないって素晴らしい。

「いや、こちらこそお目にかかれて光栄ですよ」

「よろしくお願いいたします」

ヘリドールの左右の男女も順に挨拶する。第二席で副支部長のヤーマン、第三席のナサリアと名乗った。

「さあ、遠慮せず席についてくれたまえ」

†

私は円卓につき魔術師たちと向かい合った。クローラは無言で第三席の女性の隣に座る。綺麗な装飾が彫り込まれた木製の椅子に悠然と身体を預け……るふりをしながら、彼らの様子を窺う。リラックスしている様子なのは支部長だけで、ヤーマンとナサリアは顔を強張らせていた。クローラは無表情。

「貴殿はずいぶん遠方からこちらにいらしたとか？　レリス市はいかがでしたかな？」

「見事な街並みでしたな。人々にも活気があり、良い街かと」

まずは軽い世間話か。研究しか頭にないタイプではなさそうだ。

「レリス市の名物は運河に大水門、それに船上《せんじょう》舞《まい》だ。是非、楽しんでいってもらいたい」

「ほうほう」

船上舞？　なかなか楽しそうだ。

「支部長、そろそろ……」

「ふむ、そうだな」

他愛《たわい》のない会話を続けていると、副支部長がヘリドールに耳打ちした。トップと重要な客（のはずだ）のやりとりに水を差すナンバーツーか。魔術師ギルドといっても組織としては少々未熟だな。

「マルギルス殿、申し訳ないが。今、我々が確信できるのは、貴殿に魔力がないということだけだ。しかし、クローラの報告や……カルバネラ騎士団、冒険者ギルドからの情報でも、貴殿が暗鬼《レギオン》の軍団を打ち倒すほどの大魔術を使用したのは間違いない……」

そういえばアルノギアが市の評議会に、セダムは冒険者ギルドに報告すると言っていたな。そのあたりは情報共有をしているということか。フランクだったヘリドールの口調が少々渋くなる。

「我々としては驚愕するほかない。これまでと全く違う理論によって魔術が行使できるというのはね」

「それは私も同じだな。私にとっては魔法が当たり前で、魔術こそが驚異の技術なのだから」

「貴殿にとってもそうなのか？」

「もちろん。是非とも、魔術について知りたいと思っている。魔法についての情報も、可能な限り提供させてもらおう」

向こうがこちらを警戒しているなら、先に協力的な態度を見せておいた方がよさそうだ。『仲良くしたいんですよ』という雰囲気が出ていることを祈りながら申し出てみた。

「それは有難い申し出ですな。ただ、しかし……」

「とにかく一度、『魔法』を見せてみろということかな？」

結局、今のところ『魔法』など彼らにとっては常識外れの与太話でしかない。クローラやセダム、騎士たちという証人がいるからこうして話を聞いてくれているだけなのだろう。

「人を石に変えたり、隕石を落としたりできるということですよね……本当なのですか？」

第三席のナサリアも遠慮がちに聞いてきた。態度は丁寧だが、疑っているという顔だな。

「まあやはり何と言いますか……この目で確認してみたいということでして……」

幹部たちの中では一番年長の副支部長が慌てて言い添える。まあそれはそうだろう、気持ちは分かる。

しかしさすがに、行く先々で隕石を落として回るというのは嫌だな。

「お望みなら見せてもいいが、隕石よりは穏当な呪文が良いと思うね」

「そ、そうですな」

「できれば明白に魔術との違いが分かる魔法が良いんじゃないか？」

「……」

私の提案に、魔術師たちは一斉に首を縦に振った。

ただヘリドールの声には少しばかりの嘲りが混じり始めている。私が苦し紛れを言っているように聞えたのだろうか？　その支部長をクローラが冷たい目で睨んでくれたのが、私は妙に嬉しかった。

「そうそう。クローラの話だと、貴殿はドラゴンや暗鬼を生み出すことができるとか？　まずはそれを見てみたい」

「ふむ……良いだろう」

「それで、申し訳ないのだがこちらで少し観察させてもらってもいいだろうか？」

「もちろん、構わない」

「ご協力に感謝する。では……」

支部長の合図で、副支部長ヤーマンが近づいてきた。彼は懐から水晶製らしいメダルを取り出してこちらに向ける。

「こ、これは微量な魔力でも感知できる道具です。危害を加えるようなものではありません」

「なるほど。では始めよう」

私はあえて大魔法使いの杖《ウィザードリィスタッフ》を机に置いて立ち上がった。円卓から離れ、十分な空間を確保する。

「開け魔道の門。我が化身を招け」

「……おぉ？」

呪文の詠唱を始めると、魔術師たちは微《かす》かにざわめいた。魔術の詠唱はほとんど一音節、術の名前を唱えるだけのようだからかなり異質に思えるのだろう。

意識の中に作り出した魔道門を潜り、仮想の私は『混沌の領域』へ下りていく。現実の私の目の前では、ヤーマンがメダルを突き出しているが何の変化もない。クローラ以外の魔術師は不審、興味、嘲りと複雑な表情を浮かべながらも黙って見守っている。

仮想の私は第九階層の呪文書庫に入った。目当ての呪文の書かれた書物に触れ、そこに込められた混沌の力を解放する。

「この呪文により、一体のベビーレッドドラゴンを創り出し三十分の間使役する。【全種怪物創造《クリエイトオールモンスター》】」

幸い、ダイスを振っても致命的失敗《ファンブル》は出なかった。まあ所詮一パーセントの確率だものな。混沌の力は深紅の奔流《ほんりゅう》となって広間の中央に渦巻く。

「おおっ……！」

「これは……」

魔術師たちの驚愕の視線を浴びる中、奔流は一体の怪物を形作った。

真紅の鱗《うろこ》に覆われた身体。長い首と尻尾《しっぽ》、鉤爪を備えた短い四肢にコウモリのような翼。ワニにもトカゲにも似た、凶暴極まりなさそうな頭部には縦に割れた蛇眼《じゃがん》。ベビードラゴン。名前の通り牛ほどの大きさしかないドラゴンの幼生だが、この場には相応しいだろう。

「ギュォォォッ！」

「おおおっ!?」

「ひぃっ!?」

「うげぇぇっ」

ドラゴンは一声吠《ほ》えてから、私の支配下にあることをアピールするかのように床に伏せる。

ヘリドールは中腰になって杖を構え、ドラゴンに一番近いヤーマンは腰を抜かしてへたり込んだ。ナサリアの姿が見えない……と思ったら、椅子ごと背後にひっくり返っていた。

「……お、おいっ。感知器に反応は!?」

「は、は、反応ありませんっ」

「そんな……」

震えるヘリドールの声と、ヤーマンの回答を最後に魔術師たちは言葉を失った。たっぷり一分くらいか。床に寝そべったドラゴンが喉を鳴らす声だけが、広間に響いている。

いい加減、気まずさに耐えきれなくなってきたところで。

「い、いやあ、す、素晴らしい！　これは、本物だ。本当に魔力を使わずにこのような現象を起こすとは……」

沈黙を破り、ヘリドールが大げさに手を鳴らす。まるで一昔前のロボットのようにぎこちない動きに表情だ。端正な顔には脂汗がびっしり浮かんでいる。

「しかし、そ、そのドラゴン？　にはどんなことが……できるのかな？　ただの幻影や、ハリボテということは……」

何だ？　やけにケチをつけてくるな。やはり魔術師たちにとっては、魔法などという別種の技術は認めがたいのだろうか。腹が立たないわけではないが、この程度を腹に収めることはわけもない。目的はあくまで彼らと協力関係を築くことだ。

「もちろんこれには実体がある。……こんな風に」

「ギャアウッ」

「むうっ!?」

「ひやあぁぁぁっ!?」

呪文で創り出した怪物は、一定の範囲内であれば私の意志一つで自在に動かすことができる。

ドラゴンは翼を大きく広げてから口を開け、喉の奥から赤く燃え盛る『炎の息《ファイヤブレス》』を吐いた。広間の中が赤く染まり、瞬間的に熱風が私たちを叩く。

もちろん、人や物を焦がすようなことはしないが、灼熱の炎に魔術師たちはまた悲鳴を上げた。

実は私も内心『げっ』と叫んでいる。もっと小規模な炎を想像していたのだ。そのようにドラゴンにも命じたつもりだったのだが『小さい炎』というイメージが私とドラゴンで食い違っていたのだろう。

……まあ、これくらいは大丈夫……だよな？

「お静まりなさい、情けないっ！」

一人黙って着席していたクローラが、床に伏せて頭を抱えるヤーマンとテーブルの下に潜り込んだナサリアを一喝した。

「わ、分かった！　十分、分かった！　貴殿の魔法は本物だ……」

「ももう、そいつをどっかにやってくださいぃぃぃ」

「これは失礼……」

なるべく穏やかに声をかけ、【魔力解除《ディスペルマジック》】を使う。赤い巨体が空間に溶けるように消え去ると、魔術師たちの大きなため息が重なった。

†

倒れた椅子を戻したりお茶を飲んだりして、魔術師たちが落ち着くのにはしばらくかかった。それでもヘリドールたちの表情は最初の時とは比較にならないほど険しかった。いや、険しい表情なのはヘリドールだけか。最初に見せた余裕ある笑みはどこにもない。ヤーマンとナサリアははっきりと怯えていた。平然としているのはクローラだけである。

やはり、私はやらかしてしまったようだ。

「驚かせて大変申し訳ない。魔法、というものが存在することは納得してもらえただろうか？」

内心頭を抱えたまま謝罪する。

「……そ、そうだな。恐るべき術だ。こ、こちらこそ非礼だった。謝罪を、受け入れてもらえるだろうか？」

「もちろん。むしろ信じてくれて有難うと言いたい」

何度も唾を飲み込んだヘリドールがようよう答えた。彼からも謝罪という言葉が出たので、了承と感謝の意を伝える。魔術師たちは一斉に安堵の表情を浮かべた。よし、まだ取り返せるかもしれん。

†

十分後。

「なるほど……。驚くべき秘儀だな」

「魔術盤や魔術文字は用いないのですね……」

私は魔術師たちに、『魔法の設定』について簡単に説明し終わった。よくもまぁここまで細かく設定したものだと、我ながら呆れる。念のため『内界』をイメージする修行法や魔道門について、『準備《チャージ》』についてなど、要《かなめ》の部分は濁してある。

それでも、魔術師たちにはかなりのカルチャーショックだったようだ。彼らが本物の技術を何年もかけて磨き上げてきたのに対し、こちらはゲームをやっていただけなので正直後ろめたさもある。

「私《わたくし》たちの魔力は自然界や人体に既に存在しているものですわ。一方、マルギルス殿の魔力は精神を通じて『混沌』とやらから引き出されるわけですわね」

以前にも魔法の説明を聞いているクローラがまとめた。それにしても、二種類の別の『力』を一つの言葉で表すのはややこしいな。

「では仮に、魔法の力については魔力ではなく『魔法力』と呼ぶことにしよう」

「……なるほど、承知した。魔法力か、それが我々にも扱えれば素晴らしいのだが……」

「しかし何年もの修業が必要ということですが……」

「魔術盤との併用は……」

魔術師たちは、お互いにひそひそと相談を始めた。場の雰囲気からして、今日はこのあたりが潮時かもしれないな。

「支部長殿。私はこれからも魔術師ギルドとは良好な関係を築きたい。お互い五分の立場でだ」

「そ、そう言って貰えると有難い。が……」

支部長が何を考えているか見通せているわけではない。が、彼の表情を見るとどうしても私と組むことには抵抗があるらしい。こういう時はゴリ押ししても無駄なんだよな。

「とはいえ、私は答えを急いでいない」

「……？」

「私の魔法は、魔術師の方々にとっては青天《せいてん》の霹靂《へきれき》だろう。皆でじっくり相談して答えを出してくれれば良いと思う。その間に、何か質問などがあればいつでも呼んでもらって構わない」

魔術というものの根幹を揺るがしてしまったのだ。彼らには時間が必要だろう。一旦《いったん》引き下がって、お互いの頭を冷やす時間をとるべきだ。元々が一度の話し合いで結論が出るような小さい話でない。

「支部長、そうなさいませ。情報を整理して、他の幹部も交えてマルギルス殿からの情報を検討なさるべきですわ」

クローラが諭すように言うと、ヘリドールはようやく顔を上げた。

「そう、だな。すまないなマルギルス殿。……少し時間をくれ」

広間を出る時、背中越しに魔術師たちの「セイテンノヘキレキとは何だ？」「さぁ、魔法使いの警句でしょうか……」などという会話が聞こえてきた。

†

「結局、魔術師ギルドには宿泊できなかったな」

「まあ、あの雰囲気では難しかったですわね」

魔術師ギルド正門前で私はぼやく。クローラの言う通り、そこまでの信頼関係を築くことはできなかった。

「ギルド内で君の立場が悪くならなければ良いんだが。何か私にできることがあれば言ってくれ」

「でしたら、魔法なんて全てインチキだったと仰っていただきたいですわ」

クローラは形の良い眉を持ち上げて嫌味っぽくいった。彼女の優しさと勇敢さを知っている身とすれば、そんな態度もむしろ微笑ましい。

「そうか。君の立場を守るためなら仕方ないかな」

「まあ、意地のお悪いこと」

少しの間、二人で見つめ合い微笑する。なかなか、気が合ってきたじゃないか。彼女とは良い仕事ができそうだ。

「……ヘリドールの気持ちも分かりますわ」

冗談ぽかった雰囲気をあえて無視して、彼女はぽつりと呟いた。

「私《わたくし》の家族は、十年前の暗鬼との戦いで何人も亡くなりましたわ。私《わたくし》が魔術師になったのは、暗鬼からこの街を守る力を得るため」

豊かな胸の下で腕組みをしたクローラは、懐かしいものを思い出すように目を細める。

「一方、ヘリドールは魔術によって人々を守る英雄たらんとこれまで努力してきましたわ。目的は微妙に違いましたが、私《わたくし》とヘリドールは暗鬼と戦う力を高めるという手段においては一致しておりました」

クローラの白い指が、強く自身の腕に食い込むのが見えた。

「私《わたくし》は、私《わたくし》のこれまでの努力が貴方の魔法によって否定されることを。ヘリドールは築き上げて来た英雄としての立場を貴方に奪われることを。それぞれに怖れているのです」

「……」

まったく、『見守る者』も罪なことをしてくれるな！　……と、八つ当たり気味に思ってみる。

私とゲームマスターの妄想設定がこのように人を惑わすとは……。しかし、魔術だの英雄だのと用語はファンタジーだが、彼女やヘリドールの悩みそのものは、日本でも珍しいものではない。

「……努力や功績というのは、他人に上書きされるようなものなのかな？　君がこれまで魔術で救ってきた人たちは、私と君を比べることなんてしないだろう」

「それは……」

聡明《そうめい》な人間を慰めるには、具体的な結果を言ってやる方が効果的……あまりあてにはならないが、私の経験上はそうだ。

「例えば私だな。暗鬼の『巣』では君の風の魔術で守ってもらった。あれに比べれば魔法なんてカスだな」

最後に触手を受け流したのはカルバネラ兄妹だが、彼女の魔術が触手の勢いを削いでいたからできたことだ。もしクローラの魔術がなければ、私たちは全滅していた。その事実を率直に伝える。

下手な慰めを言った私をクローラはじっと見つめていた。唖然《あぜん》としたような顔だ。その顔が、ふいと横を向く。む。やはり失敗か？　所詮私の経験など役に立たないか……。

「き、今日のところは、慰められて差し上げますわっ」

「なぐさめ……何？」

「モーラが待ちくたびれていますわよ？　さっさとお行きなさいっ！」

そっぽを向いたままの、捻くれ過ぎた台詞。思わず聞き返すとクローラは逆ギレして怒鳴りつけてきた。

まあ、かなり微妙な感じだが、一応少しは元気付けられたのだろう。今日のところはここまでだな……と、彼女に背を向けようとして、はたと気付いた。

「うむ。そうしたいのは山々なのだが。……道が分からん」

「はぁ!?」

モーラの家は交易通りとかいっていたが……そもそもここまでの道程を既に忘れている。社会人としてあるまじき話だが、中世ヨーロッパ風の大都市を歩いたことなんてないのだから仕方がない。

「まぁ、通行人に聞きながら歩けば大丈夫だろう……」

「まったく！　貴方ときたら！」

恥ずかしくて口の中でぶつぶつ言っていた私を尻目に、クローラはさっさと歩き出していた。すぐに立ち止まって振り返る。モーラの家まで案内してくれるらしい。

「何してますの!?　日が落ちたら内門が閉まって通行できなくなりますわよ!?」

†

ぷりぷり怒りながら歩くクローラの背を追いながら、私はレリス市の人々を見た。

屋台のような商店が並ぶ市場や、口から唾を飛ばして商談に励む商人。職人が店先で徒弟を厳しく指導する姿。お菓子や果物、串焼きを美味《うま》そうに頬張る若者や子供。もちろん、地べたを這いずる物乞《ものご》いの哀れっぽい声や喧嘩の怒鳴り声も聞こえた。街中には運河が張り巡らされ、アーチ形の石橋がかかっている。運河には色とりどりの小舟が行き交い、荷物や人を運んでいた。

魔術師ギルドで長話していたこともあり、あたりには夕闇が迫っていた。普段からそうなのか、今日は特別なのか。通りや橋桁には無数のランタンが飾られ、幻想的にあたりを照らしている。

「もしかして、あれが船上舞かな？」

「え？　ああ、そうですわね」

都市の動脈とでも言うべき運河にそって歩いていると、装飾の多い船がパレードのように進んでいるのが見えた。左右の岸や橋には大勢の市民が溢《あふ》れ、船上に設置された舞台に見入っている。

舞台は行灯《あんどん》に似た照明で繊細に飾られていた。赤や白の薄絹をまとった舞子たちがゆったりと舞う。楽師を乗せた船もあり、軽やかだがどこか物悲しい音色を流している。舞子が一斉にターンする度に、煌びやかな衣装が花火のように広がった。

「……綺麗だが、祭りの出し物にしては静かじゃないか？」

呑気《のんき》な感想にクローラは苦味のある微笑を浮かべる。

「今日の演目は鎮魂の舞ですわ。……暗鬼に殺された犠牲者たちへの」

「……そうか」

法の街道で旅をして、雄大なこの世界《セディア》の自然を満喫した時にも思った。やはりここはゲームではなく、生身の人間が生きて死ぬ世界なのだ。

「十年前は……このあたりまで暗鬼が侵入してきましたから」

彼女が指差したのは、通りの隅に置かれた石碑だった。槍を構えた兵士の姿が彫刻されている。花と酒がささやかに供えられていた。

『レリス市民軍第二十三小隊はこの場所で暗鬼の侵攻を防ぎ全員戦死した。冬の女神の慈悲よあれかし』

石碑に刻まれた文を私は読むことができた。

「？　何をしてますの？」

「……いや、何でもないよ」

私は自然と石碑に向かって両手を合わせていた。所詮、この世界《セディア》にとっては私は異物なのかも知れないが、人々の霊に敬意を払うくらいはしてもいいはずだ。

†

大きな石橋をいくつか渡り、大門に近い通りまで戻ってきた。凝った装飾の看板を掲げた商家が立ち並んでいる。ここが交易通りらしい。

「イルドの……モーラの家はあそこですわ。ここまでくれば、もう迷いませんでしょ？」

クローラはもう引き返すつもりらしい。ここは彼女のホームなのだから、別段引き留める理由はないが。

「ありがとう、クローラ」

私は改めて彼女に頭を下げた。彼女はウェーブのかかった金髪を弄びながらそっぽを向く。先ほど、彼女の事情を聞いたばかりなので、ここは少々しつこくてもしっかりと感謝を伝えておこう。

「何ですの？　たかが道案内ですわよ」

「いや、ここまで色々世話になったことについて、お礼を言うのを忘れていた。本当にありがとう」

「……私《わたくし》は、私《わたくし》の義務を果たしただけですわ」

「それでも、私には有難かった。君は恩人だ」

「『大魔法使い』の恩人ですの？　それなら、後々私《わたくし》にもずいぶん利益がありそうですわね」

重ねて感謝を告げると、クローラは皮肉っぽく片眉を上げて言った。さっきの慰めが少しは効いているのか。すっかりいつもの調子である。

「あーそれは、その……」

大魔法使いの仮面。多少は慣れたつもりだが、すぐずれて落ちそうになる。身の丈に全く合ってないいんだよなぁ。

「冗談ですわ。……私《わたくし》は、貴方がただの優しい殿方だと存じていますもの」

これが現代日本の歓楽街あたりで若い女性から聞いた台詞なら、『お前には何の興味もないよ』と脳内で自動翻訳される。だが今の彼女の表情はとても真剣だった。

「ただ……。いつ、暗鬼が現れて家族や自分が殺されるか分からないこの世界。そんな世界の有り様すら変えてくれる本物の英雄が、もしもいるのなら、私《わたくし》は……」

青い瞳に、どこか縋るような心細さが浮かぶ。

「貴方がこれからどんな選択をされるか分かりませんけれど。それはきっと、良い選択なのだと思いますわ。……私《わたくし》がそれを支持できるかどうかは別として」

「……」

しかし彼女は、一瞬目を閉じただけでその気持ちを振り払ったようだ。言うべき言葉を探しあぐねる私を尻目に身を翻す。

「……では、ごきげんよう」

†

彼女は颯爽《さっそう》と立ち去った。

「いやあ、本当によくお越しくださいました！」

「ジオさん、もっと一杯食べてくださいね！」

無事、モーラの家に辿り着いた。一階が商談用の事務所、二階以上が住居という構造だが、塀で囲んだ庭もある立派な屋敷である。そこで私は盛大な歓迎を受けることになった。

イルドとモーラ、それに多数の使用人から、次々と感謝の言葉をかけられる。立派なテーブルには凝った料理が並ぶ。モーラも料理人に交じって調理したというから食べねば罰があたりそうだ。

「二人とも無事で本当に良かったよ」

「はい、魔法使い様のおかげです」

有難く料理をいただき、酒を注《つ》いでもらいながらお互いの状況を報告し合う。

まず、イルドの積荷については、先ほどモーラが言っていた通り、カルバネラ騎士団の手で無事返却されていた。モーラは『私がジオさんと取りに行くはずだったのに！』とおかんむりだったが。

イルドは預かっていた証書の代わりに金貨三千枚を渡すと言って聞かなかった。素直に受け取る気持ちにもなれなかったが、いい考えが閃いた。

「では、その金貨の代わりに一つ仕事をお願いしたいのだが」

「金貨三千枚分の仕事ですか？　どんなことでもやらせていただきますが、どういった仕事でしょう？」

「例の砦の所有権を騎士団から譲り受けたのはいいが、一人ではなかなか不便でね。信頼のできる使用人数名と、それを監督できる人材を探したいんだ」

モーラに言ったイルドへの用事とはこの件だった。イルドは膝を打って即答する。

「なるほど、承知いたしました。金貨三千枚の中には、彼らに支払う手付金や支度金も含まれていると考えてよろしいでしょうか？」

「ああ、もちろんだ」

「その人物について何かご注文は？」

「……そうだな、貴方が信頼できる人物なら文句は言わないが。万が一、私の事情に巻き込まれるということもある。できれば、自分の身を自分で守るだけの分別があり、なおかつ身軽な人物だと有難いな」

「分かりました、最高の人物をお探しします」

†

「まるぎるすさまぁ！　だからわたしはいったんですよぉ！」

一時間後。誠実で理知的な商人にして父親だった男は消え去っていた。今、私にもたれかかって酒臭い息を吐いているのはイルドという名の別人だろう。

「船上舞にかねぇをおしむのは、ばかやろーだって！　そうしたら地区長のやろうが……」

どうも、船上舞は町の地区ごとに金や人を出し合って船と舞子、楽師を用意する制度になっているらしい。イルドはもっと寄付金を集めたかったのだが、この地区の責任者に制止されてしまったのだ。と、もう十回は聞いた。

母親が十年前に暗鬼に殺されて、以来、モーラを手塩にかけて育ててきたという話の重さに、つい酒を注ぎ過ぎてしまった私の責任もちょっとはあるかな。

「す、すいません。ジオさん。お父さんってお酒に弱くって……。普段はこんなことないんですけど……」

宴会の間はハイテンションだったモーラは、逆に素に戻って恐縮していた。

「構わないさ。男なら誰だって酔っぱらってくだを巻きたくなる時があるんだ」
「そうなんです？」
「はいそこぉ！　父親の前れいちゃつかないでくださいよぉ？　モーラはまだ十四さいなんですからねぇー？」
「ちょっと、お父さんっ」
「はっはっはっ。イルド、まだ飲みが足りないんじゃないか？」
「おう、分かってらっしゃる！　さすがまるぎるすさまぁ！」

イルドはまたワインをラッパ飲みし始めた。こういう場合、さっさと酔い潰すのが一番手っ取り早い。もちろん、急性アルコール中毒なんかにはならないようペースはちゃんと見ているが。

「ふぅ……」
「ぐごぉぉぉ……」

案の定、それから数十分でイルドは轟沈した。使用人たちが苦笑しながら主人を寝室へ運搬していく。

「ほんとにすいません。ジオさん。お父さん、早くジオさんに会って恩返ししたいって、ずっと言ってたから舞い上がっちゃって……」

水を注いでくれながらモーラが言った。

「ああ、ありがとう。……何度も言うが、そこまで感謝しなくても良いんだがな……」
「感謝しますよ！」

モーラが怒ったような口調でいった。

「私を山賊から助けてくれたり、あんなにたくさんの暗鬼をやっつけたり、巣を壊したり……凄いことを、してくれたじゃあないですか」

「まぁ、そう……だが」

日本で呑気に独身生活を送ってきた私には、事業主としてばりばり稼ぎつつ、男手一つで娘を育てているイルドの方がずっと凄く見える。

「あそこにジオさんがいてくれたから、私も、みんなも助かったんですよ？」

「……私がいたから、か」

客観的にはまあその通りではあるが。

「ジオさんは、本当は普通の人だから、そんなに窮屈《きゅうくつ》そうなんですか？」

「うっ」

ここに至るまで私の心に引っかかっていたのはまさにその点だ。大魔法使いの仮面。身の丈に合わぬ役割と責任。……考えてみれば、モーラと初めて会った時の私は限りなく素だったからな。この聡明な少女が分かっていないはずがない。

「あの、その、私、難しいことは分かりませんけどっ。ジオさんは普通の人でも、凄いし、凄く優しいですからっ。これからも困ってる人をいっぱい、助けられると思うんですっ！」

「う、うむ。そうか、な？」

モーラは顔を真《ま》っ赤《か》にしてまくしたてた。私の顔が弱り切っているのにすぐ気付くと、即座に勢いよく頭を下げる。

「お、おやすみなさいっ」

「……おやすみ、モーラ」

モーラは赤い顔のまま、パタパタと去っていった。

「……」


魔法使いとしての力は所詮借り物に過ぎない。それで自分が偉い、強いと思い込むなど愚の骨頂だ。この世界《セディア》に来てから、何度か賞賛を浴びる経験をした。それは悪い気分ではなかったが、同時に感じた後ろめたさが消える日は永遠に来ないだろう。『大魔法使い』の仮面を被り生きるということは、こういう気持ちを持ち続けるということだ。


――だが。

だからといって、力を使えばできるはずのことをしないのが正しいのか？

モーラは、こんな私でも『困っている人を助けられる』と言ってくれたのだ。

†

食堂には私だけが残されていた。宴会の後の心地良い寂しさ。モーラが注いでくれた水を飲む。果汁が搾《しぼ》ってあるのか、爽やかな酸味があった。

「何だかんだで、ここは良いところ、だよな」

転移（一度死んでいるから転生か？）をして以来、出会った人々、見てきた風景を思い出す。

僅か一月にも満たない期間だが、私はこの世界《セディア》に愛着を感じ始めていた。現代日本に比べれば不自由で、野蛮な世界なのは確かだ。ジャーグルのような悪人や暗鬼という化け物もいる。だが現代日本と同じように、愛すべき人々がいて、豊かな文化もある、素晴らしい世界だ。

「……この年齢《とし》でなぁ。生き方変えるとかさぁ……」

そんな世界を守る、とか。確かに、うだつの上がらない会社員には荷が重い。

「暗鬼を退治できるちゃんとした組織を作らなきゃな。できれば、暗鬼が発生する原因を突き止めて、元から断たないとだが」

この世界《セディア》の人々が何百年もかけてもできなかったことだ。だったら、大魔法使いの力を持つ会社員が、皆と力を合わせたらどうだ？

「やってみても良いんじゃないか？　いや……やったろうじゃねぇか」

楽隠居は少しお預けになるが。

大魔法使い、本気でやってみよう。

†

翌朝。

二日酔いになるかと思ったが、寝起きは快適だった。さすが、外見はおっさん、中身は三十六レベル魔法使いの能力値を持つ男。CON《耐久力》十六は伊達《だて》ではない。ちなみに、元々のオタク中年男の肉体だったらCON《耐久力》は九くらいだろう。

「うむ、美味い。モーラは料理上手だな」

「えへへ、そうですか？」

朝食をご馳走になりながら、久しく感じていなかった活力を感じる。やるべき『仕事』が明確になったからだろうか。

モーラが甲斐甲斐しく給仕をしてくれたが、イルドはその場にいなかった。何組もの隊商を束ねる商人として、早朝から様々な仕事があるらしい。昨夜、あれだけ飲みまくったくせに元気だな……。

「それだけじゃなくって、朝からあちこちからお客も来ていて……」

と、モーラは不審な顔をしていた。まあ丁度良い。食事をしながら、頭の中身を整理しよう。

まず、私は暗鬼から人々を守りたい。昨夜、やっと定まった私の『目標』だ。戦争や貧困など、確かにこの世界《セディア》にもたくさんの不幸は存在する。それら全てを解決できると思うほど傲慢ではない。

だが、暗鬼。あれだけはダメだ。直に暗鬼を見て、戦ったから分かる。あれは、自然の一部とかそういう存在ではない。私のような存在を使ってでも、排除すべき『異物』だ。

ではそのためにはどうするべきか。

暗鬼はいつどこに出現するか分からないので対策が非常に難しい。十分な戦力を維持したくても、資金が足りないのだ。騎士に払う給料の心配をしていたカルバネラ騎士団を見ればよく分かる。

対応策は大きく分けて、二つあるかも知れない。一つは、各国が暗鬼の情報を共有し、有事には共同で戦える軍事同盟を作り上げること。もう一つは、国や勢力の垣根を越えて対暗鬼のために戦える組織を軍隊とは別に起《た》ち上げることだ。

各国の暗鬼対策にも協力するべきだろう。私が直接戦えれば、だいたいどんな暗鬼にも勝てると思う。しかし私はあちこちに同時に存在することはできない。そこで、私の技能や魔法を使って各国軍の戦力向上を手伝うことが重要になる。

頭の中のメモに『対暗鬼軍事同盟の設立』『対暗鬼組織の設立』と、二つの大目標を記す。

続いて、『各国と交渉するために発言力を強化する』『スタッフを集める』……と、この大目標を達成するために必要な要素を書き出していく。こうして並べてみると、実に……大仕事だな。

「むう……。拠点でマジックアイテムの開発もできるようにしないとな……」

「ジオさん、何だか元気出ました？」

ぶつぶつ呟く私を見てモーラは微笑んだ。本当に聡い子だ。

「ああ、モーラのおかげでね」

「良かった！」

心から礼を言うと、彼女はますます嬉しそうにぴょんと跳ねる。まったく、娘というのがこんなに可愛いものなら、私も結婚とやらをしてみても良かったかも知れない。

†

朝食を食べ終わり、先に出かけようか……と思っていたら、イルドがやってきた。

「魔法使い様、昨夜は失礼いたしました。何か、ご用事ですとか？」

昨夜の醜態は影も形もない。

「すまないが、昨日の話に加えて、さらに頼みたいことができたのだが……」

「どんなことでも、仰ってください」

真剣そのものの顔で即答してくれた。

「イルドの人脈の範囲内で、最も評議会に近い人物と面会させてもらいたいんだ」

「それは……何のための面会でしょうか？」

イルドは首を傾《かし》げる。む、少し難しい頼みだったか？

「レリス市の暗鬼対策について話を聞きたい。もちろん、必要なら私の力を貸すためだ」

いきなり『暗鬼から世界を守る』と言っても驚かせるだろうし、第一私自身にそれを言い切れる自信がまだない。当たり障りのない範囲で説明すると、彼は一転して明るい顔になった。

「そうでしたか！　いえ、実は今朝《けさ》からひっきりなしに使者がきていたのですよ」

「使者？」

「ええ、マルギルス様が我が家にお泊まりになっていることを嗅《か》ぎつけたのでしょうね。各ギルドや貴族、神殿……貴方にご挨拶したいから仲介してくれという内容ばかりです」

ありゃ、そうだったのか。悪いことをしたが、好都合ではあるな。

「それは面倒をかけたな。それでその中に……」

「ご心配なく、真っ先に使者を送ってきたのは貿易商ギルドの長《おさ》にして評議長のブラウズさんですから。さっそく、彼との面会の日程を調整しておきます」

「そ、そうか。では、よろしく頼む。助かるよ」

「とんでもない！　娘の大恩人のお願いです。それに、今のお話を聞いてはレリス市民として協力しないわけにはいきませんよ」

イルドの誠実そのものの言葉に一瞬気圧《けお》される。ただの会社員だったら、とてもこんな純粋な好意と期待は背負えない。だが。

「……期待に応えられるよう努力しよう」

今の私は大魔法使いなのだ。

†

想像以上に協力的だったイルドとモーラに見送られて私は街に出た。

私の容姿についても噂が出回り始めたのだろう、『謎の大魔法使い』を人々は遠巻きに見ている。彼らの表情からは敬意と畏怖を同時に感じる。ユウレ村の人々はもっと恐怖の色が強かったが。

「よし。いくか」

まずは、暗鬼についてもっと知らなければならない。そこで、私はレリス市の図書館を利用することを思いついた。間抜けにも今になって気付いたのだが、私にはこの世界《セディア》の文字についての記憶も刷り込まれている。だから昨日、石碑の文字を無意識に読み取れたのだ。

図書館は本来、市に多額の税金を納めている市民しか利用できない施設らしい。ただし私が受付で名乗ると最敬礼で利用許可をもらえた。一応、気持ちとしていくらかの金貨は納めてある。

図書館長自ら手伝うというので有難く、タイトルに『暗鬼』という文字のついた書物や巻物を積み上げてもらった。

それから数時間、ひたすら書物に没頭して。

「うぉお、腰が……」

私は鈍い痛みに気付いて呻いた。

実際、中身はCON《耐久力》十六のジオの身体なのだからこの程度はなんてことないはずなのだが、久しぶりの書類仕事に力が入り過ぎたらしい。

「しかし、暗鬼については、ほとんど何にも分からんようなものだな、こりゃ」

暗鬼について記した書物は数多かったが、これまで聞いたことのある情報以外は、ほとんどが『不明である』で終わっていた。国や社会を作ることなく、『巣』から生み出され次第、自分が倒れるまで人間を襲い続ける。言語はもちろん通じず、コミュニケーションをとれた例は皆無。……ファンタジーというよりＳＦのモンスターだ。

とはいえ収穫もいくつかあった。まずは前にセダムから聞いた『大繁殖《ブリード》』という用語。一度起きると国の一つや二つは簡単に滅ぶ大陸規模の災厄である。

この世界《セディア》はこれまで、二度の『大繁殖《ブリード》』を経験している。

北方の王国《シュレンダル》の建国暦で八百十五年に、最初の『大繁殖《ブリード》』が起きた。今年が建国暦千三百年らしいので、五百年も前のことだ。その時の『巣』は『地《ち》の災《わざわ》いの谷《たに》』と呼ばれる場所にあった。大陸の東半分の都市がほとんど滅ぼされるほどの被害があったという。この時、どうやって暗鬼を駆逐したのかは良く分かっていない。『勇者』が各勢力をまとめ、活躍したとあるが……勇者ねえ。

続いて、千三百三十四年に二度目の『大繁殖《ブリード》』が起こる。以前聞いた、カルバネラ騎士団が創設された時の戦いのことだろう。『地《ち》の顎《あぎと》』という洞窟から起こった侵攻は、最初の『大繁殖《ブリード》』の半分以下の規模だったそうだが、それでも大陸中央部の都市がいくつも滅ぼされ、北方の王国《シュレンダル》が分裂する切っ掛けとなった。

この時は、人間やエルフ、ドワーフなどの連合軍が曙の平野（今は黄昏の荒野）の会戦で暗鬼の軍団《レギオン》を打ち破り、優秀な冒険者のパーティが何組も『地の顎』に突入してやっと巣を破壊したのだという。

最初の『大繁殖《ブリード》』に比べてこちらは記録も多少詳細だった。最初の『大繁殖《ブリード》』は伝説、二度目は戦記、という感じだな。

二度目の『大繁殖《ブリード》』以降も、大陸各地で数年に一度くらいは暗鬼の巣が発生していたらしい。ただし、この十年間は例外的に平穏だったようだ。

「伝説も入れれば一応、二回は連合軍を組織しているのか」

私は屈伸したり腰を伸ばしながら呟いた。前例があるというのは、良いことだ。

†

「わぁ、ジオさん有難うございます！」

イルドの屋敷に戻って、途中の屋台で購入した焼き菓子をモーラにあげたら大層喜ばれた。果肉が練り込まれた爽やかな味のクッキーで、彼女が淹れてくれたシル茶と良く合った。

「マルギルス様、評議長との面会なのですが。よろしければ、明日の朝でどうでしょうか？　先方も、できるだけ早く会いたいそうですし」

同じくクッキーをつまみながら、イルドが言った。

「ああ、もちろん。助かるよ」

「承知しました。返事を出しておきます。それから、大魔法使い様が徒歩で移動というのもおかしいですので、馬車の手配をしておきますね。気が利かずに申し訳ございませんでした」

「い、いや、気が利き過ぎているくらいだ」

「恐縮です。城で雇用する使用人については、現在数名と交渉しています。もう少々お待ちくださ い」

さすがやり手の交易商人。仕事が早い。正直に言えばもう少しゆっくりでも良い。

「ああ、急ぐ話ではないからな」

「……そういえば、お耳に入れておきたいことが」

お耳に入れる、とか私も取引先の社長とかにしか言ったことない言葉だな。こういう慣れない対応をされると、自分の今の立場を否応なく実感する。

「どうも、マルギルス様のことを嗅ぎまわっている者がいるようです。直接、屋敷や店に接触はありませんが、人を通じて探りを入れてきたり、周辺で聞き込みをしているようで」

「……ほ、ほう……」

「お父さん、誰がジオさんのことを調べてるの?」

「分からない。正直なところ、レリス市の有力者は全員、マルギルス様に注目しているでしょうから」

つまり市全体が容疑者ということか。そりゃあ、誰だって気になるだろう。ただ調査しているだけなら別に問題ないのだが……。暗鬼と戦うのとはまた別種の緊張を感じる。

「もしかして尾行されたりしていませんか?」

「いや……全く気付かなかったな」

これまでの記憶を探ってみても全く心当たりがない。たとえ本当に尾行があったとしても、何かの呪文で対策していない限り見破ることはできなかっただろう。こういうのは盗賊《シーフ》の職域だ。

「左様《さよう》ですか。明日のこともありますし、私の方で護衛を用意いたしましょうか?」

どこまで有能で気が利くんだよイルド。これが、この世界《セディア》の商人の標準なのだろうか？　一応、彼は貿易商ギルドでも顔が効くほど成功しているそうだから、標準以上の能力であると思いたい。会社にいた頃、こんな部下がいたら楽だったろうな……いや、私の方が愛想を尽かされていたかも。

「いや……余計な刺激をしない方がいいだろう。私はレリス市の味方なのだから。明日の、評議長との話でそれをしっかりと表明すれば大丈夫さ」

逆に、それでもまだ監視したりちょっかいをかけてくるようなら敵ということだ。……敵か、それは人間が相手ということだよな……。

「ジオさん、大丈夫ですか？」

「私のことは心配いらない。それより、イルドとモーラの方こそ、万一に備えておいてもらった方が安心できるな」

「それはもちろんです」

実際、場合によっては彼らにも危険が降りかかりかねない……。私も手を打っておこう。

†

翌日の朝食時。

早くも習慣のようになったモーラの給仕を受けながら考え込む。

暗鬼の大群や巣を隕石で破壊できるような人間が、突如現れて市内をうろうろしていれば誰だって気になるだろう。有力者であればなおさらだ。

だから、イルドのところに山ほど面会の申し込みがあったり、噂を聞き回られたりするくらいは当然のことだと思う。こんな有名人になった経験はないが、下手に誤魔化したり隠し事をすると余計に疑念を招くだろう。

ということは、こちらの方から積極的に情報を開示して、私が市の脅威ではないことを納得させるのが一番手っ取り早いのではないか？

「と、思うのだがどうだろう？」

「……仰る通りですね」

イルドも同意してくれた。

「どう考えても、マルギルス様の怒りを買いたいと思う者はいないでしょうからね。私が報告したことではありますが、過剰に反応する必要はないかと」

結局のところ、私はこの世界《セディア》の常識を知らない。イルドの判断の方が的確だろう。特にこういう分野については。

「でも、気持ち悪いですよねっ」

モーラが口を『へ』の字に曲げてぼやいた。それはそうだ。

それにしても。全くもって、現実離れした発想だが、モーラの言葉はこれから良からぬことが起きる前触れとしか思えなかった。あまり言いたくはないが、フラグというやつだ。

「大丈夫だとは思うが、万が一ということもある。君たちには、これを預けておくよ」

そういって私は二つのマジックアイテムを手渡した。イルドには銀の指輪、モーラには薄緑色のマントだ。

「凄く綺麗！　それに、とっても軽いですねこのマント……へっ？」

「なっ!?　モーラ!?」

モーラがマントを身に着けると、彼女の愛らしい姿が一瞬で消え去った。『D&B』でも基本的なマジックアイテム『姿消しのマント《エルブンマント》』である。

「大丈夫、モーラはそこにいる。それは、着けると透明になれるマントだ。外せば元通りさ」

「ほんとですか……？　あっ、戻った！」

マントを外したモーラの姿が、変わらぬ位置に現れる。

「こんな貴重な魔具を……私たちにはもったいないことです」

「君らは、私の数少ない協力者で、友人だろう？　万一のことがあったら私が困るんだよ。イルドの指輪は『風の魔神の指輪《ジニーズリング》』だ。そいつを擦《こす》ると、風の魔神が現れて何でも三回願いを聞いてくれる。何でもといっても、できるのは戦闘や労働が主だがね」

「そ、それは……魔神を操る魔具なんて、伝説や神話でしか聞いたことがありません。国宝レベルですね……本当に有難うございます」

風の魔神は十二レベルというなかなか強力なモンスターだ。イルドなら有効に使ってくれるだろう。彼は指輪を捧《ささ》げ持つようにして頭を下げた。モーラもそれに倣《なら》う。

「お心遣いありがとうございます。それでは、お預かりいたします」

「あ、有難うございます、ジオさん！」

さらに念のため、【見えざる悪魔《インヴィジブルデーモン》】の呪文を二回使い、不可視の悪魔を彼らの護衛に付けておいた。悪魔には一つの任務しか命令できない上に、慎重に命令の言葉を選ばなければしっぺ返しを喰らうのだが、その分持続時間が長いというメリットがある。今回は「イルド（モーラ）に危害を加えようとする者がいたら、そいつを拘束しろ」と命令しておいた。

ある意味ストーカー対策に戦車を用意するようなものだが、イルドとモーラに何かあってからでは遅い。杞憂で終わればそれに越したことはないしな。

　私自身も【見えざる悪魔《インヴィジブルデーモン》】を召喚して同じ命令で護衛させる。さらに【敵意看破《ディテクトエネミー》】と【緊急発動《エマージェンシー》】の呪文も使っておく。しばらくこの三点セットは欠かさないようにしよう。

†

　数時間後。私はイルドが用意した馬車に揺られ、レリス市の議事堂へ向かっていた。目的は、レリス市評議会議長、ザトー・ブラウズ氏との面会だ。

　馬車の窓（ガラス窓ではないが）に流れるレリス市の賑やかな通りを眺めながら、イルドに聞いた情報を整理してみる。

　リュウス湖周辺は元々、北方の王国《シュレンダル》の属国であるリュウス王国の領土だった。四十年ほど前にリュウス王国が内乱で崩壊した際、有力な商人や貴族が協力して自治権を主張し、都市国家として独立を果たしたのがレリス市の始まりである。

　レリス市は現在、評議会によって運営されている。議員になれるのは各ギルドの長……つまり大商人と、独立に協力した貴族たち（クローラの祖父、アンデル伯爵もその一人だとか）であるが、ご多分にもれず彼らは派閥を作り利権争いをしているのだそうだ。


　これから面会するブラウズは評議会議長にして、貿易商ギルドの長だ。長らく商人派閥のトップとして君臨してきたということだが、イルドが言うには市全体の利益も考えられる数少ない人物らしい。まあ自分が所属するギルドの長なので、多少良く言っているのかも知れないが。

　とにかく、私がレリス市にとって無害……むしろ役立つ存在であることを説明するにはうってつけの相手だ。上手くいけば、市の暗鬼対策について協力関係を結ぶこともできるだろう。

考えているうちに、馬車は中央広場に面した議事堂の前で止まった。他を圧する荘厳な議事堂の入り口には、市の守護神である商売の神と、暗鬼から人々を守る冬の女神の象が飾られていた。

「大魔法使いジオ・マルギルス様ですね？　お待ちしておりましたっ。どうぞどうぞっ」

入り口で待ち構えていた市の職員が、さっそく応接室まで案内してくれた。

†

「ようこそ、大魔法使い殿。レリス市評議会議長、ザトー・ブラウズと申します。お呼び立てした無礼をお許しください」

評議長は立派な髭を蓄えた熟年の男性だった。深々と腰を折って礼をする姿に卑屈さが全くない。

「ジーテイアス城の魔法使いジオ・マルギルス。お招きに預かり光栄だ。こちらこそ訪問が遅れて申し訳ない」

大魔法使いの杖《ウィザードリイスタッフ》を握る手にじっとり汗が滲む。カルバネラ騎士団長が持つのが武人の風格なら、ブラウズの場合は政治家か財界人のそれだ。会社員だった頃に見た本物の一流どころにも引けをとらない。圧倒されまいと、必死に自分で自分に『私は大魔法使い』と言い聞かせる。

挨拶が済み、豪華な椅子を勧められテーブルを挟んで腰を下ろした。

「貴殿の偉大な功績は、アルノギア殿やセダム氏から聞いております。暗鬼の巣を破壊していただいたこと、全レリス市民を代表してお礼申し上げる」

ブラウズが合図すると、秘書が手押し車に載せた小型の宝箱《チェスト》を運んでくる。彼が私に向けて箱の蓋を開けると、中には金貨や宝石がぎっしり詰まっていた。

「この感謝は金銭で表せるようなものではありませんが、ひとまずこちらをお納めください」

「……ただ魔法使いとして当然の務めを果たしたに過ぎないが。ご厚意は有難く頂戴《ちょうだい》しよう」

素の私ならこんな大金や宝石を受け取る度胸はまったくないのだが。事前にイルドから「有力者同士では贈り物のやり取りは当然の挨拶のようなものです。受け取らないとかえって侮辱になります」と忠告されていたので仕方なく頷く。

「いや、良かった。これで気がかりが一つ減りました」

ブラウズが柔和に微笑みながら言った。彼がテーブル上の呼び鈴《よびりん》を鳴らすと、秘書と入れ替わりにワゴンに茶器一式を載せた女性が入室してくる。栗色の髪を結い上げた若い女性で、飾り気のない真っ黒なロングスカートとシャツ、白いエプロン、手袋というシンプルな姿だった。メイドだ。

「……」

「良いカネルの葉がありますのでね。一服いかがですか？　酒の方がよろしかったですかな？」

思わず、視線でメイドを追ってしまった私を見てブラウズが言った。いや、茶が気に入らなかったのではなく、初めて『本物』のメイドに出合って見入ってしまっただけです。

優雅かつ流れるように茶器に湯を注ぐ彼女からは、高い技術を感じた。

「そういえば使用人をお探しとか？　もしよろしければ……」

「……いや、結構。それはイルド氏に任せているのでね」

やばい。メイドを見過ぎて誤解されたようだ。

「イルドは我々貿易商ギルドでも若手の筆頭として期待されていますからね。彼が貴殿と親しかったのは、我々にとっても本当に有難いことです。これもアシュギネアの恩寵ですかな」

「ああ、彼には本当に助けてもらっている。……とはいえ、彼の仕事を私が手伝えるわけでもないが」

「まさか、そこまで望んではアシュギネアの怒りを買うというものです」

和《なご》やかな一連の会話だが、実はこれもイルドからの助言通りの流れだった。イルドは「私がマルギルス様と親しいことを利用してギルド内で成り上がろうとしているとか、そのような誤解があるかも知れません。評議長もそこは気にしていると思いますので」と言っていた。

だから、私が彼の商売に絡むつもりがないことを伝えたわけだが、ブラウズの表情を見る限り合格点の対応だったようだ。


「お待たせいたしました」


メイドが、高級な薄い陶器のカップに注いだ茶をテーブルに置いてくれた。確かに、普段モーラが淹れてくれるシル茶よりも芳醇《ほうじゅん》な香りが立ち上っている。

「北方の王国《シュレンダル》のカネル地方だけで採れる葉です。レリス市に滞在されている間は、大陸各地の特産物がいくらでもお楽しみいただけますよ」

「ああ、既に堪能《たんのう》させてもらっている」

毒見でもするように、ブラウズが先にカップを口に運んだ。私も別に警戒するでもなく薄茶色の液体を口に含む。

「……む」

「おや、お口に合いませんでしたかな？　シル茶などに比べると、少々香味が強いかも知れませんな」

「い、いや、驚くほど美味だっただけだ」

実際は、思ったほど美味くない……と感じた。しかしブラウズは美味そうに飲んでいるし、彼の顔に泥を塗りたくないし、高級品の味が分からない田舎者と思われても困るので我慢して二口目も飲み込む。

†

「……なので、私は暗鬼と戦う都市や人々を支援し、結びつける仕事をしたいと思っている」

「なるほど。素晴らしいお考えですな」

「暗鬼は、人間全ての敵だ。暗鬼から人々を守るためならば、今後もいくらでも力を惜しまないつもりだ」

「頼もしいお言葉有難うございます。私から、他の議員やギルドにもそのお言葉を伝えましょう、みな、大変喜ぶでしょうな」

世間話の合間に、こうして必要な情報のやりとりをする。日本の社会ではこういうのは会社員ではなく政治家の領域だが……。ブラウズも、よく私の学芸会のような言い回しに付き合ってくれるものだ。ただそれを差し引いても、彼の反応は悪くない。彼が私を騙すつもりでないのなら、今後レリス市と協力関係を結ぶことを歓迎しているように見える。

「もし、市の防衛についても私に協力できることがあるなら遠慮なく言って貰いたい」

「ふむ……。重ねて有難いお言葉です。私だけでは判断できないので、衛兵司令官とも相談して……っ……」

「どうかされたか？」

彼は急に青ざめ、テーブルに肘をつく。私は椅子から腰を浮かせてブラウズを覗き込んだ。何年か前、レストランで打ち合わせをしていた同僚が過呼吸を起こしてひっくり返った時のことが頭をよぎる。

「うぐっ」

「お、おいっ!?」

ついにブラウズは嘔吐《おうと》して崩れた。

これは、まさか、毒か!?　いやどう見ても毒だ。

倒れた彼を抱き起こして室内を見回せば、もちろんメイドの姿は消え去っていた。

†

先ほどまで理知的かつ重厚な態度で終始私を圧倒していた評議長ブラウズが、真っ青な顔で呻いている。

まるでドラマかゲームのような展開だが、茶に毒物が入っていたとしか考えられない。窓が大きく開け放たれている。メイドはそこから逃走したのだろう。

「ううっ」

「だ、大丈夫か？」

我ながら間抜けなことを聞きながらブラウズの身体を支え背中をさすってやる。吐瀉物《としゃぶつ》で窒息したら大変だ。というか私も同じお茶を飲んだんだよな。

「マ、マルギルス殿は……ご、ご無事、で……？」

「……ああ。対毒抵抗判定に成功した、ってところか……」


そう、『D＆B』のルールに則れば、毒などに対する抵抗力はレベルに応じて増強される。三十六レベルともなればほとんどの毒に対して百パーセント近い抵抗力を持つのだ。……地味だがこれは凄いことだな。

「うわあっ⁉」


大声に顔を上げると、ドアの前で秘書が茫然としていた。

む。これは。私が毒殺犯になる流れなのか？　それにしても自分でも驚くほど冷静だ。最も今回は、『毒』と思った瞬間にどう行動すれば良いか答えが出ているからだが。


「さっ……騒ぐなっ。誰も、ここに近づけるな……。マ、マルギルス殿。これは、いん、ぼう……」

「それは分かっている。今、治療しよう」

「これは決して、レリスの意思ではなくっ、貴方に、ど、毒を盛るなどっ……、……は？」

苦痛に呻き、死相を浮かべながら（主に私から）レリス市を守ろうとしていた評議長がぽかんと口をあけた。私が全く彼の症状の心配をしていないことに気付いたのだろう。私は背負い袋《インフィニティバッグ》から銀の指輪を取り出すと、彼の身体に触れさせコマンドワードを唱える。

「彼の毒を全て解毒せよ」

「お……おお？」

『医の指輪《メディカルリング》』は、一日に三回だけ、傷の治療や解毒などの僧侶《クレリック》呪文が使えるマジックアイテムである。その指輪の力で『抗毒《アンチポイズン》』の呪文をかけると、ブラウズの顔色は見る間に良くなっていった。硬直していた秘書もわたわたとやってきてブラウズを支える。

「評議長！　だ、大丈夫ですかっ⁉」
「あ、ああ……。嘘のようだ。マ、マルギルス殿、貴殿は神官でもあるのですか？」
「生憎《あいにく》と違う。たまたま持っていたマジックアイテムのおかげだ」

ついでにもう一度『医の指輪《メディカルリング》』を発動させ、治療用の僧侶呪文でブラウズの体力を回復させてやる。

「な、なんと……。素晴らしい魔具ですな……」

口元を拭《ぬぐ》いながらブラウズは茫然と呟いた。すでに健康体に戻っている。しかし彼はすぐにはっとして、秘書を怒鳴りつけた。

「何をぐずぐずしているっ⁉　マルギルス殿と私は何者かに毒殺されそうになったのだ！　今のメイドを捕らえろ！　絶対にだ！」
「は……はいっ！」

秘書は大慌てで応接室を出て行った。衛兵や周囲の者に矢継ぎ早に指示を出す声が聞こえてくる。

「……まぁ、無事で何よ……」
「申し訳ありませんっ！　犯人は必ず捕らえます！　どうかお怒りをお鎮《しず》めくださいっ！」

ブラウズ評議長は土下座せんばかりに謝罪し始めた。

私が怒り出してレリス市に隕石を降らすんじゃないかと、本気で心配しているようだ。もちろん、私のことなどまだほとんど知らないのだから、そう危惧するのも無理はない。先ほどまで、丁重ではあったが余裕のある態度を崩さなかったブラウズが、なりふり構わず頭を下げている。その様子に私は、居心地の悪さと同時に彼に対する敬意を感じた。彼は本当にレリス市を大事に思っているのだな。

†

頭を上げようとしないブラウズを宥めるのには少し苦労した。
彼を疑ってなどいないし、レリス市で暴れるつもりもないことを何度も説明してようやく納得してもらったが、心から安堵したようだった。
それでやっと、今後について相談することになる。まず、メイドについて。衛兵が逃げたメイドを捜索したが、当然のように影も形も見つからなかった。その代わり、物置に閉じ込められていた本物のメイドが発見された。どうやら、犯人は応接室にお茶を運ぶ途中のメイドを襲い、入れ替わったらしい。脱出はやはり窓から飛び出したようだが、目撃者はいない。ただ、奪われたメイド服が議事堂の傍の路地で発見されている。
白昼、衛兵だけでなく一般の職員や市民が行き交う議事堂の中でそれだけのことをやってのけたのだ。只者ではないだろう。
……いやそれ以前に、彼女に【敵意看破《ディテクトエネミー》】は反応していなかった。これはどういうことだ？

「……不〇子ちゃんかよ」

凄まじい手際の良さと、堅苦しいメイド服を着ていても目立った抜群のスタイル。まるで某国民的泥棒アニメのヒロインだな。

「既に、全衛兵に命じて市門や内門で検問を始めております。犯人は必ずや捕えます」

「ああ、それは……。是非、お願いしたい」

「私だけならともかく、マルギルス殿のお命を狙うとは……全く許せません」

「……評議長どのは、犯人の目的は私の命だと？」

「……そうですな。……いえ、分かりません」


ブラウズは首を振って言った。

私が彼と面談をするというのは評議会や議事堂を少し調べれば分かることである。その上で、あの偽メイドほどの技量があるのなら、私と彼を同時に暗殺することは可能だと思うかも知れない。しかし、一人を殺すよりは難易度が上がるのは確かで、そこには何らかの理由があるはずだ。


「深読みをしてみると、私とマルギルス殿を対立させたかった、ということでしょうか」

「なるほど。両方殺せればベストだが、片方、もしくは双方が生き残っても遺恨が残ると」

「左様です」

「そんなことを企《たくら》む人物に心当たりは？」

「私を暗殺したがる者については、少しは心当たりがありますが……。今、マルギルス殿にお伝えするには根拠が弱いですな」

「ふむう……」


事前にイルドから評議会の中の商人派閥と貴族派閥の権力闘争の話は聞いていた。正直、これが純粋なレリス市の中での権力闘争であるならば、関与したくはない。しかし、わざわざ私がいる場面で事を起こした以上、私の命が目的だった可能性もある。それより何より、万が一にもモーラやイルドを巻き込んでしまったら……後悔どころでは済まないだろう。

直ぐに犯人……偽メイドと、いるのならばその雇い主を見つけたい。しかし、今日は移動や防御系ばかりで調査に使える呪文をあまり準備《チャージ》していない。

であれば今は、ブラウス評議長に頑張ってもらうしかない。

「調査についてはお任せするが。もし何か分かれば必ず教えていただきたい」

「……分かりました、真っ先にお知らせいたします」


今、少しだけ私の気迫がブラウズのそれを上回った気がした。自分だけでなく友人父娘の安全を思って口にした言葉には、いつもより力があったのかも知れない。

「すまないが、そろそろお暇《いとま》する」

「そうですな……本日は本当に申し訳ありませんでした」

ブラウズはまだ釈明したそうだったが、そろそろ私も動かなければならない。あくまでも、万が一に備えてではあるが。

「……それと、調査のために。あくまで調査のためにだが、回収したメイド服を貸していただけないか？」

「……」

ブラウズは何も言わず、メイド服を箱に詰めて渡してくれた。表情はぴくりとも動かない。プロだと思った。

†

議事堂を出た私は、用意されていた馬車の中で呪文を二つ唱えた。【飛行《フライ》】と【亜空間移動《ムーブアウタープレーン》】だ。御者に一声かけると、亜空間へ身体を移してから上空へ飛び上がる。

亜空間、なおかつ飛行しつつの移動はとんでもなく迅速だ。

目指すは魔術師ギルド。何しろ、今のところ私に敵対しそうなものの心当たりは、権威を侵害されることを疑っている魔術師ギルド……いや支部長ヘリドールくらいしかない。

魔術師ギルドには何か『魔術』的なセキュリティがあったのかも知れないが、魔法によって亜空間にいる私を阻むことはできなかった。不法侵入もいいところだが、万一彼らが黒幕だった場合正面から訪問しても無駄だろう。

誰にも気付かれず、支部長の執務室を見つけドアを潜り抜ける。ヘリドールはしかめ面で書類を作成していた。今回ばかりは礼儀を気にしていられない。私は彼の目前で亜空間から通常空間へ戻る。

「ヘリドール殿、失礼する」
「つうぉっ⁉」

ヘリドールは当然驚愕した。とっさに椅子から立ち上がり杖を構えたのは流石と言える。

「マ、マルギルスっ！　……どの⁉　どうやってここまで……いや、どういうつもりだ⁉」
「真《まこと》に申し訳ない。ヘリドール殿。実はつい先ほど、毒殺されそうになってな」
「？　何を言ってるんだっ⁉」

私はローブの袖の中でとあるマジックアイテムを握り締めながら、彼に視線を向ける。【敵意看破《ディテクトエネミー》】の効果で、もし彼が私に強い殺意や悪意を持っていればその姿が輝いて見えるはずだが……今のところその兆候はなかった。まあ、見るからに不愉快そうではあるが。

「ご存知なかったか？　いや、私を暗殺しようなどという不届きな者が、私と親しい魔術師ギルドにも害を及ぼしていないか心配になってね」
「知らん！　何の話だっ！」

《こいつは何を言っているんだ⁉　難癖をつけて優位に立とうというのか⁉》

　彼は、私が手にしたマジックアイテム『ＥＳＰメダル』の力に抵抗《レジスト》できていないようだ。考えている事が言葉となって私の脳に伝わってくる。どうやら本当に何も知らないらしい。……悪いことをしたな。

「……そうか。邪魔をしてすまなかった。……ついでにお聞きするが、私を憎んでいる者に心当たりはないかな？」

「……マルギルス殿は、暗鬼を倒した英雄だろう。憎む者がいるとは思えないが……」

《私だよ！　暗鬼と戦う人々の盟主になるという私の夢を邪魔するな！　しかも魔術がゴミになるかも知れない魔法なんてインチキを持ち込みやがって……》

「なるほど。……そういうことか」

　ついでに聞いてみたら、そういうわけだった。クローラが教えてくれた通りだな。【敵意看破《ディテクトエネミー》】に引っかかるほどの明確な殺意や悪意ではないのは不幸中の幸いだったが。何十年も前に『夢』なんていう言葉を口にしなくなった私だ。その夢のために何年も努力してきたであろう彼の憎悪を、逆恨みと斬って捨てるにはいささか抵抗があった。

　直接的に私やイルドたちに危害を加えるつもりがないのなら、地道な話し合いで和解できるよう努力しよう。

　それはともかくだ。

「すまないがもう一度、冷静に考えてみてもらえないか？　レリス市については私より貴殿の方がずっと詳しい。私はともかく、身近な者に被害が出るようなことは避けたいのだ」

「……むう」

改めて頭を下げて頼む。ヘリドールは大きく息を吐くと、顎を撫でて考え始めた。

「貴殿の噂はレリス市中に轟《とどろ》いている。その十分の一でも信じるならば、手を出そうなどとは誰も考えないだろうな。だから、貴殿の力を信じられない頑固者であるか、あるいは……」

彼の形の良い眉がピクリと動いた。

「貴殿は暗鬼を倒した……つまり、貴殿を憎む者は……。暗鬼……『暗鬼崇拝者《デモニスト》』……」

《まさか？　まだ存在するのか？　レリス市に？……おぞましい。私も狙われるのでは……》

ヘリドールの心底からの恐怖をESPメダルで感じた私まで、陰鬱な気分になった。

†

ヘリドールは血の気の失《う》せた顔で説明してくれた。

『暗鬼崇拝者《デモニスト》』とは読んで字の如く、暗鬼を崇拝する狂信者のことだった。暗鬼による世界の破壊を救済と捉え、暗鬼に生贄《いけにえ》を捧げる儀式や、『暗鬼に近づく』ための修行などの活動を行っている。そのメンバーにはスラムの住人から貴族や神官まで含まれているという……。

「……北方の王国《シュレンダル》や、東の新王国《フェルデ》では活発に活動しているというが……。レリス市では、十年前の戦いの時に狩り尽くしたはずだ……」

ヘリドールは自分に言い聞かせるように付け加えた。

彼は魔術師の中でも『征服派』という、魔術を暗鬼を倒すための手段と考える派閥にいるそうなので、暗鬼崇拝者《デモニスト》とはさぞ折り合いが悪いのだろう。

「しかし、もしそんな連中が本当にいるとしたら……」

「貴殿などは、明らかに憎悪の対象になるだろう。私よりも遥かにな」

何とも複雑な表情で彼は断定してくれた。彼が本来担いたかった役割をぽっと出の私がかっさらってしまったのだ。少々申し訳ない気持ちにもなるが……。

「情報提供に礼を言う、ヘリドール殿。そして、すまなかったな。二度とこのような無礼は働かないことをお約束する」

「あ、ああ。そう願いたい」

夢と野心に溢れた（私から見れば）青年と語り合うのは次の機会でいいだろう。不法侵入の埋め合わせもその時にしよう。

暗鬼崇拝者《デモニスト》などという、理屈を超越した連中がいるとしたら、大魔法使いが対処すべき問題なのかも知れない。それに、これまで『万が一』だと思っていたが、イルドやモーラなど私の知人に危険が降りかかる可能性も、『千が一』か『百が一』くらいに高まっているはずだ。

こうしてはいられない。

†

私は魔術師ギルドを後にした。

小説やゲームだと、主人公がちょっと目を離した隙に、ヒロインや協力者が誘拐されたり殺されたりするものだ。私が勝手に危機感を募らせているだけなら良いが――もしそうだったら喜んで自意識過剰とでもゲーム脳とでも呼ばれよう――強烈にモーラやイルドが心配になってきた。

†

「うっ……？」

亜空間を利用しほとんど直線移動でイルドの屋敷まで到着した。

交易通りと言う、文字通り多くの商店が立ち並ぶ賑やかな立地なので、そうそう危険なことにはなるまい……と思っていたのだが。通りには剣呑な気配が漂っていた。人通りは少なく、特にイルドの屋敷の前は静まり返っていた。時折通りかかる人々は、不安そうな目を向けている。窓や壁などに不自然な破損もあった。

まさか？

「モーラっ！　イルドっ！」

不吉な予感に押し潰されそうになりながら屋敷に飛び込むと……。

「ジオさぁん！」

「モーラっ」

モーラが全力でタックル……いや、抱きついてきた。反射的に抱きしめると、彼女の小さい身体が震えているのが分かった。

「無事か⁉　イルドは⁉」

「マルギルス様！」

イルドも五体満足で姿を現した。よ、良かった……。どうやら最悪の事態ではなかったらしい。

私達は居間でお互いに起きた出来事を報告することにした。

「実は……」

私が出かけている間に屋敷に賊が侵入し、モーラを誘拐しようとしたのだという。時間的にはつい先刻だ。賊は二人組の女性で、屋敷の誰にも気付かれぬ間に侵入しモーラを気絶させたのだ。モーラはそのまま連れ去られそうになったが、賊のうち一人が『見えない何者か』に拘束され動けなくなったのだという。その賊が悲鳴を上げたのでイルドや使用人たちが事態に気付いた。残った賊はイルドがとっさに呼び出した風の魔神《ジニー》を見て戦意喪失し、逃げ出したという。

私が見た屋敷の破損は、風の魔神《ジニー》によるものだったのだ。

「そうか……。とにかく、モーラが無事で良かった……」

どうやら事前に召喚しておいた【見えざる悪魔《インヴィジブルデーモン》】が良い仕事をしてくれたらしい。『風の魔神の指輪《ジニーズリング》』も、イルドが有効に使ってくれたな。思い切り深く安堵のため息を吐《つ》いて、身体の力を抜く。

「ジオさんが守ってくれたんでしょう？　あ、有難うございましたっ」

「またしても娘を助けていただいて……」

ソファの隣に座りぴったりくっついていたモーラが涙目で見上げてくる。イルドも深々と頭を下げて私に礼を言う。

が……。

「……だが、こうなった責任は私にある」

イルドたちが狙われたとあっては、賊の狙いは評議長やレリス市の権力争いなどではなく、私個人にあると見て間違いないだろう。黒幕が、例の暗鬼崇拝者《デモニスト》なのかどうかは分からないが。ヘリドール支部長に聞いた話をイルドたちにしたところ、暗鬼崇拝者《デモニスト》の存在自体は彼らも承知していた。

「暗鬼崇拝者《デモニスト》が市の地下洞窟で生贄の儀式をしている……市民の間ではよく語られる噂です。しかしそんなことより……」

「そうです！　ジオさんのせいなんかじゃありません！　悪いのはあの人たちです！」

「娘の言う通りです。マルギルス様は何もお気になさいませんように」

ひしっと抱きついてくるモーラの頭を撫でてやりながら、私はぼんやり考えた。

なるほど、これが大魔法使い、英雄になるということか。否応なく、周囲の人間にも絶大な影響を与えてしまう。物語の大魔法使いはこういうのを嫌って、孤塔にこもっていたのかも知れない。

実際、私一人で彼らを守りつつ目的を……暗鬼から人々を守るという目的を果たしていけるものだろうか？

「すまないな……いや、有難う二人とも。二人の……この屋敷の人間には、これ以上指一本触れさせない」

そうだ。英雄の仲間が否応なく傷付くというのが道理であるならば、そんな道理は喜んで蹴っ飛ばしてやろう。

見えざる悪魔が捕まえた女賊は、縛り上げて閉じ込めていたが、すぐに逃亡されてしまったそうだ。まぁ、あの偽メイドもしくは仲間ならそれくらいやるだろう。【過去視《サイコメトリー》】等の調査に便利な呪文を今日『準備《チャージ》』していなかったのは痛恨のミスだ。明日は調査と防御、追跡に使える呪文を重点的に『準備《チャージ》』しよう。戦いについては、大魔法使いの杖《ウィザードリィスタッフ》やその他のアイテムがあれば十分だろう。

そしてもう一つ。大魔法使いジオ・マルギルスならではのシティアドベンチャー攻略法も、ついさっき思いついていた。

「明日、案内してほしい場所がある」

「はい？　どちらでしょう？」

私は金貨と宝石がぎっちり詰まった革袋を取り出して言った。

「冒険者ギルドだ」

高レベルキャラクターにだけ許される力技。『人海戦術』を使おう。

†

翌朝。

目覚めて、呪文書《スペルブック》から『準備《チャージ》』し直した呪文を早速一つ使用する。

【過去視《サイコメトリー》】。物品や場所の過去の記憶を読み取る、ゲームマスター泣かせの呪文の一つである。

使用する物品は当然、あの偽メイドが残していったメイド服一式だ。

メイド服を握り締めて瞑想《めいそう》するという、色々問題のある姿だがそんなことは気にしていられない。

私の意識に、今まさにメイド服を着込もうとしている女性の姿が映った。都合の良いことに丁度変装をする場面のようだ。床に下着姿で昏倒《こんとう》する別の女性がいたが、彼女が議事堂の正規のメイドだろう。

意識を着替えている女性に集中させると、その姿が徐々に鮮明になってくる。

スタイルはなかなか……いやかなりのものだ。肌は褐色を通り越して黒に近い。紫の長い髪、金色の瞳。髪と同色のやや肉厚な唇。……今まで見た女性の中で一番ファンタジックな容姿だな。しかも驚いたことに、彼女の耳の上部は長く、尖《とが》っていた。……これはどう考えてもエルフ。それもダークエルフというやつだろう。

以前セダムに聞いた話では、この世界《セディア》にもエルフとダークエルフは存在している。そしてお約束通りダークエルフは邪悪な種族として忌《い》み嫌われていた。地域によっては暗鬼の一種とされることすらあるという。セダムが、「まあ偏見なんだけどな」と言っていたのが救いだ。リュウス湖周辺では滅多に姿を見ないということだったが……。

思い出しているうちにダークエルフの女性はメイド服を着込み、指先で空中に複雑な印を描く。何かの魔術だったのだろう、印が輝くとそこにはあの、栗色の髪のメイドの姿が出現していた。

「なるほどなぁ。女暗殺者と言えばやっぱりダークエルフか……お約束だな」

【過去視《サイコメトリー》】の効果が切れ、私は瞑想を止めてやれやれと眉間を揉《も》むと。

「そんなものを抱き締めて、何がなるほどなんですかねぇ、ジオさん？」

目の前に、じっとりとした目でこちらを睨むモーラの姿があった。当然、私が握っている『へ』の字だ。口元はしっかり私が握っているメイド服にも鋭い視線を向けている。

こんなお約束はいらないんだがな……。

†

朝食後。

私と、イルド、モーラは冒険者ギルドに向かう馬車の中にいた。冒険者にイルドたちの護衛や暗鬼崇拝者《デモニスト》の捕獲を依頼するためである。普通のTRPGならNPCが担当する依頼主という役を、私が担ってやろうというのだ。

屋敷の防御は呪文やアイテムでがちがちに固めてあるが、五つの隊商を指揮するイルドにいつまでもこんな開店休業状態をさせておくわけにはいかない。早急にこの状況を打開せねば。

「では、冒険者ギルドについて確認だが……」

昨日も聞いたのだが、この世界《セディア》の冒険者ギルドは、昨今の小説やゲームなどから想像していたものとは大分違っていた。困りごとのある人物や団体から依頼を受け、それを解決する。または、自発的にダンジョン探検やモンスター退治をする、そのあたりの基本は同じだ。

しかし、ある日ふらっとやってきて冒険者として登録したり、張り紙を見て勝手に依頼を受けたりといった自由な組織ではないらしい。

ギルドの構成員は上からギルド長、顧問、リーダー、メンバー、見習いの五つに分かれている。リーダーとメンバーが『パーティ』というグループを作るのは御馴染みだが、両者は対等な立場ではない。職人の親方と弟子に近い関係で、仕事に関する決定権は全てリーダーにある。リーダーはメンバーの教育も担い、冒険者としての知識や技術を教えるのだ。戦士の戦闘技術や密偵《スカウト》の隠密術などの専門的な技術は、分野ごとにいる顧問がメンバーに指導する。

ギルド長は全ての依頼を管理し、どの依頼をどのリーダーに任せるかを決定する権利を持つ。ダンジョン探索やモンスター退治については、リーダーが自発的にネタを集め、ギルド長の許可を得て行うこともあるという。

要するに、大工ギルドとか革職人ギルドといった一般の『同業者組合』と全く同じようなシステムだ。

†

「さて、そろそろ出ようか」

「は、はい」

「分かりましたっ」

馬車がしばらく大通りを進んだところで、事前の打ち合わせ通り私は言った。

監視がついていることを前提に、その目を晦《くら》ますためだ。【亜空間移動《ムーブアウタープレーン》】を使って馬車を抜け出し冒険者ギルドへ向かう。御者には数時間適当に街中を流すよう言ってある。

そうでなければ困るのだが、冒険者ギルドにはあっさりと到着した。

魔術師ギルドに比べると大分地味な建物だ。大きさは十分だが、他のギルド本部との違いは表の看板だけである。事前に用件は連絡してあるので、ギルド長だという老人が実に丁重に私たちを応接室へ案内してくれた。

そこには既に、十人のパーティリーダーが揃っている。中にはあのセダムもいた。

「ようこそ、魔法使いマルギルス殿。改めて、私はギルド長のレクトと申します。そして、こちらに控えるのが我がギルドの中でも精鋭のパーティを率いるリーダーたちです」

「……」

出発の前に【達人の目《センスオブアデプト》】をかけておいた目で、ギルド長レクトから順に冒険者たちを見回す。私の視界には、レクトの頭上に【人間／男性／六十五歳／盗賊レベル八】という表示が見えた。

【達人の目《センスオブアデプト》】は、他人のステータス情報を見る呪文なのだ。

もちろん、人間の強さをレベルで表すなんて概念はこの世界《セディア》に存在しない。【達人の目《センスオブアデプト》】の効果が『この人の強さはD＆Bのルールで言うと大体これくらい』と大雑把に換算しているに過ぎない。

見た限りではセダムが盗賊レベル九で一番の高レベルだ。盗賊、といってもセダムの能力や装備を『D＆B』のルールに当てはめているだけで、実際は特殊兵《レンジャー》か弓師《アーチャー》といったところだろう。……

レベルなど知らなくても、セダムが頼りになることは私が一番良く知っているのだが。彼に匹敵するレベルの冒険者も何人か存在したのは心強い。

ギルド長からリーダーたちに私の用件は伝わっているはずだ。私は威厳を保てるよう努力しつつ、丁寧な態度で挨拶する。

「魔法使いジオ・マルギルスだ。本日は諸君らを熟練の冒険者と見込んで参上した。困難な任務になるが、是非、力を貸していただきたい」

「なぁなぁ、あんたあれなんだろ？　隕石とかドバーっと落とすんだろ？　ちょっとやってみてくんね？」

ギルド長が何か言う前に、若い男が軽薄な声をかけてきた。

長い足をテーブルに投げ出し、ナイフを弄んでいる。ずいぶんストレートなことだ。【達人の目《センスオブアデプト》】によれば、彼の情報は【人間／男性／二十三歳／盗賊レベル六】となっている。この場の冒険者の中ではやや低いレベルだ。

「シャウプ！　止めないか！」

「失礼だぞ！」

周りの者たちから叱責が飛ぶが、シャウプ青年はどこ吹く風だった。

冒険者なんて仕事をしていれば、これくらいの反骨精神はむしろ当たり前かも知れないな。シャウプを非難するより、同意するように頷いたり、胡散臭そうにこちらを見ている冒険者も複数いる。

ギルド長が何も言わないところを見ると、彼を矢面《やおもて》に立てて私の器を量る気なのかも知れない。

セダムの方へ視線をやると、彼は一瞬シャウプに眼を向け、片方の眉を上げて見せた。期間は短いが、一緒に暗鬼の巣まで冒険した仲だ。『やってやれ』と彼が言いたいのは分かる。

「あー。つまり何か呪文を使ってみろと？」

「そー言ってんだぜ？　分かんねーのかな、おっさん」

「なるほど。……開け魔道の門」


ごめんな、イルドやモーラが巻き込まれたりして、おっさん今結構イラついてるんだ。それに、こういう連中にはしっかり力の差を見せつけた方が話がしやすいだろう。

私はシャウプに向けて呪文を唱えた。この状況で致命的失敗《ファンブル》を出したら恥もいいところだな……と危惧していたが呪文書庫でのダイス目も特に問題はなかった。

「この呪文により彼を醜い豚の姿に変身させる。【強制変身《トランスフォームアザー》】」

「はぁ？　何言ってんの？　はやくいんせ　き
い　お　ぶ　ぶぅ　ぶぶっ」

他人を動物やモンスターに変身させる【強制変身《トランスフォームアザー》】。現実世界にあふれ出した混沌のエネルギーが、シャウプ青年の身体を包み込む。

この世界《セディア》ではリーダーを務めるくらいの実力者なのかも知れないが、『D&B』基準で言えばたった六レベルの彼が私の魔法を抵抗《レジスト》できるはずもない。

シャウプ青年のスマートな姿がぐにゃりと歪む。極彩色《ごくさいしき》の粘土のようになった『彼』が、数度大きく膨らみ、縮まり、一定の輪郭を形作っていく。

数秒後にそこに居たのは、一匹の子豚だった。


「ぶっ……ぶひっ」

「すまないな、さっきの台詞、実はよく聞こえなかったのだが。隕石を……どうしろと？」

「「「……」」」

元気な子豚に生まれ変わって応接室の床を走り

回るシャウプと、言葉も出せないギルド長以下の冒険者たち。イルドとモーラもさすがに顔を引きつらせている。

それにしても、騎士団、魔術師ギルドに次いでここでもか。決して狙っているわけではないのだが、あちこちを魔法で脅して回っているような気になってきた。これも私の人徳のなさか……。

「ギルド長」

「は、はいっ」

「先ほどのシャウプ君の発言を教えてもらえるかな？　是非、願いを叶《かな》えてやりたいのだが」

一抹《いちまつ》の罪悪感はあったが。この先、冒険者たちにはしっかりと働いてもらわないといけない。申し訳ないが、二度と舐められないよう、ガタガタ震えるギルド長にもう一押ししておく。

「おっ……お許しくださいっ！」

「すいませんっしたっ！」

「私は止めましたからっ」

「豚にしないでください魔法使い様っ！」

ギルド長以下、冒険者たちは土下座せんばかりの勢いで謝罪を始めた。例外はセダムを入れて三人だけだ。このギルド長もな……。普通に立ち回れば私なんかよりよっぽど世慣れてるだろうに。

「マルギルス殿」

にやにやとシャウプ青年や冒険者たちを眺めていたセダムが、居住まいを正して礼儀正しく頭を下げた。

「貴殿についての情報は俺が彼らにしっかり伝えていたつもりだったが、不十分だったようだ。これは俺の責任でもある。すまないな」

「シャウプにはしっかりと償《つぐな》わせますので、今回だけはお怒りを収めていただけませんか？」

「真に申し訳なかった」

シャウプの成れの果てを見てもあまり動じなかった残り二人の冒険者も、丁寧に謝罪をしてくれた。それぞれ【人間／女性／三十歳／僧侶七レベル】【人間／男性／三十八歳／戦士八レベル】と情報が出ている。

「うむ……」

こういう大人の対応をされると、短絡的な行動をとった自分が恥ずかしくなってくるな。

「彼が魔法を見せてくれと言い、私がそれに応じた。ただそれだけのことで、怒りなど何もないさ。まぁ後で元の色男に戻してあげよう」

「あ、有難うございますっ」

「では、依頼の話を続けさせてもらう」

「はいっ。お願いいたしますっ」

最早、茶々を入れてくる者はいなかった。

†

「……私たちが置かれている状況は以上だ。その上で、諸君らに依頼したいのは、第一に友人である二人とその財産の護衛。第二にこの事件の黒幕を突き止めることだ」

「……優先順位は、それでよろしいのですか？」

ギルド長がおっかなびっくり聞いてきた。冒険者たちに注目されて、イルドはともかくモーラは居心地が悪そうだ。

「当然だ」

「しかし、調査と護衛を同時となるとかなり難易度が……」

「それは一つのパーティの時の話だろう？　私は、全員のパーティを雇うつもりだ」

「そ、それは……。そのう、失礼ではありますが、ここにいる十人それぞれのパーティを全て雇うとなると、それなりの費用が……」

「費用？　これで足りるかな？」

費用の心配をされるのは計算済みである。私は立ち上がると、背負い袋《インフィニティバッグ》を逆さにした。


「「「……!?!?」」」

「ジオさん!?」


大きさが一定以下の物品ならば名前の通り無限に収納できる背負い袋《インフィニティバッグ》。そこから溢れたのは黄金の奔流だった。奔流は応接間の床にあたると、金貨や白金貨、宝石の形を取り戻してじゃんじゃんうず高く積もっていく。

唖然と口を開けた冒険者たちを前に、不謹慎ながら愉快な気持ちが抑えられなかった。札束で頬を叩くと言うが、これは金貨と宝石でぶん殴ると言うべきだな。しかもマウントポジションで。

「ジオさん、ジオさんっ」

横ではモーラが必死に指で「×」を作っていた。「それくらいで」と言いたいらしい。イルドも心配そうな顔だったし、セダムは肩を竦めていた。

「……数えてはいないが、報酬はこれで足りるかな？」

友人たちの反応を見たおかげで、ギルド長がぶんぶんと頭を縦に振りまくる頃には気分は落ち着いていた。

†

「ぶひっ、ぶひっ」

子豚に変身したシャウプ君が元気に走り回る床には、私が背負い袋からばら撒《ま》いた金銀宝石が小山になって堆積《たいせき》していた。モーラが必死の形相で制止してくれなければ、小山が山岳や連峰になっていたかも知れない。

背負い袋《インフィニティバッグ》の中を探ってみた感触では、三百万枚以上詰まっているはずの金貨や、数も覚えていない宝石類はほとんど減っていなかったが。それでも、床に積もった金貨は目分量で十万枚以上ある、とギルド長が言っていた。

イルドがモーラの救出のために支払うはずだった報酬が金貨三千枚。セダムのパーティを雇う相場がそれくらいであれば、目の前の全員、十パーティを雇ってもお釣りがくるだろう。

「足りなければ言ってくれ。問題ないようなら、さっそく打ち合わせをしたいのだが」

「は……ははっ。承知しましたっ」

ギルド長以下、冒険者たちは私の依頼を果たすべく相談を始めた。最初とは打って変わった真摯さだ。

流石にプロだけあって、護衛と調査の計画はすぐにまとまった。例のレベルの高かった戦士と僧侶が中心となってイルドたちの護衛を、調査を担当するグループはセダムが指揮をとることとなる。パーティ数でいうと、護衛班が四パーティ、調査班が六パーティだ。

「俺はまず盗賊ギルドをあたってみる。シャウプも連れて行きたいんでな、そろそろ戻してやってくれんか？」

「その呪文の持続時間は六時間だから、放っておけば勝手に元に戻るが」

「ああ、そいつはいいな。盗賊ギルドの連中にもその様子を見せてやろう。『協力しないならお前らも豚にされるぞ』と言えば奴らの口も軽くなるだろう」

相変わらずセダムは頼もしいな。所詮、この街にきて数日しか経っていない私が暗殺者や黒幕を探そうとしても、まさに雲を掴むような話だ。ここは彼らに任すべきだろう。

「そういえば、クローラはいないのか？」

「クローラは魔術師だからな。魔術師と神官はちょいと扱いが特殊なんだ」

魔術師と神官は非常に特殊かつ有効な技術を持つため、魔術師ギルドあるいは神殿組織と冒険者ギルドに同時に所属することが認められているらしい。クローラはどちらかといえば魔術師ギルドに活動の軸足を置いているので、セダムのパーティに参加するのも不定期なのだとか。

「マルギルス様っ！　大船に乗った気でいてください！」

「ダークエルフだろうが暗鬼崇拝者《デモニスト》だろうが、俺たちがとっ捕まえてきますからっ！」

冒険者たち十組が口々に威勢の良いことを言いながらギルドから出発していった。

調査班は盗賊ギルドやスラム街から始まってレリス市中から情報を集め、地下道など隠れ家になりそうな場所を虱潰しに探索することになっている。護衛班は交代制で切れ目なく屋敷とイルドたちを守る予定だ。

正式な契約書を取り交わしてから、私たちは冒険者ギルドを後にした。

†

帰り道、議事堂によって評議長ザトー・ブラウスにも面会した。

体調は問題ないようだったが、やはりしきりに恐縮して謝罪を繰り返すので、それより早く犯人を捕まえてくれと言っておく。

「当然ですな。レリス市の威信にかけても、早急に犯人を捕らえるつもりです」

「犯人もだが、黒幕も捕らえていただきたい。私だけならともかく、友人にまで危害が加えられたとあってはな。後の憂いは完全に断っておきたい」

「……私とマルギルス殿を毒殺しようとした犯人と、イルドの娘を誘拐しようとした犯人は繋がっていると？」

「評議長、私はこの市の人々に好意を持っている。これが一部の者のやっていることだとは、十分理解しているつもりだ。よって、建前は結構だ」

「……失礼。当然、そう考えられますな」

そういうわけで、衛兵たちの激励という名目でまた少々財宝を渡してきた。市には衛兵が千五百人程度いるそうだが、彼ら全員に多少のボーナスが出ることだろう。帰りの馬車から通りを見ると、気合十分といった顔で衛兵たちが聞き込みや検問に励んでいた。

†

「はぁ……。ジオさん、ちょっと無駄遣いしすぎじゃないですか？」

「うぐ」

屋敷に戻ったとたん、モーラが言った。商人の娘だけあって、私の金の使い方には呆れたようだ。正直、自分でもあまり格好良いものではないなぁ、と思っていたところなので かなり『効く』。

「モーラ、マルギルス様は私たちを守るために……」

「そりゃあ、そうだけど。……だってこれじゃや、私たちがジオさんの邪魔になってるみたいで……」

たしなめるイルドに向かって口を尖らせたモーラが、私に向かって勢いよく頭を下げた。

「ごめんなさいっジオさん！　私のためにまた迷惑かけちゃって！　ジオさんは大魔法使いなのに、私みたいな足手まといがいたら……」

「……」

確かに、文字通り湯水のように大金をばら撒く私を見て、真面目なモーラが気に病まないわけがなかった。私にとって財宝とは、ジオのキャラクターシートの隅っこに記入されていたただの『数字』に過ぎない。そのため、他人が見たらどう思うかについて無神経になってしまっていたな。

「モーラ、そんな風に気にさせてしまってすまない」

私はモーラの前で膝をつき、視線を合わせて語りかけた。

「君は自分のことを邪魔だと言うが、そんなことはない。君が私を『大魔法使い様』ではなく『ジオさん』と呼んでくれるから――人間として接してくれるから、私は人間の心を失わずにいられるんだ。もし君が今日の私を見て拍手喝采《かっさい》していたらと思うと、ぞっとするよ」

「ジオさん……」

「だから、君やイルドのためなら私は金なんか全く惜しくない。君たちは私の『身内』だと、勝手に思わせてもらっているんだからね」

「マルギルス様……」

「ジオさぁん……」

日本の会社員のままだったら、たとえ本心でもこんな臭い台詞を真顔で言うことはとてもできなかっただろう。だがここは、現代日本よりも少しだけシンプルな人間たちが住む世界で、私は大魔法使いという仮面を着けている。だったらこれくらいは、許されるだろう。

†

屋敷を長時間離れるのは心配だし、独自に調査しようにも土地勘も人脈もない。イルドが仕事で止むなく外出する時に付き添った以外、その後の三日間、私は引きこもっていた。

その間、ダークエルフに雇われたらしい盗賊が二度も屋敷を襲撃してきたり、レリス市の地下に未知の地下道が発見されたりとイベントは盛りだくさんだったが、全て冒険者たちが張り切って対応してくれた。おかげで私の出番は全くない。

私が感知しないところで起きたイベントはもう一つあった。

クローラも数人のダークエルフに誘拐されそうになったのだ。考えてみれば、私と親しい人間という意味では対象になるのかも知れない。

私にとってクローラは『頼れる仲間』であって、保護の対象という認識ではなかったため全くの盲点だった。案の定、彼女は魔術でダークエルフたちと互角に戦ったらしい。しかし、調査班の冒険者パーティが間一髪で駆けつけなければどうなっていたか分からない。後で聞いて盛大に冷や汗を流したものだ。

もちろん、その後でクローラからは散々苦情を言われた。冒険者パーティを一つ護衛につけようと提案したのだが、それは却下されている。『このクローラ・アンデルに手を出したことを後悔させて差し上げますわ!』と言って、今はセダムパーティに合流して捜索に励んでくれている。

†

そして、四日目。

冒険者や衛兵たちの奮闘が実を結ぶ時がきた。

地下道を探索してダークエルフたちの隠れ家を発見し、一人を捕縛することに成功したのだ。

「……これは……」

私は冒険者ギルドに運び込まれたダークエルフを見下ろして思わず呟いた。

「何でこんなに露出度が高いんだ？」

†

ダークエルフは氏族ごとに職能集団を形成し、各々《おのおの》が氏族の中での役割を完璧に務めることが求められる。


レイハナルカ・ハイクルウス・ルウ。

五十年前。

彼女は『謀略を生業とする氏族《ハイクルウス》』に生まれた。与えられた名は、『麗しい影《レイハナルカ》』。彼女は暗殺と諜報の技をその身に刻み込まれ、五人の部下を率いる『暗殺の長《ルウ》』となる。様々な主《あるじ》に仕え、セディアの裏社会で暗躍していた彼女はある日、部下の一人を不注意で死なせてしまう。自分の腕の中で死んだ部下の虚ろな瞳は、小さな針のように彼女の心に残ることになる。

二十五年前。

氏族が北方の王国《シュレンダル》に移住した時の『主』が、彼女と氏族の運命を捻《ね》じ曲げてしまった。『主』がどこの誰だったのか、記憶がない。いや、あの恐ろしい金の瞳を覗き見た瞬間からの記憶は、全て曖昧だった。

彼女の魂は『主』と会った時からずっと、意識の奥の世界に囚われていた。肉体から切り離された意識の中で、『主』の意思である捻じれた肉の縄が、四肢に絡みつく。手も足も首も腰も拘束する漆黒の肉縄《にくじょう》は全て、すぐ後ろにいる巨大な人型から伸びていた。

『主』は次々におぞましい命令を下した。逆らいたくても、魂《たましい》を肉縄で締め上げられれば、彼女の肉体は操り人形のように命令を果たしていく。

十年前。

彼女は『主』によってレリス市の暗鬼崇拝者《デモニスト》のもとに派遣される。この頃には、彼女は慣れきってしまっていた。肉縄の力強さに、肌を這いずる肉縄の力強さに、何も考えなくてもいい。もしも魂《たましい》が自由なら、肉体は何十倍も効率良く動くだろう。だがそれもどうでも良かった。自分を縛り、操る、この圧倒的な力に任せておけば傷つくことも悩むこともない……そしていつか静かに全てが終わるはず……。

数日前。

彼女は自分の肉体が暗殺に動くのをおぼろげに感じていた。しかしどうやら、自分は暗殺に失敗したらしい。人型はいつにない必死さで彼女を操り、様々な謀略を巡らせた。同じ境遇の四人の部下たちも全力を尽くしたはずだが、謀略の網はことごとく破られていく。

それどころか、逆に自分たちがじわじわと包囲され、追い詰められる気配を感じた。まるで、街全体が敵であるかのように。

一時間前。

地下の隠れ家が襲撃を受けた。襲撃してきたのは、衛兵と冒険者たち。衛兵は鼠《ねずみ》のような大群で逃げ道を塞ぎ、冒険者はぎらつく目で襲い掛かってくる。

この時、初めて背後の人型が怯《ひる》みを見せた。手足《たましい》を縛る肉縄が僅かに緩む。その瞬間、冷たく鋭い痛みが彼女を襲った。それは、昔死んだ部下の瞳という針。痛みが、彼女の魂を一部だけ解放した。実に二十五年ぶりに自らの意思で戦った彼女は、四人の部下を脱出させ、捕縛された。

今。

彼女の意識の世界は、色も形もない巨大な『力』に蹂躙《じゅうりん》されていた。

指先までも肉縄で縛る背後の人型が、『力』の圧力を受けて身を捩《よじ》り、鋭い悲鳴を上げる。焼き払われるように、あれほど強靭《きょうじん》だった肉縄が、人型が崩れ去っていく。それは窮屈ながら心地よかった拘束からの、絶望的な解放だった。

支えを失った自分の身体《たましい》が、虚ろな空間に吸い込まれていくような恐怖が彼女を襲う。

「いやぁぁぁぁ！」

彼女は泣き叫んだ。必死に縋り付いた人型は塵と化して吹き飛び、もはや彼女の中には何も残されていない。

もう――狂う。

その時。

己の形すら忘れ消え去る寸前の彼女の魂を、圧倒的な力が包み込んだ。あの、人型を焼き払った『力』だ。『力』が触れる顔が、肩が、腰が、命を注ぎ込まれたように形を思い出し『彼女』に成っていく。

それは新生だった。

「あぁぁぁぁぁっ――――！！！」

彼女は歓喜の声をあげ――人形からダークエルフに戻っていった。自分が『暗殺の長《ルウ》』ではなく『従属する者《シ》』になったことを感じながら。

†

私の後ろから、セダムやクローラ、冒険者パーティのリーダーたちがダークエルフを見下ろしている。

ダークエルフの女性は全身に傷を負い、両手両脚を拘束された上猿轡まで嚙まされていた。ときどき、小さく呻き声を漏らすが意識はまだないようだ。薄紫の髪や彫の深い顔立ちには見覚えがある。【過去視《サイコメトリー》】で見たダークエルフに間違いない。

それにしても……。

「何でこんなに露出度が高いんだ？」

彼女は暗殺者に相応しい、身体にフィットしたボディスーツのような服装だったが、背中や太腿や胸元あたりの隙間が大胆すぎる。

「ど　こ　を　見て　いますのかしら？」

「……いや、見てないが」

クローラが背後から氷のような声をかけてきた。

いかんいかん。日本では、女子社員の名札が曲がっているのを見ていただけでセクハラ案件にされたかかったこともある。大体、相手は私や評議長に毒を盛ったり、モーラとクローラを誘拐しようとした犯罪者なのだ。見かけに惑わされてはいけない。

「さっそく、叩き起こして尋問しますかい？　マルギルス様っ」

無事に豚から人間に再転生したシャウプが、にやにや笑いながら言ってきた。

「相手はダークエルフだぞ？　尋問なんて無駄だろう」

「だったら拷問《ごうもん》か？」

「まあそれも手だな」

冒険者たちの会話を聞く限り、やはりダークエルフという種族は人間より下だと思われているようだ。犯罪者に優しくする義理もないのは確かではある。とはいえ、しかしだ。

現代日本で生まれた私には、相手が犯罪者だろうが美女だろうが、拷問などという手段は認められない。

「彼女とは私が話をしてみよう。すまないが、セダム以外……セダムとクローラ以外は席を外してくれないか？」

セダムと（刺し殺しそうな目で残ることを主張していた）クローラを除いて冒険者たちが出て行くと、ダークエルフが猿轡の隙間から漏らす艶《なまめ》かしい吐息だけが部屋に響いた。

セダムに頼んで彼女の上体を起こし、猿轡を外してもらう。

「……大丈夫か？」

膝をついて軽く肩を揺すると、ダークエルフはゆっくり瞼《まぶた》を上げた。

「私は魔法使いジオ・マルギルス。あー……傷は大丈夫か？」

「……」

彼女は無言でのろのろと首を振った。金色の瞳には、何の意思も宿っていない。

洗脳、催眠術、といったゲームや小説でしか見たことのない状態が脳裏に浮かぶ。いや実際、何らかの手段で精神を操られていたと考えれば、私を毒殺しようとした時に【敵意看破《ディテクトエネミー》】に引っかからなかった理由も説明できる。

「この女、もしかして暗鬼崇拝者《デモニスト》に精神を操られているんじゃないか？」

「暗鬼に憑《つ》かれた者の瞳が暗鬼と同じ金色になる……そういう噂は聞いたことがありますわね」

やはりか。

†

「この呪文により、彼女の精神を蝕《むしば》むあらゆる邪悪を浄化する。【祓《カースブレイク》い】」

【祓《カースブレイク》い】は『呪い』や『悪霊』を消滅させる呪文だ。私の掌から白く優しい光が伸びて、ダークエルフの色っぽい顔や身体を照らす。

「あっ」

セダムに背中を支えられていたダークエルフが、びくりと震えて喘《あえ》いだ。

「いやあぁぁっ！」

苦しげに眉を寄せ、舌を突き出して身体をくねらせる。

「おい、何をした？」
「ちょっと貴女⁉」
「ど、どうした……うぉっ⁉」

尋常ではない様子に彼女の顔を覗き込もうとすると、大きく跳ね上がった黒い肌の身体が私の方にのしかかってきた。女性としては大柄な肢体の圧力に尻餅をつき、両手でその身体を支える。

「あぁぁぁぁっ――――！　！　！」

彼女が絶叫すると同時に、その全身から漆黒の『もや』が噴き出し、燃え尽きるように消滅していった。【祓《カースブレイク》い】が効果を発揮して、彼女の中

の『何か』を浄化したのだろう。

などとぼんやり考えていると、私の腕の中のダークエルフが顔を上げた。

「私、私は……。あぁ、私は……」

「だ、大丈夫か？　どこかに異常は？」

　彼女の瞳は金色から澄んだ紫に変わっていた。洗脳だか、憑依《ひょうい》だかが解除された証拠に思える。妖艶《ようえん》な美貌が虚脱したように惚けているのは、異様に色気があった。これが演技なら本当に大したものだが、こちらも伊達に年は食っていない。セクハラ研修も散々受けてきた。視線はよけいなところではなく、しっかりと瞳に合わせ、支える手や身体も安全地帯だけに触れるように配慮している。

「私の、中の、鬼を……滅ぼしたのは……あの『力』の主は貴方、なのだな？」

「……ああ、多分そうだと思う」

「そう、か。それなら、それなら私は……『暗殺の長《ルウ》』ではなくなってしまった……」

　彼女の美貌が急速に引き締まり、意思の力を取り戻していくのがわかった。だが逆に言葉の意味はわからない。

「……どういう意味だ？」

「私はこれより、レイハナルカ・ハイクルウス・シ。……『流れの主《オルリ》』に、貴方様に『従属する者《シ》』でございます」

　んん？

【祓い《カースブレイク》】の効果があったということは、彼女はその行動を強制する呪いないし洗脳にかかっていたということだ。誰が何故、どのようにそんなことをしたのか、気になるところではある。しかしともかく、呪いが解除されたということは、今の彼女は正気なはずだ。

「鬼に操られていたとはいえ、貴方様に無礼を働いたのは覚えております。千の剣に裂かれても許されぬ罪業。どうか、お気の済むまで罰していただきますよう」

しかし彼女は床に両膝をつき、豊かな胸に手をあてて深く頭《こうべ》を垂れている。

時折私を見上げる瞳には、ぞっとするほど強い執着と依存の色があった。その感情がストレートに私に向かっているところが、先ほどまでの無感情よりも怖い。

というか、四肢を拘束していたはずが当然のように縄を抜き落としているな。

「どういうことなんだ？」

私は途方にくれて、誰にともなく呟いた。

「『流れの主《オルロウリ》』というのは、ダークエルフの伝説にある族長よりも上位にある支配者のこと、だったな。それに従属すると言っているんだからいいじゃないか。ダークエルフの暗殺者なんて、この先色々重宝《ちょうほう》するぞ？」

セダムが例によって謎の博識ぶりを披露しながら気軽に言った。支配者って何だよ。

「私は誰も支配なんかしたくない。呪いは解除したんだから、もう君は自由だ。……いや、これまでの犯罪のこともあるから、その罪は当然償ってもらわねばならないが……」

確かレリス市には裁判所があったはずだ。罰を受けるというなら、そこで妥当な刑罰を与えてもらうのが常識というものだ。誰かに操られていたことが証明できれば、情状酌量の余地ありで極刑とまではならないのではないか？

「貴方様のご命令とあれば、喜んで従います。……しかしっ」

ダークエルフの美女は膝をついたまま涙目でにじり寄ってくる。

「私は貴方様の『従属する者《シ》』でございます！　殺せと言われるなら、我が氏族の赤子すら捻り殺してご覧にいれます！　謀《はかりごと》をお望みであれば、あらゆる組織を操りましょう！　死ねと命じられれば疾《と》く自害いたします！　この汚らわしい身体をご所望でしたら喜んで捧げます！　ですからっ、私を支配したくないなどと、そのようなことだけは仰らないでください！」

「喩《たと》えがいちいち禍々しい！　あとエロい！　何だってわざわざそんなものになりたがるんだ⁉」

「そんなもの⁉」

彼女は絶望の呻きを漏らし、ダークエルフの濃い褐色の肌でもはっきり分かるほど血の気を引かせて床に突っ伏してしまった。

「いやいや、マルギルス殿。そういう言い方は気の毒だぞ？」

セダムが私の肩を抱いて、部屋の隅へ連れて行きながら囁く。

「いやだってだな。こんな、奴隷みたいな……」

「そこが勘違いなんだよ。奴隷ってのは、本人の意思とは関わりなく所有者同士の契約で決まる関係だ。だが、あの女は自分の意思であんたにひざまづこうっていうんだろ？　そこは尊重してやったらどうだ？」

「別に支配するとかされるとかじゃなく、仲間で良いんじゃないのか？」

「何をごちゃごちゃ言っていますの⁉」

「ぐおぉっ」

右耳に鋭い痛みが走った。クローラが私の耳を摘《つま》み上げたのだ。般若《はんにゃ》みたいに目尻が吊り上っている。角が生えていないのが不思議なほどだ。

「貴方っ……貴方！　呪いを解除するなどと言いつつ、実際はこの方に洗脳の魔法をかけたんじゃありませんの⁉」

「かけてないっ！」

「何という破廉恥漢！　情けなくて涙が出ますわっ！」

「誤解だ、誤解っ！」

「洗脳したのでなければ、貴方を籠絡《ろうらく》しようという罠ですわよっ！　デレデレなさらないで！」

クローラの激怒は静まる気配がない。もし私が本当に洗脳でもしたのなら、その怒りは最もなのだが。

「お、お待ちくださいっ！」

「……えっ？」

助け舟は意外なところからきた。ダークエルフがクローラの前にひざまづいて制止したのだ。

「私は洗脳などされておりません。いえ、たとえ洗脳であっても、『流れの主《オルリ》』にされるのでしたら本望でございます！　ですから奥方様、どうか怒りをお鎮めくださいっ」

「おくっ⁉」

もう色々待ってくれ。

確か今は、私の命を狙ったりモーラを誘拐しようとする暗鬼崇拝者《デモニスト》（推定）の部下だったダークエルフを尋問しようとしているところなんだよな？

それがどうして、そのダークエルフが私の奴隷のようになりたがったり、クローラが私の妻って話が飛び出したりするんだ？

「わ、わたっくしは、この方の、そ、そういう……あれ、では……」

「いえ、あれほどの『力』を持つ主様に苛烈《かれつ》に諫言《かんげん》し、気安く交われるとなれば奥方様以外にございません」

もっと他の可能性もあるんじゃないかな？

クローラもあまりの極論に言葉が出ないのか、長い髪をしきりに弄《いじ》りながら顔を赤くしている。

さっきまでキリキリ吊り上っていた目尻が泣きそうに垂れ下がっていた。これ、後で苦情を言われるのは私なんだぞ。

とにかくこの場を沈静化させよう。

「いや、その女性は妻ではない。彼女はクローラ、友人であり仲間だ。そっちのセダムもな」

「……そ、そうですわ！」

「そういうことだ。よろしくな、俺の友人の『従属する者《シ》』さんよ」

「左様でございましたか。失礼いたしました」

私の言葉で、友人と捕虜、二人の女性は少し落ち着いたようだ。しかし、大事なのはここからだ。

ダークエルフ……レイハナルカ、だったか。彼女から少しでも情報を引き出して、黒幕を捕らえなければならない。ダークエルフは他にもいるし、黒幕が逃げ出しているかも知れないのだ。

「……貴女は一体全体どういうわけで、マルギルスをその『流れの主《オルリ》』だと思うんですの？」

クローラはさっきの奥方発言で毒気を抜かれたのか、小さな声でダークエルフに聞いた。

「私は、何十年もの間、心の中に潜む鬼に全てを支配されておりました。主様を暗殺しようとしたのも、鬼に操られてのことでございます。おぞましいのは、私自身が、長年の鬼の支配を受け入れてしまっていたこと……。しかしたった今、主様の凄まじい『力』によって私は解放されました」

鬼……やはり暗鬼のことか？　暗鬼が人間の社会に紛れ込んでそんな陰謀を企んでいるのか、それとも暗鬼崇拝者《デモニスト》が何らかの方法で暗鬼の力を利用しているのだろうか？　いずれにしても由々しき事態だな。

「鬼が滅びた時の恐怖と、そこから救い出された時の悦《よろこ》びは言葉にできません。ダークエルフは、氏族の存続を個人の命よりも重視いたします。しかし、氏族の命運よりも重く感じられる恩を受けたならば、その方を自らの『流れの主《オルリ》』と定め、『従属する者《シ》』となってご奉公するのでございます」

「理屈は通ってるんじゃないか？」

「ま、まぁ……ダークエルフにはダークエルフの伝統がおありなのでしょうけども……」

「……」

ここはセディアであって日本ではない。セディアにはセディアの倫理観があるのだから、私が持つ日本のそれを押し付けるべきではない。その理屈は、分かる。しかしなぁ……。

「……とにかく、今後はこちらに協力してくれるんだな？」

「協力というより、永久に忠誠を……」

「それはひとまず置いておいて。まずは、君を操って私に毒をもった黒幕を探すための情報を提供してくれ。無事に黒幕を捕らえたら……ああ、君の仲間も同じ境遇なのなら、助けないとだが……君にはこの市で裁きを受けてもらう。罪を償った上で、それでも私のところに来たければ、好きにしたまえ」

うむ。まずは、必要な情報を聞き出すのが先決だ。その後裁判だ何だと間を置けば、多分彼女の気も変わるだろう。

「良かったな」

「まぁ……真心から忠誠を誓うというなら、それを否定するわけには参りませんわね……」

「あ……有難うございます！　有難うございます！　必ずお役に立ちます！」

この世界《セディア》では、家族や国といった最初からある枠組み以外に、『忠誠』という、個人が自分の意思で別の存在に身を委《ゆだ》ねるという考え方がある。カルバネラ騎士団などを見て、それは知っていたつもりなのだが……。

『念のためにＥＳＰメダルで心を読ませてもらおう』と考えている自分の方が何だか卑小な人間のような気がしてきたな。

†

結局、『ＥＳＰメダル』を使って、レイハ（言い辛《づら》いので略称で呼ばせてもらうことにした）が本心から協力する気なのかどうか、確認させてもらうことになった。『心を読む』というアイテムの存在を知って、セダムとクローラは当然良い顔をしなかったが、レイハはむしろ嬉々《きき》として同意してくれた。

「では、質問する。……ええと……君や仲間を洗脳していたのは、暗鬼だったのか？」

「私をあのような状態にした者は、人間……だと思います。ただし、その力は……私の心を長年縛りつけ操っていた存在には、確かに暗鬼の気配がありました。そこから私を救い出してくださったご恩は、一生かかってもお返しできるものではございません」

《他者の力に身を委ねる……何という恥辱だろう。だがそれが私にとって唯一の救いでもあった……。今の私は、あの鬼よりも圧倒的に強い力の前にいる……。あぁ、主様の力に支配されたい、縛られたい、組み伏せられたい……》

「……」

「大丈夫ですの？」

彼女の掛け値なしの忠誠心（？）の声を聞いた私は軽い眩暈《めまい》に襲われた。

例えば私も若い頃、尊敬できる上司に対して『この人のためなら無理な仕事もやり抜こう』というような感情を持ったことはある。しかし彼女の強烈な感情は、全く別次元だ。

「な、なるほど……。しかし、そう急に忠誠と言われてもな。油断させて逃げるつもりで演技をしているのではないか？」

「とんでもございませんっ。流れの主《オルリシ》たる貴方様に永久の忠誠を誓うのは、従属する者として当然のことです。お疑いでしたら、今この場で心の臓を引きずり出して真実の赤をご覧に入れます」

《ああっ。流れの主様が私を疑っておられる……。恐ろしい、私の寄る辺が、縋るべき御方が私を信じておられない……。それくらいなら今すぐ主様にこの寂しい命を終わらせていただきたい！》

「そ、そうか。……よく分かった」

恐ろしいことに彼女が私に語った忠誠心やら誓いやらは、裏も表もない全くの本心だった。忠誠、と一言で言うには色々と触れたくない感情もどろどろ渦巻いていたが……。

ヘリドールの時の様に敵愾心《てきがいしん》を向けられるのは

もちろん嫌なものだが、好意（?）も行き過ぎると重い……。私は呪文を一つ使っただけなのだが……それが意図せず人の一生に関わる感情を植えつけることになるとは……恐ろしい。

「……」

「どうだ？　そのお嬢さんは本気だろ？」

　実に微妙な表情で私とレイハを見比べているクローラの横から、セダムが言った。どう見ても面白がっている。

　いや、私もこれでも男だしさ。枯れてると言ったって全く欲がないわけじゃない。下手に『本心』を知ってしまった以上、無下に扱うこともできないし。それ以前に、こんな色気の塊みたいな美女に慕われ（?）て、悪い気なんかするわけがない。

　しかし、なぁ……。

「……合点はいかないが、どうもそうらしい」

「信じていただけるのですね!?　有難うございます！」

　レイハは目を輝かせ、ひざまづいた。抱き付いて来たりしないあたりが（抱き着かれても困るが）、彼女の私に対する感情が恋情ではなく忠誠であることを表している。

「……それは結構。ところで、肝心の黒幕、彼女たちを操っていた者の情報は聞き出しませんの？」

「む。そうだな。記憶が曖昧ということだったが、少しでも覚えていることがあれば教えてくれ」

「もちろんでございます」

　当分このアイテムは使いたくない。『ESPメダル』を背負い袋《インフィニティバッグ》にしまおうとしていると、クローラが言った。

「もし、私《わたくし》にそれを向けたら、よしみを断たせていただきますわよ⁉」

両手を腰にあて、少し顔を赤くしながらもクローラはきっぱり宣言した。生身の人間として当たり前の反応だろう。当たり前の反応、か。今の私にとっては何よりも有難い。

「……」

「な、何ですの？　どうせ、そのダークエルフのように何でも言うことを聞く女なら良かったとでも思ってらっしゃるんでしょう⁉」

冷たく激した声は、どろりと重く暗い忠誠にさらされた私にとって清涼なシャワーのように心地良かった。

「いや……。有難う、クローラ。君はずっとそうやって私を叱り飛ばしていてくれ」

「はぁっ⁉」

†

かように、少々の混乱はあったが、レイハは進んで覚えている限りの情報を提供してくれた。

レリス市で彼女を操り私を暗殺しようとしたのは、痩せこけた貴族らしき男で、紋章は剣と帆の図柄らしい。その話を聞いて、セダムがぽんと手を打った。冒険者達のこれまでの調査の中で浮かんでいた要注意人物の中に、条件に合致する者がいたのだ。

その名はネイブ・コーバル男爵。評議会に議席を持つ有力者で、評議長以下の商人派閥にとっては目の上のたんこぶのような人物らしい。

その、コーバル男爵の屋敷の周辺で行方《ゆくえ》不明者が頻発しているだとか、怪しげな人物が出入りしているとか、暗鬼を讃える儀式を行っているのをメイドが見たとか、不穏な噂が山ほどあるそうだ。

もちろん、セダムたち冒険者は噂の裏付け調査を行い、ある程度真実に近いと結論していた。そこに、当の暗殺者本人からの情報である。

「これは決定的だな。コーバル男爵が暗鬼崇拝者《デモニスト》ということだろう」

「さっそく、男爵の屋敷に乗り込みますの⁉」

「お供いたします！」

「いや、何を言ってるんだ。個人が勝手に強制捜査に逮捕なんてしたらまずいだろう」

まず、冒険者と衛兵には、当面はコーバル男爵の居場所の特定や逃亡の阻止、彼の屋敷周辺の監視だけしておくよう頼む。

それから私はセダム、クローラ、レイハを連れて議事堂に向かった。急な話で悪いとは思ったが、評議長ブラウズ、そして衛兵の司令官に面会を要請する。

私は慌てて出てきてくれた評議長と衛兵司令官に、ネイブ・コーバル男爵が私と評議長を暗殺しようとした黒幕であり、暗鬼崇拝者《デモニスト》である可能性が高いことを報告した。評議長の政敵ではあるものの、暗鬼を崇拝するなどということこの世界《セディア》でも特級の禁忌を貴族が犯していたと聞いて、評議長も衛兵司令官も驚愕する。

「驚きましたな。しかしどうも、疑う余地はないようです」

「そのダークエルフの証言と、冒険者たちの調べた状況証拠もある。さっそく、コーバル男爵を暗殺及び暗鬼崇拝の罪で逮捕しましょう」

「ふむ……。マルギルス殿。それでよろしいでしょうか？」

本来、評議長が私にそんなことを確認するのはおかしなことだ。それが分かった上で、私の意図を汲《く》んで聞いてきてくれる評議長はやはり切れ者だな。

「もちろん、逮捕していただくのは当然だと思う。ただ、彼は暗鬼に由来する怪しげな力を使う可能性が高い。それに私もレリス市に対して友好の証《あかし》を見せたいと思っていてね……彼の逮捕に是非協力させていただきたい」

「は？　……評議長？　よろしいのでしょうか？」

「有難いお言葉です。ご迷惑をかけどおしで本当に恐縮ですが、力をお貸しください。司令官、今後、コーバル男爵逮捕については何事もマルギルス殿と協力してあたってくれ」

「……はっ。了解しました」

セダムとクローラ、レイハは私たちのやり取りを不思議そうに見ていた。冒険者と暗殺者から見ると、私の行動はずいぶんまどろっこしいようだ。

一方私は私で、改めてここが異世界であり現代日本とは価値観が全く違うのだということを実感していた。日本なら、逮捕とかこんなに簡単に決まるはずがない。しかも私という部外者の話を根拠にして。


「評議長」

「何でしょう？」

「私の言葉を信じてくれて感謝する」

「これまでのマルギルス殿の働きを考えれば当然のことです」


つまりこういうことなのだな。

科学や法律が現代よりも未発達な（こういう言い方は好きではないが）この世界《セディア》において、一番重要なのは結局のところ個人の信用なのだ。権威や伝統も、個人の信用を生み出すための要素の一つということだ。

逆に言えば。私のことを気分次第で法を蔑《ないがし》ろにする人間だと思えば、人々はいつか私を信用してくれなくなるだろう。評議長も、私がレリス市の法を尊重する立場をとろうとしていることを理解し、話に乗ってきてくれているのだ。

「魔法使い殿、ところでそちらのダークエルフについてですが……」

「ああ、そうだった。彼女は衛兵に引き渡す。公正な裁判を受けさせてやってくれ」

「……」

レイハは一応両手を拘束してあった。セダムじゃなく私に縛ってほしいと主張し、その時やけに嬉しそうな顔をしていたがそんなことに私は気付かなかった。気付かなかったに決まっている。

歩く時以外は常に私の傍にひざまづいているレイハを、微妙な表情で見ていた衛兵司令官は遠慮がちに言った。

「しかし、どうも彼女は魔法使い殿の……その、従者のように振舞っておりますが？」

「それとこれとは別だ。残念ながら、彼女はこのレリス市で罪を犯している。それを、レリスの法に基づいて裁くのは当然だ」

あれだけの忠誠心をダイレクトに感じさせられた後で官憲に突き出すのは、確かに可哀想《かわいそう》だと思う。

知らん顔をして彼女を従者……従属《シ》する者とやらにして連れ歩いても（クローラ以外に）文句を言う者はいないだろう。しかし、彼女がやったことについては、どこかでけじめをつけなければならない。いくら洗脳されていたとはいえ、以前にも誰かを殺しているかも知れないのだ。そしてそのけじめは、私が個人的に許すなどという甘いものであってはならないはずだ。

「そういうことでしたら……。裁判は月の最後……十日後に行われる予定ですので、それまで彼女は衛兵隊でお預かりしましょう」

「裁判には弁護人の他に保証人が必要となりますが……マルギルス殿が彼女の保証人に？」

「……ああ、無論だ」

保証人？　この世界《セディア》の裁判制度は良く分からないが、それくらい骨を折っても良いだろう。むしろ、弁護もしてやりたいくらいだ。何とか、禁固数年とか、強制労働くらいの罪で済ませられれば良いが。

「……一応、言っておくが彼女は暗鬼崇拝者《デモニスト》の邪悪な魔術で洗脳されていた。数々の犯罪は彼女の本意ではなかったし、今では深く反省して罪を償いたいと言っている。そこを十分配慮して、寛大な判決が出るように力を貸してほしい」

む。これは少し言い過ぎか？　裁判に圧力をかけたと思われると、彼女が不利になるかも……。

「ええ、もちろん分かっていますとも。お任せください」

「裁判の日まで快適に過ごしていただけるよう、全衛兵に通達しておきます」

……この時、何となく雰囲気がおかしいとは、思ったのだが……。セダムが何も言わない（むしろニヤニヤしている）時点で気付けよ、という話だ。

†

ネイブ・コーバル男爵。元々は、凡庸《ぼんよう》な人物であった。自分が凡庸であるという事実を認められないことも含めて、凡庸だった。

十年前。

暗鬼の発生による戦乱が治まってから数ヶ月後。コーバル家の支配下にある村から、奇妙な献上品が贈られてきた。『それ』と出会わなければ。彼はレリス市の貴族として、平穏な人生を送れたかも知れない。

「何だこれは、気色が悪い」

小鬼の頭蓋骨であった。濡《ぬ》れたように艶《つや》のある黒一色である。

「そうですなぁ。こんな物を飾ろうなどと、誰も思わないでしょうな」

年老いた忠実な家令の言葉も、常識的で当たり前のものだ。それが、彼の心の何かに引っかかったのだろうか。胡散臭そうに頭蓋骨の眼窩《がんか》の奥を見た瞬間、微かな金色の輝きを見たからかも知れない。

「ほう、そうか。だったら私はあえて手元に置くとしよう。ありきたりな彫刻などより洒落《しゃれ》ているぞ」

暗鬼の頭蓋骨を寝室に置くようになった男爵の心にはごく僅かな変化が起きた。他人の視線に込められた悪意に気付けるようになった。自分の見えないところで陰口を囁く声も聞こえるようになった。

そんな小さな変化が大きな歪みとなるのはあっという間だった。

三日後には、男爵にとって人間とは自分を嘲笑《あざわら》い嬲ろうとする悪意の塊になっていた。七日後には、暗鬼の頭蓋骨に自らの血液を分け与えていた。そして十日後、彼は暗鬼崇拝者《デモニスト》の司祭を屋敷に招き入れる。

「貴方なら、暗鬼の崇高な使命を理解してくれると思っていましたよ」

「ああ……。人間などというおぞましい生き物は、何としても絶滅させねばならない」

全身の毛をつるりと剃《そ》った不気味な司祭は、男爵に暗鬼の頭蓋骨を贈った村の村長だった。その村は既に暗鬼崇拝に染まっていたのである。


「ですが人間を絶滅させるためには、私たちはまだまだ力を蓄える必要があります。そのためにも、貴方にはレリス市で権力を握っていただきたい」

「無論だ。今までは自分が安全に暮らせればそれで良いと思っていたが、これからは本気を出して商人どもを蹴り落としてやる」

「では、彼女らをお使いください」


司祭が男爵に贈ったのは、五人のダークエルフだった。司祭が自ら『調達』したのではなく、暗鬼崇拝者《デモニスト》としての上位者から譲り受けていたらしい。

男爵は彼女たちを使って、自らの権力を拡大させていった。密かに暗殺した政敵は十人を超える。ダークエルフたちは洗脳の影響で本来の能力を発揮できなかったようだが、それでも優秀だった。盗賊ギルドですら彼の所業に気付けなかったのである。商人派閥とレリス市を二分する勢力である貴族派閥の中でも、筆頭格と呼ばれるまでに十年かかった。その間に家令をはじめ屋敷の使用人たちを、慈悲深くも暗鬼崇拝に導いてやっている。司祭から教えられた月に一度の儀式も欠かすことなく、祭儀場である地底湖には数え切れぬ人間の骨が沈んでいる。

全ては順調だった。


数日前。

いよいよ、目障りなザトー・ブラウズから評議長の座を奪い取る工作を始めようと思った矢先に、あの男が現れるまでは。暗鬼の巣を怪しげな『魔法』の力で簡単に破壊する……そんな存在を許しておいてはいけないのだ。

「私たちの命をかけてでも、彼を、ジオ・マルギルスを倒さねばなりません」

「分かっている。暗鬼を滅ぼす者を滅ぼすのが、我々暗鬼崇拝者《デモニスト》の使命だ」


男爵は村からやってきた司祭とともに、怨敵《おんてき》を倒す決意をした。

最初の機会は、マルギルスが評議長と会談した時だった。根回しもせずブラウズを殺しても旨味は少ないが、現世の権力の獲得などは手段であって目的ではない。双方が死ねば万々歳。評議長だけが死ねば、マルギルスが犯人ということにできる。逆も同じだ。万一、双方が生き延びてもそこに当然不信と不和が生まれ、付け入る隙となる、はずだった。

暗殺失敗の報告に慌てて議事堂に向かい、遠目にマルギルスの姿を見た男爵は強い衝撃を受ける。大魔法使いを名乗った男は、装備こそ立派だったが中身は凡庸な中年男にしか見えなかったのだ。

……何故、あんな男が。

激情にかられ、マルギルスの大事なものを踏みにじってやろうと商人の家を襲撃させたが、これも何故か失敗してしまう。


頭をかきむしっていたところに、レリス市中の冒険者や衛兵が暗鬼崇拝者《デモニスト》の情報を求めて活動しているという報告が届く。

最初は楽観していた。これまでにも疑いの目を向けられたことはあったが、全て上手くかわしているのだ。だが今回のあの連中は、目の色を変え、一族の仇《かたき》でも探すような執拗《しつよう》さで自分の尻尾を掴もうとしてきた。おまけに、盗賊ギルドまでが暗鬼崇拝者《デモニスト》を狩り出そうと地下で蠢《うごめ》き出す始末。

結局それ以降は、打つ手の全てを冒険者や衛兵、盗賊ギルドに邪魔されてしまった。


全て支配し破壊するはずだったレリス市が、自らを捕らえようとする檻《おり》に変わっていたことに、男爵はようやく気付いた。

　気付いた時は既に手遅れだった。最も優秀な手駒は奪われ、レリス市中に自分が暗鬼崇拝者《デモニスト》だという声が溢れていた。屋敷には監視が二重三重に張り付いて一歩も出られない。野次馬《やじうま》まで押しかけてきた。

　そうした市内の動きは全て、あのマルギルスが企んだことだという。

「男爵様。こうなっては仕方ありません。今からでも最後の儀式を行いましょう」

「……おのれ……マルギルスめ……！　奴は一体何なのだ⁉」

　屋敷の外から群集の怒号や歓声が聞こえてきたところで、彼らは決断した。密かに準備を進めていた邪悪な儀式を決行することを。

「あと五年かけて呪法を施せば、完全な鬼神として復活できたものを……」

「もう何百人の血肉を捧げたと思っている？　奴らを滅ぼすには十分だ」

「ええ、それを期待しましょう」

　祭壇に載せた暗鬼の頭蓋骨……初めて見た時の五倍ほどに『育って』いた……を無念そうに見つめて司祭が呟いた。

　それでも、祭壇の前に跪き聖句を唱え始める。司祭の祈りに応じて、頭蓋骨の表面がぶるりと震え、眼窩の奥に黄色の光点が生まれた。徐々に、徐々に輝きを増していく。

　そこへ。衛兵たちと冒険者パーティを引き連れたあの男……ジオ・マルギルスが屋敷の前に現れたという報告が届いたのだった。

†

コーバル男爵の居場所はすぐに分かった。

何の捻りもない。レリス市の高台、高級住宅街にある彼の屋敷だ。既に冒険者、衛兵、盗賊たちが分厚い包囲網を敷いているという。

調査班の冒険者から連絡を受けた私は男爵の屋敷に到着した。セダムとその仲間も同行している。なお、当然レイハは衛兵に預けてきた。

屋敷は他の貴族や豪商の屋敷と同様、高い壁に囲まれていた。固く閉ざされた門には、レイハが言った通りの剣と帆の紋章が飾られている。門の奥は静まり返り人の気配を感じない。


「コーバル男爵様が暗鬼と……」

「でもやっぱりって感じだよなぁ」

「もしかして私の妻がいなくなったのは……」

屋敷の前は私が雇った冒険者や衛兵、それに野次馬でごった返していた。屋敷が公園前の広場に面しているのも『観客動員数』の増大に寄与しているようだ。

ここまで騒がれて何の反応もないということは、諦めているか、秘密の抜け道から逃亡しているか……何か、邪教の信者らしいファンタジックな逆転手段を準備しているか、だ。私の勘だと多分、最後のやつだ。これがTRPGのシナリオなら絶対にそうなるだろうが、しかし何とか説得して投降してもらいたいところだ。


「魔法使い殿！　突入の準備が整いました！」


完全武装の衛兵が七人、私の前に整列した。板金鎧に方盾《ほうたて》、連結棍棒《フレイル》に石弓と物々しい。

衛兵司令官にはあらかじめ、私に同行する（建前上は、私が同行する）衛兵を選出してくれと言っておいた。希望通り、なかなか強そうだ。……まぁ、カルバネラ騎士団と比べても遜色《そんしょく》ない程度という意味だが。

「悪いな、最後まで手間をかけさせて」

「もう十分過ぎるほど前払いで報酬をもらってるからな。これくらいは当然さ」

頼もしい仲間を率いたセダムが、不適に微笑んで頷く。衛兵七人に冒険者六人、そして私の十四人か。ずいぶん大所帯になるな。他の冒険者や衛兵たちには、屋敷を取り囲み男爵の逃亡を防ぐ役を頼んでいる。

「ただ、マルギルス。男爵がもし抵抗するとしたら……あまり甘く見ない方がいいぞ？」

「ほう？」

セダムが真面目な顔で忠告してくれた。

「相手は、あんたの噂を知ってるだろ。となれば、最低でも魔術師対策はしてくるはずだ」

「魔術師対策？」

魔術と魔法は違うのだが……と首を傾げると、クローラが苛立たしげに説明してくれる。

「典型的な魔術師対策とは、音凪《シンファ・ミュド》の魔術ですわね。男爵は多少魔術を嗜むという噂もありますし」

「シン……何？」

「一定範囲内の『音』を打ち消すんですわ。……それだと貴方も困るのではなくて？」

『D＆B』で言うところのサイレンスか！　いや、それは……。

「困るな」

「でしょう？　他には闇や光の術で視界を奪うとか、魔力を奪う魔具や魔物を使うなんていう手もありますわね」

なるほど。魔術は強力であるが故に、対抗手段もまたちゃんと研究されているということだな。それは当然のことではあるが、厄介《やっかい》なことでもある。やはり、三十六レベル魔法使いだからといってソロで活動するのは無理だな。

「その、音を消す魔術を使われたらどうすれば良いんだ？」

「基本的には効果範囲から出ることですわね。素人魔術ならそう広くはないはずですし。また、味方に魔術師が二人以上いる場合は最初から二手に分かれておくという手もありますわよ」

ふむ、その対策なら一人が魔術を封じられてももう一人は問題ないということか。

「では、悪いがクローラとトーラッドは私から少し離れていてもらおうか」

「それなら俺のパーティとあんたと衛兵の組で最初から二手になって探索するか」

「承知しましたわ」

結局どこかで合流する気もするが、その方が良いかな。と、概ね打ち合わせが終わったところで。

「……野次馬連中……いえ、見学の皆様方も注目していらっしゃいますわよ？　ここは、貴方が勇ましく口上を述べてから突入すべきですわ」

「うぇ……」

尊敬すべき仲間の助言は真摯に受け止めねばならない。たとえどんなに気が進まないことであってもだ。

コーバル男爵の屋敷前の広場には、身分も職業も様々なレリス市民たちが押し寄せていた。目当ては、私こと大魔法使いが暗鬼崇拝者《デモニスト》であるコーバル男爵に復讐する場面を見物することだろう。私が派手に動きすぎたせいだが、男爵はここ数日ですっかり市民たちの噂の的になっていたようだ。それに男爵自身の黒い噂も、人々を引き寄せる餌になっていた。

市民たちだけでなく、集まった衛兵や冒険者たちも興味津々といった顔でこちらに注目している。彼らは、暗鬼の巣を破壊したという『大魔法使い』が実際はどんな存在なのか知りたいのだろう。

「その前に君たちには言っておきたい」

「何だ？」

セダムとクローラ。この世界《セディア》に来て以来、頼りっぱなしの若い友人たちに、私は宣言した。

「本当の私は英雄なんかじゃなく、ただの平凡な人間だ。だがそれでも、暗鬼からみんなを守るために戦う。そう決めた」

「……」

「……」

我ながら青臭過ぎる台詞に、二人は硬直してしまった。後悔はないが、恥ずかしさはどうしようもない。二人が笑い出すか、呆れるかの反応を見たくなかったので私は群集へ近づいていった。

「信愛なるレリス市の諸君。私は魔法使いジオ・マルギルスだ」

腹に力を込めてなるべく重厚そうな声を出すと、あたりは静まり返った。さっきの宣言に比べれば、こんな台詞を言うくらい軽いものだと思える。

「騒がせてすまないな。諸君もご存じのようだが、私はこれから衛兵に同行してコーバル男爵と面会させていただく。理由は、彼が暗鬼崇拝者《デモニスト》であるという疑いがあるからだ」

「ひいいっ、やっぱりっ」

「怒って隕石でも落とすんじゃ……」

「男爵が喧嘩を売るから……」

『暗鬼崇拝者《デモニスト》』。はっきりと口にすると群衆はまたざわついた。表情には怯えの色が強い。その怯えの何割かは、『大魔法使い』に対する感情でもあるはずだ。ユウレ村での出来事を思い出し、少しだけ気が滅入る。

「安心したまえ！　あくまでも、疑いだ。男爵から話を聞いた結果、誤解だったという可能性もある。しかし、もしも——彼が本当に暗鬼崇拝者《デモニスト》だった場合」

自分を叱咤しながら続けると、人々はまた静かになった。固唾を呑んで私の次の言葉を待っている。

「私が必ず彼を捕らえ、諸君を守る！　魔法使いジオ・マルギルスは暗鬼と暗鬼に関わる者全ての敵だからだ！　……ええと、暗鬼に滅びを！」

でかい声を出しているうちに喉の調子が良くなってきた。最後の一言はなかなかよく響いたと思う。一瞬、つっかえなければ最高だったのだが。

「マルギルス様！」

「頼みますぜ！」

最初に叫んだのは、冒険者や衛兵たちだった。拳を突き上げて叫んでいる。

「わあああっ」

「大魔法使い様！」

「我らの英雄！」

「暗鬼からこの子たちを守ってください！」

触発されて、レリス市民たちから熱狂的な反応が湧きあがった。自分でそうしようと思ったわけだが、やはりどうにも居心地が悪い。

「なかなか板についてきたな、大魔法使い殿」
「その調子ですわよ」
「有難いお言葉だな……」

阿呆な子供の成績が少し上がったのを褒めるみたいな、セダムとクローラの態度。ぼやきながらも少し癒《いや》される。さっきの宣言についての感想は……また後で聞こう。

「……来た、よ」

フィジカの静かな声が私に冷や水を浴びせた。前もこんなことがあったな……と思いながら彼女が指差す方を見れば。

固く閉ざされていた屋敷の正門が、ゆっくりと口を広げていくところだった。

†

「うわあっ」
「だ、男爵様だっ」
「暗鬼崇拝者《デモニスト》だっ」

広場に集まっていた群衆は口々に悲鳴を上げた。驚いたことに、逃げ出そうとしてパニックになる者は小数だった。この場に多数の衛兵や冒険者が、そして認めたくはないが私がいることが心理的な安全弁になっていたのかも知れない。それでも私たちを取り囲んでいた人々は潮が引くように後退し、遠巻きにこちらや正門を窺っている。

「あちらから出てくるとはな」
「……総員、構え！」

衛兵たちは素早く私の前に一列に並び、盾を構えて壁になってくれた。セダムたちも事前の打ち合わせのとおり、少し離れた場所に展開する。

衛兵が構えた盾の壁に隠れるといういささか情けない状況で、私は開け放たれた正門から何が出てくるのかを見つめた。

†

「だ、男爵様だ……」

「でも何だ、あの格好」

「怖い……」

正門から出てきた人影は七つあった。それを見た群衆がまたざわめく。

人影のうち五つは屈強な男で、頭部全てを覆う黒頭巾《くろずきん》と、黒いローブをまとっていた。三角に尖った頭巾には二つの覗き穴があいている。全員、抜き身の大剣で武装していた。一歩前に立つ、骨や皮で悪趣味に装飾された衣装の男性がコーバル男爵だろう。私と同年代だろうに。痩せすぎ、目つきも陰惨すぎてまるで老人のように見える。最後の一人は黒頭巾たちの陰に隠れているが、黒いローブの禿頭《とくとう》の男だった。

「ようこそ我が屋敷へ、魔法使いマルギルス。そしてレリス市民諸君！」

男爵の声は、にわか仕込みの私などよりも遥かに朗々と響いた。衛兵たちの肩がびくりと震えたのが分かる。いや、私もか。初対面のはずだが、彼はまっすぐ私を見ていた。

「もうすぐ夕食の時間だというのにご苦労なことだな？　この私、ネイブ・コーバルに何かご用でも？」

あれだけ暗い雰囲気なのに、彼の沼みたいに淀んだ目や妙に張りのある声には、どこか心に滑り込んでくる蠱惑的なものがあった。これが――暗鬼崇拝者《デモニスト》というものなのか？

「……っ！」

などと考えていると、視界の端で金髪が揺れるのが見えた。私たちから右手に十メートル以上離れたセダムパーティの中から、クローラがジェスチャーを送ってきていたのだ。どうせ「何か言い返しておやりなさい！」とでも言いたいのだろう。

「コーバル男爵殿！　お初にお目にかかる、魔法使いジオ・マルギルスだ」

「ふん。以後、よしなに頼む……とでも言っておこうか」

「手短に言おう。男爵殿には、暗鬼崇拝の容疑、そしてこの私と評議長の暗殺未遂を目論んだ疑いがかかっている。これは事実かな？」

一応、評議長と衛兵司令官からは本人が容疑を否認してもひっとらえて良いと言われている。しかしまさか、あの姿とお供で大衆の前に出てきて、暗鬼崇拝者《デモニスト》じゃありません、とは言わないだろう。ということは、彼の狙いは何だ？

「然《しか》り！　我は暗鬼崇拝者《デモニスト》なり！　我らが悲願第三次『大繁殖《ブリード》』を邪魔する魔法使いよ！　ここで……死ね！」

「……!?」

『死ね』。

まあ日本でも良く耳にした言葉だ。だが、本気で自分を殺そうとしている相手からそれを言われた経験はない。暗鬼が発する、あの桁外れの殺意と憎悪とはまた違う。同じ人間からの生々しい殺意だ。そんな殺意を言葉によって叩きつけられた私の心臓は、大きく痙攣《けいれん》した。

「……っ……。それは、お断りするっ」

片手で胸元を押さえながら、声を絞り出す。中身がハリボテなのは確かだが私は今、大魔法使いの仮面を被っているのだ。殺意如きに屈するものかよ。

「構え！　発射！」

衛兵たちは、私の言葉を開戦の合図だと判断したようだ。七名のうち三名が盾の壁の後ろ側にまわり、石弓で矢を放った。同時に、セダムも神速で二本の矢を放っている。

「殺せ！　殺せ、殺せ殺せ！　殺して黙らせろ！　目を閉じさせろ！　もう私を馬鹿にできないように！」

「ああああっ！」

黒頭巾の男たちに、矢が突き刺さっていく。顔面に二本直撃を受けた一人はその場で倒れたが、残りは身体に矢が突き刺さるのも構わず、奇声を上げて突っ込んできた。私と、セダムのパーティに二人ずつだ。

「盾構えっ！」

衛兵隊長の号令で、三人の兵士が盾を掲げる。二人の黒頭巾が大剣を振り回し叩きつけるが、防御が崩れることはなかった。

「くらえ！」
「暗鬼崇拝者《デモニスト》め！」

石弓を捨てた後列の兵士が腰から剣を抜き放ち、盾を構える前線の兵士の間から突き出す。見事な連携だった。

「あああああっ」

「あひぁぁっ！　ああっ！」

黒頭巾二人は刺された傷から血を流し、奇声を上げながらなおも大剣を振り回していた。横目で見たセダムたちの方も似たような状況だった。

……おかしいな、モロ過ぎる。

別に戦闘指揮の経験から出た感想などではない。どちらかといえば、ゲームや小説の似たような状況を思い出しただけだ。私は不安になって、まだ正門前にいる男爵ともう一人へ視線を向ける。

「きじん！」

男爵のものではない、女性のように甲高《かんだか》い叫びが上がった。男爵の横にいたもう一人……黒いローブの胸元に、不気味な紋様を描いた男だった。頭髪のないつるりとした爬虫類《はちゅうるい》のような顔が見えている。その爬虫類男が両手を上にあげて絶叫し……ついで、ナイフを自分の首筋にあてて一気にかき切った。その瞬間気付く。奴の両眼が濁った金色だったことに。

「!?」

「あひゅぁぁ――……！」

風船から空気が抜けるような音と共に、鮮血を溢れさせながら男はぶっ倒れた。男爵は当然のことのように平然としている。一体何事だ!?

《バンッ》と。爆発のような音がその時鳴った。

瞬間的に音の方を見る。広場の一隅、石畳の一部が下から弾け飛んでいた。そこにできた黒い穴――後で聞いたところでは、そこは下水道の出入り口だったらしい――から『ぬう』と長く太く黒いモノが突き出してきた。
甲殻類《こうかくるい》の脚、のような形だ。目を凝らせば、骨のようなモノで組み上げられている。

「キュギリリリ！　キュリリリリ！」

金属的な叫びは一体どこから発せているのか。


「……は？」

「ひ、ひ、ぎゃあああっっ!?」

「化け物だぁぁ！」

「暗鬼だぁぁぁ!!?」


地下から現れた三、四メートルほどの脚に続いて、眼窩を黄金色に輝かせた暗鬼の頭蓋骨が姿を現す。群衆は今度こそパニックを起こした。衛兵や冒険者たちが何とか避難させようと叫んでいる。

……自殺した男を生贄にして、アレを甦らせたというところか？　きじん、とか言っていた。

『鬼神』か？　海老《えび》とも蟹《かに》ともつかない異形《いぎょう》。サイズは路線バスに匹敵するだろう。

暗鬼の軍団《レギオン》や『巣』と比較してもグロさ、非日常さでは良い勝負だ。骨を組み合わせて作った化け物が八本の脚を蠢かして地上へ這い上がろうとする様子を見ながら、私はやけに冷静に分析していた。恐怖が一周してるのか？


「炎の鞭《ファルガ・ウィレム》！」

「ギュリリィィ！」


大気すら腐ったような広場を清冽《せいれつ》な声が切り裂いた。クローラの杖から伸びた炎の鞭が、全身を現した異形に絡みついていく。背中にあたる部分に接続された暗鬼の頭蓋骨が、ガチガチと歯を鳴らし叫んだ。

セダムたちのパーティは前衛三人を先頭に、化け物――鬼神へ接近していく。さらに、広場にいた冒険者と衛兵の一部も武器を引き抜く。

「……ど、どうしましょう魔法使い様っ」

「十秒だけこの場で待機してくれっ」

衛兵隊長が戸惑いきった顔で指示を仰ぐ。黒頭巾たちは既に倒されていた。私は迷ったが、まず最速でコーバル男爵を捕獲し、その後鬼神を倒しに行くことを選択した。

男爵が姿を見せた時点で先制攻撃するという選択肢を、無意識に排除していた自分が情けないが、この反省は後日に活かそう。

「開け魔道のも……」

「音《シンファ・ミュド》凪！」

男爵を麻痺《まひ》させようと唱えかけた呪文の声に、その男爵の叫びが被った。気にせず続けようとした呪文の声が、途中から消失した。詠唱による精神集中で維持される『内界』の仮想の私も消え去ってしまう。

「……!?　……！」

私の口からも、衛兵たちからも、そもそも周囲からも何の音も聞こえなかった。いや、聞こえなくなった。

……『サイレンス』だ！

全身に一気に冷や汗が浮かぶのを感じる。どうする？　さっき聞いた、サイレンス対策は……。音は何も聞こえないが、八本の脚を振り回す鬼神が、炎の鞭を引き千切るのが見えた。『基本的には効果範囲から出ることですわね』脳裏にクローラの声が甦る。

私はうろたえる衛兵達に見えるようにコーバル男爵を指差し、そちらへ向けて駆け出した。

男爵までは十メートルほどか？　必死に走り、「殺せ殺せ！　私を馬鹿にできないように！」という声を感知した瞬間踏みとどまる。沈黙の魔術の効果範囲から脱出したのだ。

「突撃、突撃だ！」

「うおおぉ！」

衛兵たちは隊長を先頭に一気に男爵のもとに殺到し、連結棍棒《フレイル》や剣を叩きつけた。ゲラゲラ笑っていた男爵は頭部から血を噴き出しぶっ倒れ、衛兵たちに押さえつけられる。

私はセダムたちが化け物と戦っている方へ向き直り……。

頭上から四つの影が降ってくるのに気付いた。

「うっおおっ⁉」

そうか、『捕獲できなかったダークエルフ』。これが男爵の最後の札だったのだ。最初から私をおびき寄せるつもりで、暗殺者たちを正門付近に伏せておいたのだろう。その手には鈍く輝く刃が握られていた。

【無敵《インヴィンシブル》】を今日使っていたか？　使ったとしても効果時間内だったろうか？　ダークエルフの一人が空中で拘束され、もがく。

【見えざる悪魔《インヴィジブルデーモン》】だ。だが残り三人。スローモーションのように刃と、思考がゆっくり流れている。

身体が勝手に動き、大魔法使いの杖《ウィザードリィスタッフ》を掲げて何とか攻撃を防ごうとしていた。それを容易に掻い潜り、三つの刃が私の喉や心臓を抉ろうとした瞬間。

「主様っ‼」

ハスキーな女性の声。暗褐色の猛獣？　いや、女性の身体が私の視界で激しく舞った。彼女の長い手足が、稲妻のように閃《ひらめ》いて暗殺者たちの首筋や鳩尾《みぞおち》に吸い込まれた……のだろう。私の目で追える動きではなかった。

「あっ⁉」
「ぎゃふっ」
「うっ」

女性が私の前でひざまづいた時。三人の暗殺者は昏倒して石畳に転がっていた。

「魔法使い様っ」
「大丈夫ですかっ」

コーバル男爵を捕縛していた衛兵たちも異変に気付き駆けつけてきた。

「主様っ！　ご命令を破りました此《こ》の身、いかようにも罰してください！」

ここでようやく、目の前に跪く扇情的な美女の素性を思い出す。

「……レイハ、それは今はいいから！」

†

「ぎゃあっ」
「うわぁぁっ」

セダムパーティ以外の冒険者や一般の衛兵には、やはり鬼神の相手は荷が重かった。立ち向かっていく勇気は立派だが、巨大な脚で次々に薙ぎ払われ、地面に転がる。

「ギャリリリリ！　ギュリイイ！」
「ちょっ、こわっ」
「下がれ下がれっ」

脚を伸ばせば差し渡し十数メートルはあろうかという、悪夢のような化け物相手にセダムたちはよく戦っていた。といっても、セダムの矢もフィジカの短剣も全く通じていないようだ。クローラの魔術さえ先ほどからほとんど効果を発揮していなかった。

今は、セダムの指示で前衛三人が目まぐるしく位置を変え、鬼神の注意を引いているところである。角や爪を生やした脚が振り回される度に盾をかざして受け流し、地面を転がって必死に回避する。どれも紙一重で、見ているだけで冷や汗が滲んだ。

「魔法使い様、どうしましょう⁉」

「主様、ご命令いただければこのレイハナルカ。命に代えてあの化け物を討ち取って参ります」

「とりあえず、今度こそ邪魔が入らないように護衛してくれ」

衛兵隊長もレイハも切羽詰《せっぱつ》まった声で指示を仰いでくる。……その時には既に、私も使う呪文は決めていた。

「開け魔道の門。我が化身を招け」

ちゃんと呪文が発声されてまずは安堵する。ここまで来たら後は刺されようがどうしようが、呪文を唱え切るのみだ。

「ギュリィィィ！」

「ぐっ」

「ジルクさんっ……うわっ⁉」

鬼神の背中で蠢いていた暗鬼の頭蓋骨が口を広げ、棘のようなモノを撃ち出した。短剣ほどもある棘がジルクの太腿に突き刺さる。盾を掲げてジルクを庇うテッドを、黒い脚が叩き伏せた。

仮想の私は魔道門をくぐり、第六階層まで螺旋階段を降りていく。

「この呪文により対象一体を塵となるまで打ち砕く」

書見台に置かれた書物を白と黒の十面体ダイス二個に変え、握る。ここで致命的失敗《ファンブル》でもしたら、次の十秒で犠牲者が出るかも知れない。

「……頼むっ」

何かに祈りながら、二つのダイスを投げる。

《カン、カツ》と硬質な音を立てて転がった白、十の位のダイスがまず停止した。……出目は『〇』。もし一の位、黒のダイスも〇だったら出目は『百』。致命的失敗《ファンブル》である。

黒のダイスの出目は……。

「あぶねえ九だったぁぁぁ【破壊《ディストラクション》】!!」

仮想と現実、双方の私の叫びが重なり、呪文が完成した。

大魔法使い《ウィザード》の杖《リイスタッフ》の先に白く輝く小さな球が生まれ、前方で暴れる鬼神の巨体に吸い込まれる。

一呼吸。後。

「ギ……!?」

八本の脚を持つ異形の巨体は、内側から破裂した。

轟音も爆風もない。ただ、氷像が巨大なハンマーにより一瞬で粉砕されたかのように、鬼神は数十の破片になり、数千の塵になり、一つの虚無となって消え去った。

「え、な、何だ?」
「化け物はどうした?」
「ち、塵になって消えた……」

逃げ惑っていた群集も、衛兵もセダムたちすら呆然と立ち尽くす。

静寂が落ちた広場で。私は疲れ果て、大魔法使いの杖《ウィザードリィスタッフ》に縋りつくようにして呟いていた。

「……疲れた……」

†

暗鬼崇拝者《デモニスト》であることを自ら認めたコーバル男爵は逮捕された。その後の調査で、あの爬虫類男や化け物の正体もおぼろげには判明している。連中の凶行の犠牲者は気の毒であるが、遺体を回収できただけでも良かったかも知れない。男爵は衛兵から厳しい取り調べを受けている。

四人の暗殺者はやはりレイハの同族だった。全員、レイハよりもかなり若い少女たちだ。案の定、金色の眼で虚ろな様子だったので【祓い《カースブレイク》】を使い正気に戻してやる。問題は、その四人の少女もレイハ同様に私を主認定して、生涯の忠誠とやらを誓ってしまったことだ。

どうもレイハが私のことを例の『流れの主《オルリ》』だとか何だとか持ち上げて、その気にさせてしまったらしい。内心困り果てはしたが、とりあえず彼女たちにもレリス市で裁判を受けてもらうことにした。


ダークエルフたちの裁判を待つ間、私は魔術師ギルドで会議をしたり、写本師ギルドで呪文書《スペルブック》の予備を作る算段をしたり、ジーテイアス城で雇う人材の選定を進めたりと忙しい日々を送った。暗鬼崇拝者《デモニスト》についての調査は、評議会や衛兵たちに任せていたが、男爵以外にも数十名の貴族や商人が逮捕された。さらに、村一つが丸ごと暗鬼崇拝をしていたことが判明し、関係者を警愕させている。

また、調査が進むうちにダークエルフたちが連中にずいぶんと良いように使われていた、つまり様々な犯罪を行っていたことが分かって気が重くなった。

だが蓋を開けてみると、異世界の裁判は私の想像とは全く違った様相を呈していた。

†

私は議事堂前の大広場で開廷された裁判に出席している。

正面に裁判官、その左右に陪審員たち。右手には検事役の衛兵司令官、左手には被告であるダークエルフ五人と弁護人がいる。

そこまでは良かったが。まず環境から言って、裁判という単語から連想される厳粛さや重苦しさは欠片もない。大広場どころか、そこに連なる通りや水路にまで見物客が押しかけ、ほとんどお祭り騒ぎになっているのだ。

私は保証人、という立場での出席だ。判決は陪審員の多数決で決まるが、その判断に最も重大な影響を与えるのは保証人だという。しかも、『保証人が何を言うか』よりも『保証人が誰なのか』が重要なのだそうだ。『皆から信頼される立派な人物が保証するならば、被告も信用できる』という考え方である。公平性に欠ける制度ではあるが、科学捜査や人権思想など影も形もない異世界なのだから仕方がない。治安の維持ということだけ考えれば、ある程度の合理性はあるしな。

結局、自分で言うのも本当に何だが、現在レリス市において最も有名かつ立派（と言われている）な人物である大魔法使いジオ・マルギルスが保証人になった時点で、レイハたちの無罪は決まったも同然だったのだ。

評議長も衛兵司令官も、最初からダークエルフなどという厄介なものを抱え込むつもりはなかったのだろう。それで私に恩も売れてラッキー、くらいに思っているのかもしれない。

「……このように、ダークエルフたちは元々暗鬼崇拝者《デモニスト》の卑劣な魔術で心を操られていたのだ。その魔術は私が解除した。私は、今の彼女たちが善良な一市民であることを保証する」

「いいぞぉ！」

「マルギルス！　レリスの守護者マルギルス！」

私が何か発言する度に見物人から歓声があがる。直接市民の目の前で暗鬼崇拝者《デモニスト》や鬼神と戦ったことが絶大な人気に繋がっている……のだそうだ。こんな裁判になるとは当初は思いもしなかったが、これがこの世界《セディア》の法だというなら是非もない。

用意された台本を私が読み終えた瞬間、裁判官は叫んでいた。

「判決を言い渡す。陪審員の全員一致をもって、被告は無罪！」

†

「我らが流れの主《オルリ》よ！」

裁判官の宣言と同時に、（手袋を脱ぐみたいに手枷を外した）ダークエルフたちが一瞬で私の前に並び、ひざまづいた。時間をおけば考えも変わるだろう、というのは儚《はかな》い望みだったか……。

「我らのために主様自らの弁護、感謝の言葉もございません」

「これからは、レイハナルカ姉同様、私達も主様の従属《シ》する者となってご恩に報います」

紙吹雪《かみふぶき》やら、喇叭《らっぱ》や鐘の音やら、市民からの大歓声やらに包まれていたが私は冷や汗を滴《したた》らせていた。美女と美少女たちに傅《かしず》かれて、男として嬉しくないと言ったらもちろん嘘になる。放っておくと滅茶苦茶にやけてしまいそうた。

しかし一方では、どうすんだこれ？　という困惑が湧き上がるのも確かだ。四十二年間独身だったのに、急に五人の扶養家族を養うことになるのか？

まぁ……これも成り行きか。彼女たちを今更見放すわけにもいかない。しばらくは一蓮托生《いちれんたくしょう》だ。

レリス市にはレイハたちが手にかけてしまった人の遺族も多数いるはずだ。……その人々への贖《しょく》罪《ざい》は、これから私と彼女たちが市を守ることで代えさせてもらう他ない。評議会を通じて見舞金も出しておこう。裁判が終わっても残っていたもやもやを、そう切り替えることで振り払う。

しかしまだ、私の試練は終わっていなかった。

ブラウズ評議長がやってきて、「暗鬼崇拝者《デモニスト》を倒したことを祝してパレードを行います」と述べたのだ。

†

「マルギルス様ぁー！」

「大魔法使い、英雄！」

「マルギルス様万歳！　レリス万歳！」

「セダムー！」

「クローラお姉様ー！」


「……」


私は行灯や煌《きら》びやかな旗、花で飾られた大型の川船に乗せられ運河にいた。日本で言うところのオープンカーのような存在なのだろう。運河の両岸や橋にはやっぱり群衆が押しかけ、花や紙吹雪をまき散らしたり歓声をあげたり、酒を飲んだりしていた。

前方の船には、セダムたち五人の冒険者が乗っている。彼らも精鋭冒険者ということで、元々それなりの人気があるらしい。

私の左右には何故かクローラとレイハが座っていた。クローラはセダムのパーティメンバーなのだから前の船だろうと主張したのだが、ブラウズ評議長に「英雄の左右には美女を配置しなければ絵になりませんからな」としたり顔で却下された。前後の席には当然のように四人のダークエルフの少女たちが座っている。


クローラは当初ぶつくさ言っていたが、いざ川船に乗り込むと途端ににこやかになって周囲に手を振っていた。もちろん、伯爵令嬢らしい優雅さで、だ。レイハといえば、《ふんすっ》という鼻息が聞こえてきそうな気合の入った顔で周囲に気を配っている。彼女の薄紫の瞳には、どんな敵も一歩も近づけないという意気込みと、主（私のことだが）が賞賛を浴びていることへの誇らしさが満ちていた。

私はもちろん、居心地の悪さに顔を引きつらせている。

「……まいったなこりゃ……」

「貴方のやりたいことを考えたら、必要なことですわよ？」

私があまりに困り切った顔をしていたからだろう。クローラが珍しく気遣うように囁いた。

「必要かねえ、これが」

「……この市のほとんどの者が、暗鬼の怖さを骨の髄まで刻み込まれておりますわ。夜寝るのも怖いほどに。そんな人々の眠りを護るのも、『暗鬼からみんなを守る』のうちではなくて？」

クローラの声は優しいが、その奥に鋼《はがね》のような厳しさがあった。私が大魔法使いの仮面を着け、英雄として働くことはそれだけ重いのだと警告してくれている。

「ジォーさぁぁ―――ん……！」

歓呼の中でも不思議に耳に届いた声に視線を上げると、見慣れた栗色の髪の少女が橋の欄干から身を乗り出していた。滅茶苦茶に手を振っている。

「……うむ」

少女に手を振り返しながら、あの時心に刻んだ言葉を思い出す。

借り物の力で驕《おご》るのは愚かだ。だが、力を使えばできるはずのことをしないのが正しいと言えるのか？

私は、力を使ってできることをすると決めたのだ。

『冒険』と『英雄』に憧れていた頃の私なら、こんなことで迷わなかっただろう。『彼』より二十年も長く生きた私は迷ってばかりだ。

「分かったら胸を張りなさいな。皆が貴方に期待していますのよ？　……私《わたくし》も、含めて」

私の顔を見たクローラがいつもの調子《そうな》に戻って言った。最後の一言は少し恥ずかしそうだったが。

「期待には応えないと、だな。何しろ自分で選んだ仕事だ」

迷える四十路男が、仲間の助けで何とかここまでやってこられたのだ。迷うことに耐えられる人間にしか、辿り着けない答えも、この異世界のどこかにあるのではないか。

だったら迷いながら進むしかないな。

私は立ち上がり、大魔法使いの杖《ウィザードリィスタッフ》を高く突き上げた。

プレイヤーネーム
ヒットポイント
レベル
抵抗値
修正
修正
INT

Dungeons & Braves

Character Sheet

Character Name

ジオ・マルギルス

装備

普通の装備
水袋（1日分）
ワイン袋
保存食（3日分）
食器セット
縫い針と糸
チョーク
手鏡
携帯用ペンとインク壺
羊皮紙十枚束
火口袋（火打ち石等）
布（タオル）5枚
着替え2セット
毛布2枚
ダガー
3メートルの棒

マジックアイテム
ウィザードリィスタッフ
ローブ+5
プロテクションリング+5
トラベリングブーツ
インフィニティバッグ

ポーションサーバー
ウォータースタッフ+5 ライト
スタッフオブアンデッドコントロール
ダガー+3 リターニング
ウィップ+4
キャンセルロッド
メディカルリング
ウォーターウォーキングリング
レジストファイヤーリング
ジニーズリング
カースコマンドリング
テレスコープレンズ
プロテクトサークルチョーク
バスウォールグローブ
エルブンマント
エルブンブーツ
エネミーファインドワンド
ディナークロス
ESPメダル
対ESPメダル
マッピングスクロール
アルケミーツールセット
アーケインスミスツールセット
アーケインクイル
ソルジャーズオブブロンズ

アルティメイトコフィン
スカルオブネームレスゴッド

魔法

1レベル：1日の使用回数9回
魅了（チャーム）
魔力解析（アナライズ）
見えざる運び手（スプライトポーター）
魔力の矢（マナボルト）
防護（プロテクション）
翻訳（トランスレイト）
呪文複写（スペルコピー）
魔力の盾（マナシールド）
眠り（スリープ）
明かり（ライト）

2レベル：1日の使用回数9回
永続する明かり（パーマネントライト）
敵意看破（ディテクトエネミー）
透明看破（ディテクトインヴィジブル）
読心（テレパシー）
透明化（インヴィジビリティ）
物品発見（ファインドオブジェクト）
幻影（イリュージョン）
蜘蛛の巣（スパイダーウェブ）
魔力の鍵（ウィザードロック）
分身（ミラージュ）
秘術の葉書（アーケインポストカード）

3レベル：1日の使用回数9回
魔力解除（ディスペルマジック）
火球（ファイヤーボール）
飛行（フライ）
拘束（ホールド）
赤外線視力（インフラビジョン）
稲妻（ライトニング）
護法陣（プロテクションサークル）
矢止め（プロテクションフロムミサイル）
水中呼吸（ウォーターブリージング）
幻馬（ファントムホース）
秘術の縄（アーケインロープ）

4レベル：1日の使用回数9回
上位護法陣（グレータープロテクションサークル）
怪物支配（コントロールモンスター）
混乱（コンフュージョン）
空間跳躍（ショートワープ）
植物支配（コントロールプランツ）
幻影地形（イリュージョンテレイン）
氷の嵐/壁（アイスストーム/ウォール）
隠蔽（コンシールメント）
強制変身（トランスフォームアザー）
炎の壁（ウォールオブファイヤ）
祓い（カースブレイク）
魔力の目（マナサイト）

5レベル：1日の使用回数9回
魔撃（マナストライク）
死体操り（コントロールアンデッド）
邪悪の雲（イビルクラウド）
精霊使役（エレメンタルコントロール）
強大なる拘束（グレーターホールド）
魔力の壺（マナポット）
物体透過（パーミエイション）
念動力（テレキネシス）
瞬間移動（テレポート）
石の壁（ウォールオブストーン）
肉体強化（フィジカルブースト）
魔力付与（エンチャント）

6レベル：1日の使用回数9回
絶対魔法防壁（アンチマジックバリア）
死の凝視（デスゲイズ）
破壊（ディストラクション）
強制の呪い（ギアス）
見えざる悪魔（インヴィジブルデーモン）
大地造成（リノベーション）
幻像投射（プロジェクトイリュージョン）
石化（ストーンド）
鉄の壁（ウォールオブアイアン）
気象操作（ウェザーコントロール）
強行軍（フォースドマーチ）

7レベル：1日の使用回数9回
鬼族小隊創造（クリエイトオグルプラトゥーン）
達人の目（センスオブアデプト）
怪物創造（クリエイトモンスター）
過去視（サイコメトリー）
次元の扉（ディメンションドア）
上位透明化（グレーターインヴィジビリティ）
精神破壊（マインドクラッシュ）
重力操作（コントロールグラヴィティ）
石像化（チェンジスタチュー）
物品召還（アポーツ）
魔剣（アーケインソード）
物品移送（トランスポート）

8レベル：1日の使用回数9回
極大魔撃（ギガマナストライク）
完全耐性付与（パーフェクトレジスタンス）
複製創造（クローニング）
破壊の雲（ブラストクラウド）
力場の壁（ウォールオブフォース）
精神支配（マインドコントロール）
精神防壁（マインドウォール）
永続化（インフィニティ）
上位強制変化（グレーターポリモーアザー）
六つのルーン文字（シックスルーン）
特殊怪物創造（クリエイトスペシャルモンスター）
光奪う言葉（ワードオブブラインド）

9レベル：1日の使用回数9回
亜空間移動（ムーブアウタープレーン）
緊急発動（エマージェンシー）
全種怪物創造（クリエイトオールモンスター）
死を撒く言葉（ワードオブデス）
次元門（ゲート）
完全治療（コンプリートディカバリー）
無敵（インヴィンシブル）
混沌の壁（カオティックウォール）
隕石（メテオ）
変身（シェイプチェンジ）
時間停止（タイムストップ）

財宝

PP：	57020
GP：	3055238
EP：	
SP：	25800
CP：	580
合計額	たくさん!!

宝石類

15000GP×5個
5000GP×58個
2000GP×135個
1000GP×523個

経験値

MAX!!

ボーナス
+10

次のレベルまで
レベル上限!

Dungeons&D[illegible]ves CharacterSheet

プレイヤーネーム

ゲームマスターネーム
ヤギちゃん

キャラクターネーム
ジオ・マルギルス

キャラクターの外見

職業
マジックユーザー

レベル
36

ヒットポイント
66

能力値

値	能力	修正
10	STR（力）	
18	INT（知力）	+3
13	WIS（賢さ）	+1
10	DEX（器用さ）	
16	CON（耐久力）	+2
13	CH（魅力）	+1

抵抗値

値	対象
S	対毒
S	対光線
S	対麻痺
AA	対広範囲攻撃
S+	対魔法・呪い

特殊技術

マジックアイテム作製：超級
ポーション作製：上級
コンストラクトモンスター作製：超級
武器戦闘（クォータースタッフ）：中級

Braves
プレイヤーネーム
ヒットポイント
レベル
抵抗値
修正
修正

あとがき

はじめまして。三河宗平《みかわそうへい》です。

本書を手にとっていただき、ありがとうございます。

「マジックユーザー　TRPGで育てた魔法使いは異世界でも最強だった。」は、小説投稿サイト「小説家になろう」に平成二十八年一月から投稿している「迷える四十路男の建国記」を改題・改稿したものです。

TRPGに詳しい方ならば『ああ、あれね』と即座に元ネタが分かると思います。ただし『あれ』そのものとは呪文の効果など変更している部分も多いです。作劇上の都合ということで、ご了承ください。

サブタイトルで全て説明し終わっている気もしますが、『TRPG好きな普通のおっさんが異世界にいったら……』というのが本書の主題です。

最強魔法使いが豪快に敵を薙ぎ払う無双シーンもありますし、美女と美少女もちやほやしてくれます。異世界転生チートハーレム物語のテンプレはしっかりと押さえているはずです。

一方で、これはあくまで普通のおっさんの物語でもあります。チートはあっても弱点だらけ、美女と美少女に囲まれても手も出せず、余計な気をまわして悩んでばかり。そんな普通のおっさんが、悪戦苦闘しながら異世界で生きていく物語です。

読者の方にも、『もし自分がこの立場だったら……』と想像を楽しんでいただければ嬉しいです。そのために、主人公の能力や置かれた状況ついては出来る限り詳細に描写しているつもりです。


正直なところ、「小説家になろう」に投稿し始めた頃はこういう物語が読者に受け入れられるのか心配していました。

幸い、WEB版は多くの方のご支持を頂き、出版社の方にも認められてこうして書籍化することができました。

もちろん、WEB版は今後も継続投稿していきますので、引き続きご愛顧いただければ幸いです。


以下は謝辞です。

右も左も分からぬ未熟者を導いて下さった初代編集K様、二代目編集F様。素晴らし過ぎるイラストで、作者の筆の及ばぬ世界を表現して下さったRyota-H先生。お陰で素晴らしい書籍版となりました。

古いゲーム仲間であるJ氏とY氏。君らと焼肉食べながら交わしたヲタトークが本書の魂になっています。

WEB版投稿中から支持して下さった皆様。皆様の応援のお陰でここまで書き続けることができました。


最後に、本書をお買上げくださった貴方。本当にありがとうございます。

本書が貴方にとって面白い物語であったなら、これ以上の幸せはありません。

CharacterSheet
プレイヤーネーム
キャラクターネーム
職業
レベル
ヒットポイント

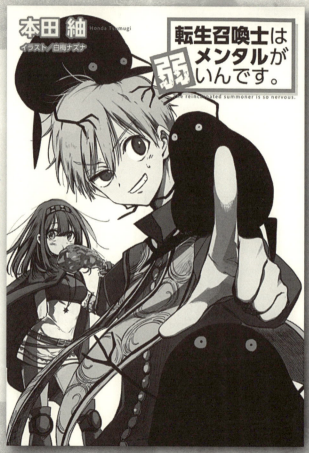

異能のスキル「簿記」を武器に
滅びゆく世界を救え！

女騎士、経理になる。
魂の負債《ふさい》
2
Rootport
イラスト／こちも
書籍　B6判
本体　1200円+税

女騎士、経理になる。
鋳造《ちゅうぞう》された自由
1
Rootport
イラスト／こちも
書籍　B6判
本体　1200円+税

「くっ…殺せ!!」から始まる
簿記・会計の最強副読書!!

発行：幻冬舎コミックス　発売：幻冬舎

マジックユーザー
TRPGで育てた魔法使いは異世界でも最強だった。

2017年３月31日　第１刷発行

著者　三河宗平《みかわそうへい》

イラスト　Ryota-H

本書の内容は、小説投稿サイト「小説家になろう」（http://ncode.syosetu.com/）に掲載された作品を加筆修正して再構成したものです。

発行人　石原正康

発行元　株式会社 幻冬舎コミックス
〒151-0051　東京都渋谷区千駄ヶ谷4-9-7
電話 03（5411）6431（編集）

発売元　株式会社 幻冬舎
〒151-0051　東京都渋谷区千駄ヶ谷4-9-7
電話 03（5411）6222（営業）
振替　00120-8-767643

デザイン　土井敦史（天華堂noNPolicy）

本文フォーマットデザイン　山田知子（chicols）

製版　株式会社 二葉企画

印刷・製本所　大日本印刷株式会社

ISBN978-4-344-83959-5 C0093　Printed in Japan
幻冬舎コミックスホームページ http://www.gentosha-comics.net